ルイスと不思議の時計

8

橋の下の怪物

ジョン・ベレアーズ 作
三辺律子 訳

THE BEAST
UNDER
THE WIZARD'S BRIDGE

ほるぷ出版

もくじ

主《おも》な登場人物《とうじょうじんぶつ》

ルイス・バーナヴェルト

両親《りょうしん》を自動車事故《じどうしゃじこ》で亡《な》くし、おじと暮《く》らしている少年《しょうねん》。

ローズ・リタ・ポッティンガー

ルイスの親友《しんゆう》。勇敢《ゆうかん》で利発《りはつ》な少女《しょうじょ》。

ジョナサン・バーナヴェルト

ルイスのおじ。魔法使《まほうつか》いだが、少《すこ》したよりない。

ツィマーマン夫人《ふじん》

ジョナサンの隣人《りんじん》で、料理上手《りょうりじょうず》のよい魔女《まじょ》。

エリフ・クラバノング

橋《はし》の設計者《せっけいしゃ》。

メフィストフェレス・ムート

エリフの弁護士《べんごし》。

アーミン・ムート

メフィストフェレスの妻《つま》。

エディドヤ・クラバノング

エリフのおじ。

第《だい》1章《しょう》　とりこわされる橋《はし》

　ルイス・バーナヴェルトは、この何《なん》カ月間《げっかん》か、ずっと不安《ふあん》だった。ことのはじまりは二月《がつ》だった。ある雪《ゆき》の降《ふ》る夕方《ゆうがた》、おじさんのジョナサンが、読《よ》んでいた夕刊《ゆうかん》から顔《かお》をあげると、低《ひく》い声《こえ》でつぶやいた。「まったく、ばか者《もの》どもめがやってくれたよ。カファーナウム郡《ぐん》にも、進歩《しんぽ》ってやつがくるとはな」ジョナサンはフンと不愉快《ふゆかい》そうに鼻《はな》を鳴《な》らすと、夕《ゆう》刊《かん》をわきへほうりなげた。

　ルイスは腹《はら》ばいになってテレビを見《み》ていた。ゼニス社製《しゃせい》のしゃれたテレビで、舷窓《げんそう》のように丸《まる》い画面《がめん》がついている。ルイスはチクチクする茶色《ちゃいろ》いじゅうたんから体《からだ》を起《お》こすと、映画《えいが》の《ホバロン・キャシディ（マルフォード原作《げんさく》の西部劇《せいぶげき》のヒーロー）》の画面《がめん》からジョナサン・バーナヴェルトのほうへ視線《しせん》をうつした。「どうしたの？」ルイスはたずねた。

　ジョナサンおじさんは、がっしりした体格《たいかく》の優《やさ》しい人《ひと》だった。髪《かみ》は赤毛《あかげ》で、やはり赤《あか》いひげには白《しろ》いものが混《ま》じっている。おじさんは頭《あたま》を振《ふ》ると、親指《おやゆび》をベストのポケットに突《つ》っこんで顔《かお》をしかめた。「いや、なんでもない。たぶん、どうってことないだろう」そしてそれ以上《いじょう》、その話《はなし》はしようとしなかった。

その夜《よ》、ルイスはおじさんが気《き》にしていたのはなんだろうと思《おも》って、新聞《しんぶん》に目《め》を通《とお》してみた。そして三ページ目《め》にそれらしき記事《きじ》を見《み》つけた。〝カファーナウム郡《ぐん》、新《あたら》しい橋《はし》を建設《けんせつ》〟という見出《みだ》しがついている。一部《いちぶ》の市民《しみん》からワイルダー・クリークにかかっている橋《はし》の老朽化《ろうきゅうか》を懸念《けねん》する声《こえ》が出《で》ている。郡《ぐん》の行政当局《ぎょうせいとうきょく》は、現在《げんざい》の鉄《てつ》の橋《はし》は幅《はば》が狭《せま》いうえ、莫《ばく》大《だい》な修繕費《しゅうぜんひ》がかかると判断《はんだん》して、老朽化《ろうきゅうか》した橋《はし》を最新《さいしん》のコンクリート製《せい》のものにかえることを決定《けってい》した、という内容《ないよう》だった。それを読《よ》んだルイスは、おじさんと同《おな》じくらい不安《ふあん》になった。

ルイスは金髪《きんぱつ》のずんぐりした男《おとこ》の子《こ》で、お月《つき》さまみたいにまんまるの顔《かお》をしていた。ウィスコンシン州《しゅう》で生《う》まれて、それから九年間《ねんかん》ずっと、ミルウォーキー郊外《こうがい》の町《まち》で暮《く》らしていた。ところが、交通事故《こうつうじこ》でおかあさんとおとうさんが亡《な》くなってしまい、おじさんのジョナサンと暮《く》らすために、このミシガン州《しゅう》のニュー・ゼベダイの町《まち》にやってきたのだった。

ニュー・ゼベダイにきてからも、しばらくのあいだ、ルイスは悲《かな》しかったし、さみしかった。それに、おじさんのことも少《すこ》しこわかった。でも、それも最初《さいしょ》だけだった。すぐに、ルイスはジョナサンが魔法使《まほうつか》いだということを知《し》った。おじさんの魔法《まほう》は本物《ほんもの》で、すばらしい幻想《げんそう》を、それも立体《りったい》で、見《み》せてくれることができた。それに、おとなりのフローレンス・ツィマーマン夫人《ふじん》は正真正銘《しょうしんしょうめい》、本物《ほんもの》の魔女《まじょ》だった。しわくちゃの顔《かお》にいつも笑《え》みを浮《う》かべている陽気《ようき》な魔女《まじょ》で、おまけに料理《りょうり》の腕前《うでまえ》も最高《さいこう》だった。

時《とき》がたつにつれ、ルイスはニュー・ゼベダイを自分《じぶん》の家《いえ》だと感《かん》じるようになった。今《いま》では、ルイスと親友《しんゆう》のローズ・リタ・ポッティンガーは中学生《ちゅうがくせい》になっていた。ルイスはあいかわらず色々《いろいろ》なことにおくびょうで、自信《じしん》がなかった。ローズ・リタはいつも、そんなルイスのことを本当《ほんとう》に心配性《しんぱいしょう》なんだから、と言《い》う。なにしろルイスは常《つね》に、起《お》こりうる最悪《さいあく》の出来事《できごと》を想像《そうぞう》するのだ。

そんなだったけれど、ルイスはローズ・リタとジョナサンおじさんとツィマーマン夫人《ふじん》といっしょに、いくつかおそろしい冒険《ぼうけん》をした。それでもまだ、どんなことにしろ、物事《ものごと》が変《か》わってしまうことを極度《きょくど》におそれた。もしかしたら、両親《りょうしん》が亡《な》くなったあとに起《お》こった色々《いろいろ》なことすべてが、影響《えいきょう》しているのかもしれない。そうでなければ、前《まえ》にジョナサンおじさんが言《い》ったように、ただ単《たん》にルイスは生《う》まれつき保守的《ほしゅてき》で、毎日同《まいにちおな》じようにゆったりとすぎていくのが好《す》きなのかもしれなかった。

理由《りゆう》は何《なん》であれ、ちょっとした変化《へんか》が起《お》こるだけでも、ルイスは不安《ふあん》になった。ジョナサンおじさんがハイ・ストリート一〇〇番地《ばんち》の家《いえ》の壁紙《かべがみ》をいっぺんに変《か》えたときも、何週間《なんしゅうかん》も落《お》ち着《つ》かなかったし、そのあと、ツィマーマン夫人《ふじん》にやれるものならやってみなさい、と言《い》われておじさんがにおいのきついパイプを吸《す》うのをやめたときも、本当《ほんとう》はその香《かお》りがなつかしくてしょうがなかった。(ちなみに、そのあとツィマーマン夫人《ふじん》は、自分《じぶん》も密売《みつばい》品《ひん》の葉巻《はまき》をやめるはめになった)

だから今度《こんど》の、郡《ぐん》がワイルダー・クリークの橋《はし》をかけかえるというニュースも、ルイスをゆううつにした。でもルイスがそんなにびくびくするのには、もちろん、ほかの理由《りゆう》もあった。

新聞記事《しんぶんきじ》を読《よ》んで一カ月《げつ》ほどたったころ、ルイスはその理由《りゆう》をローズ・リタに説明《せつめい》しようとした。ローズ・リタはルイスよりほとんど頭《あたま》ひとつ分大《ぶんおお》きくて、やせていた。まっすぐの黒髪《くろかみ》を長《なが》く伸《の》ばし、黒《くろ》ぶちの大《おお》きなメガネをかけている。かなりのおてんばだったけれど、ルイスはいつも、ローズ・リタが冷静《れいせい》で考《かんが》え方《かた》がしっかりしているところに感心《かんしん》していた。三月《がつ》のある日《ひ》、学校《がっこう》からの帰《かえ》り道《みち》に、ルイスとローズ・リタはソーダを買《か》うことにして、〈ヒームソス・レクサル・ドラッグストア〉に寄《よ》った。

ソーダを売《う》っているカウンターは店《みせ》に入《はい》って右側《みぎがわ》にあり、ハンバーガーやココナッツ・パイのおいしそうなにおいがしていた。ルイスとローズ・リタは、入《い》り口近《ぐちちか》くの窓《まど》ぎわにある、小《ちい》さな丸《まる》いガラステーブルに座《すわ》った。イスは、鉄《てつ》のワイヤーをくるりとひねって白《しろ》く塗《ぬ》った背《せ》に、赤《あか》い合成皮革《ごうせいひかく》のクッションがついたもので、上《うえ》に座《すわ》るとプウッと空気《くうき》が出《で》るのを、ルイスは気《き》に入《い》っていた。まるでイスが「ほお、そうかい、わしの上《うえ》に座《すわ》るんかい！　どうせわしの気持《きも》ちなんてだれも気《き》にしちゃくれないんだ」と憤慨《ふんがい》してため息《いき》をついたように思《おも》えるのだ。少《すく》なくとも小学生《しょうがくせい》のころは、そんな風《ふう》に感《かん》じていた。

外《そと》は晴《は》れてさんさんと日《ひ》が照《て》っていたけれど、ルイスはもう、三、四週間《しゅうかん》も暗《くら》い気持《きも》ちで過《す》ごしていた。ローズ・リタはソーダをチューチュー音《おと》をたてて吸《す》いながら、じっとルイスを見《み》ていたけれど、とうとう口《くち》を開《ひら》いた。「さてと、まったく暗《くら》いんだから。最近《さいきん》どうしちゃったの？　いつも歯《は》が痛《いた》いみたいな顔《かお》しちゃって」

ルイスは顔《かお》をしかめて首《くび》を振《ふ》った。「ローズ・リタにはわからないよ」

ローズ・リタはイスに寄《よ》りかかって、腕《うで》を組《く》んだ。「言《い》ってみなさいよ。あらびっくり、ってことになるかもよ」

ルイスは深《ふか》く息《いき》を吸《す》った。「ワイルダー・クリーク道路《どうろ》にある古《ふる》い鉄《てつ》の橋《はし》を知《し》ってるだろ？　あれをさ、とりこわすんだって」

ローズ・リタは眉《まゆ》をひそめた。「それが？　進歩《しんぽ》するってことじゃない」

「ああ」ルイスはふさぎこんだようすで言《い》った。「ジョナサンおじさんもそう言《い》ったよ」

ローズ・リタは鋭《するど》い目《め》つきでちらりとルイスを見《み》た。「本当《ほんとう》に悩《なや》んでるのね。わかった、ルイス。ぜんぶ話《はな》して」

ルイスは半分《はんぶん》しか飲《の》んでいないソーダをじっと見《み》ながら言《い》った。「ローズ・リタもほとんど知《し》ってる話《はなし》なんだ。ぼくがはじめてニュー・ゼベダイにきたとき、ジョナサンおじさんとツィマーマン夫人《ふじん》と、アイザック・アイザード夫人《ふじん》の幽霊《ゆうれい》と戦《たたか》っただろ？」

ローズ・リタはすばやくまわりを見《み》まわしたけれど、話《はなし》が聞《き》こえる距離《きょり》にはだれもいなかった。そこで、ぐっと身《み》を乗《の》り出《だ》すと、小声《こごえ》で言《い》った。「そのことなら話《はな》してくれたよ。アイザックってやつは世界《せかい》を終《お》わらせようとしていたんだけど、成功《せいこう》する前《まえ》に死《し》んだんでしょ。それで今度《こんど》は、死《し》んだ奥《おく》さんのセレーナが墓《はか》からよみがえって、かわりに世界《せかい》を滅《ほろ》ぼそうとした。魔法使《まほうつか》いだった夫《おっと》が、おじさんの家《いえ》の壁《かべ》にかくしたすごい力《ちから》を持《も》つ魔法《まほう》の時計《とけい》を使《つか》って」

「危《あぶ》ないところだったんだ」ルイスは、セレーナ・アイザードのメガネがきらりと光《ひか》るさまを思《おも》い出《だ》して、思《おも》わず身震《みぶる》いした。「それでね、今《いま》まで話《はな》してなかったんだけど、ある夜《よる》、ジョナサンおじさんが、ツィマーマン夫人《ふじん》とぼくをドライブに連《つ》れていってくれたんだ。十一月《がつ》だったたな。その辺《へん》をまわって、景色《けしき》をながめて帰《かえ》ってきただけだったんだけど、帰《かえ》るころには暗《くら》くなってた。そしたら、ジョナサンおじさんが、うしろから見慣《みな》れない車《くるま》のライトがついてくるのに気《き》づいたんだよ」

ルイスがぜんぶ話《はな》しおわるまで、ローズ・リタはだまって聞《き》いていた。あのときジョナサンおじさんはかなりおびえていたたし、ルイスにいたってはこわくてどうかなりそうだった。ルイスは小《ちい》さいころ、よく自分《じぶん》の乗《の》っている車《くるま》がほかの車《くるま》に追《お》いかけられているつもりになって遊《あそ》んでいたけれど、あの晩《ばん》はそれが現実《げんじつ》になったのだ。

ルイスは、おじさんの一九三五年型《ねんがた》マギンズ・サイムーンで夜《よる》の闇《やみ》を疾走《しっそう》したときのようすを話《はな》した。直線道路《ちょくせんどうろ》では、時速《じそく》一二〇キロか一三〇キロでとばしていたにちがいない。マギンズ・サイムーンはひっくり返《かえ》りそうになりながら次々《つぎつぎ》とカーブを曲《ま》がり、タイヤがキーキー鳴《な》って砂利道《じゃりみち》の小石《こいし》がはねとんだ。最後《さいご》に、車《くるま》はタイヤをきしらせながらきついカーブを曲《まが》って、三叉路《さんさろ》に出《で》た。一回《かい》心臓《しんぞう》が打《う》つあいだに、霜《しも》で白《しろ》くなった南北戦争《なんぼくせんそう》の大《たい》砲《ほう》と、汚《よご》れたステンドグラスの木造《もくぞう》の教会《きょうかい》と、暗《くら》いウィンドウに〝SALADA〟という文字《もじ》が光《ひか》っている雑貨店《ざっかてん》が見《み》えたっけ。今《いま》でも目《め》を閉《と》じると、そのときの光景《こうけい》がアルバムにはった写真《しゃしん》のように浮《う》かんでくるのだった。

そして車《くるま》はワイルダー・クリーク道路《どうろ》に入《はい》った。謎《なぞ》の車《くるま》はぴったりうしろについてくる。ツィマーマン夫人《ふじん》はルイスを抱《だ》きよせて、安心《あんしん》させるように色々《いろいろ》しゃべりかけてくれた。ツィマーマン夫人《ふじん》の心臓《しんぞう》が恐怖《きょうふ》でドキドキしていたのを、今《いま》でも覚《おぼ》えている。それが、生《い》きるか死《し》ぬかのレースに輪《わ》をかけておそろしかった。

とうとうワイルダー・クリーク川《がわ》が見《み》えてきた。その上《うえ》に、縦横《じゅうおう》に走《はし》る黒《くろ》い橋《はし》げたが見《み》え、鉄《てつ》の橋《はし》がかかっている。おんぼろ車《ぐるま》は、橋板《はしいた》の上《うえ》をガタガタとものすごい音《おと》をたてながら渡《わた》った――

ルイスはローズ・リタと同《おな》じテーブルについたまま、いったん話《はなし》をとぎり、ごくりとつばを飲《の》みこんだ。あの夜《よる》のことを思《おも》い出《だ》すだけで、お腹《なか》のあたりがむかむかする。ルイスはソーダを押《お》しやった。

「それでどうしたの?」ローズ・リタはさいそくした。「ルイス! 話《はな》してよ!」

ルイスは震《ふる》えながら息《いき》を深《ふか》く吸《す》いこんだ。「ジョナサンおじさんは車《くるま》を止《と》めて、ぼくたちは外《そと》へ出《で》た。幽霊《ゆうれい》の車《くるま》はいなくなっていた」

「なぜなら」ローズ・リタは考《かんが》えこみながらゆっくりと言《い》った。「幽霊《ゆうれい》は流《なが》れている水《みず》を渡《わた》れないから。『ドラキュラ』で読《よ》んだんだ」

「あれは吸血鬼《きゅうけつき》だ」ルイスは言《い》った。

「同《おな》じようなものよ」ローズ・リタは言《い》い返《かえ》した。「吸血鬼《きゅうけつき》は、言《い》ってみれば血《ち》を吸《す》う幽《ゆう》霊《れい》みたいなもんじゃない」

「まあ、ともかく、何《なん》だったにしろ、そいつは姿《すがた》を消《け》したんだ。ツィマーマン夫人《ふじん》は、これ以上《いじょう》追《お》ってこられないはずだって言《い》った。ひとつには、流《なが》れている水《みず》のおかげだけど、もうひとつ、理由《りゆう》があるんだ。それが、あの橋《はし》さ」

ローズ・リタはズルズルと音《おと》をたてて、ストローでソーダの残《のこ》りを飲《の》みほした。「あの橋《はし》が何《なん》なの？」

ルイスは眉《まゆ》をひそめた。「あれは、ええと、名前《なまえ》は思《おも》い出《だ》せないけど、ある男《おとこ》が作《つく》ったんだよ。その男《おとこ》は、何《なに》か特別《とくべつ》なものを鉄《てつ》の中《なか》に入《い》れたって、ツィマーマン夫人《ふじん》は言《い》っていた。死《し》んだ親戚《しんせき》かなんかの幽霊《ゆうれい》が襲《おそ》ってこないように作《つく》ったらしい」

二人《ふたり》とも、一分《ぷん》ほどだまりこくっていた。それからローズ・リタが小《ちい》さな声《こえ》で言《い》った。

「本当《ほんとう》に心配《しんぱい》してるのね。顔《かお》が真《ま》っ青《さお》だもの」

ルイスは悲《かな》しそうにため息《いき》をついた。「ぼくがそういうことを心配《しんぱい》しすぎるって思《おも》ってるのはわかってる。何《なん》でもないことで騒《さわ》いでるってね。でも、あの橋《はし》がとりこわされるって思《おも》うだけで──なんて言《い》えばいいかわからないよ。何《なに》か悪《わる》いことが起《お》こるような、むずむずする感《かん》じがするんだ」

「おじさんにはそのことは言《い》ったの？」ローズ・リタはきいた。

ルイスは顔《かお》をしかめて、左右《さゆう》に振《ふ》った。「新聞《しんぶん》の記事《きじ》を読《よ》んで、おじさんはすごく心配《しんぱい》してるんだ。おじさんを困《こま》らせたくないよ。つまりさ、おじさんが橋《はし》のとりこわしを中止《ちゅうし》できるわけじゃないんだから」

ローズ・リタは一瞬《いっしゅんかんが》考えて言《い》った。「飲《の》みおわった？」

ルイスはうなずいた。

ローズ・リタは立《た》ちあがった。「じゃ、ツィマーマン夫人《ふじん》のところに相談《そうだん》しにいきましょ。ツィマーマン夫人《ふじん》なら、それが心配《しんぱい》するようなことなのかどうかわかるから。本当《ほんとう》に心配《しんぱい》なことだとしたら、どうすればいいのかもね。それに、その何《なん》とかって人《ひと》の親戚《しんせき》の幽霊《ゆうれい》が、新《あたら》しいコンクリートの橋《はし》を渡《わた》って襲《おそ》ってきたとしても、ツィマーマン夫人《ふじん》ならやっつけられるにきまってる」

ルイスは弱々《よわよわ》しく微笑《ほほえ》んだ。ローズ・リタはツィマーマン夫人《ふじん》が大好《だいす》きで、どんなことでもツィマーマン夫人《ふじん》の判断《はんだん》に絶大《ぜつだい》なる信頼《しんらい》を寄《よ》せていた。ローズ・リタのパパがツィマーマン夫人《ふじん》のことを〝町《まち》の変《か》わり者《もの》〟と呼《よ》んでいることは知《し》っていたけれど、もちろんルイスにとっても、フローレンス・ツィマーマン夫人《ふじん》は頼《たよ》りになる友《とも》だちだった。「わかった」ルイスは小《ちい》さな声《こえ》で言《い》った。「ツィマーマン夫人《ふじん》があんまり驚《おどろ》かなきゃいいけど」

二人《ふたり》は大通《おおどお》りをくだり、マンション通《どお》りへ曲《ま》がって、さらにハイ・ストリートに入《はい》った。ルイスとおじさんは、急《きゅう》な坂《さか》をのぼったてっぺんにある三階建《かいだ》ての石造《いしづく》りの家《いえ》に住《す》んでいた。先《さき》に丸《まる》い飾《かざ》りのついた錬鉄《れんてつ》の柵《さく》がぐるりと庭《にわ》を取《と》り囲《かこ》み、クリの老木《ろうぼく》が家全体《いえぜんたい》に影《かげ》を落《お》としている。はじめてニュー・ゼベダイにきたとき、ルイスはおじさんの家《いえ》でいちばんすてきなのは小塔《しょうとう》だと思《おも》った。塔《とう》の屋根板《やねいた》には、じっと見張《みは》っている目《め》のような小《ちい》さな卵形《たまごがた》の窓《まど》がついていた。

バーナヴェルト屋敷《やしき》のすぐおとなりが、ツィマーマン夫人《ふじん》の家《いえ》だった。小《ちい》さいけれど、暖《あたた》かい雰囲気《ふんいき》のあふれる家《いえ》で、きれいに刈《か》った芝生《しばふ》の庭《にわ》があり、夏《なつ》には花壇《かだん》にペチュニアやアスターやキンレンカが色《いろ》とりどりに咲《さ》き乱《みだ》れた。バーナヴェルト家《け》にはおとなりからしょっちゅうおいしそうなにおいが漂《ただよ》ってきた。そして、そんなときは必《かなら》ず、全員《ぜんいん》が招待《しょうたい》されてツィマーマン夫人《ふじん》の作《つく》ったおいしい食事《しょくじ》をごちそうになるか、ツィマーマン夫人《ふじん》がクルミ入《い》りオートミールクッキーやねばねばしたファッジの入《はい》った特製《とくせい》のチョコレートケーキを持《も》って戸口《とぐち》に現《あらわ》れるのだった。

今日《きょう》は、お料理《りょうり》のにおいはしなかった。ローズ・リタが玄関《げんかん》のベルを鳴《な》らすと、一瞬《いっしゅん》、間《ま》があいて、ツィマーマン夫人《ふじん》がドアを開《あ》けた。ツィマーマン夫人《ふじん》はもと学校《がっこう》の先生《せんせい》で、すてきな先生《せんせい》だったにちがいなかった。しわしわの顔《かお》はしょっちゅう崩《くず》れて笑顔《えがお》になるし、金縁《きんぶち》メガネの奥《おく》の目《め》はいたずらっぽく光《ひか》り、愛情《あいじょう》にあふれている。ツィマーマン夫人《ふじん》は紫色《むらさきいろ》が大好《だいす》きで、今《いま》も紫《むらさき》の小花模様《こばなもよう》の服《ふく》を着《き》て、紫《むらさき》のハンカチをくしゃくしゃの白《しろ》い髪《かみ》に巻《ま》いていた。二人《ふたり》を見《み》たとたん、ツィマーマン夫人《ふじん》はにっこりした。「ルイス！　ローズ・リタ！　びっくりしたわ。さあさあ、入《はい》って。ちょうど春《はる》の大掃除《おおそうじ》が終《お》わるところなの。家具《かぐ》を運《はこ》んで元《もと》の場所《ばしょ》にもどすのを手伝《てつだ》ってちょうだい」

仕事《しごと》はすぐに片《かた》づき、ツィマーマン夫人《ふじん》は台所《だいどころ》のテーブルにチョコレートチップ・クッキーとミルクを出《だ》してくれた。「さあて」ツィマーマン夫人《ふじん》は自分《じぶん》のコーヒーをつぎながら、明《あか》るい声《こえ》で言《い》った。「二人《ふたり》とも、なにかおそろしい大変《たいへん》な秘密《ひみつ》をかくしているわね。はずれだったら、わたしは魔女失格《まじょしっかく》よ。で、なにを困《こま》っているの、ルイス？　縮《ちぢ》れ毛《げ》じいさんが何《なに》かの幻影《げんえい》を作《つく》り出《だ》して、消《け》せなくなったとか？」

それを聞《き》いて、ルイスは思《おも》わずにやりとした。ジョナサンおじさんの幻影《げんえい》はたまに、本《ほん》当《とう》に命《いのち》をもって動《うご》き出《だ》してしまうことがあった。むかし地下室《ちかしつ》に住《す》んでいたヒューズ箱《ばこ》の小人《こびと》がそうだったし、近所《きんじょ》のトラネコのジェイルバードは今《いま》でもたまに、ひどい音痴《おんち》だけれども口笛《くちぶえ》を吹《ふ》いていた。

「ううん、今度《こんど》はそうじゃないんだ」

「ルイスとおじさんはワイルダー・クリークの古《ふる》い橋《はし》のことを心配《しんぱい》してるのよ」ローズ・リタはすぐさま言《い》った。「わたしたちが知《し》りたいのは、橋《はし》がとりこわされたら、何《なに》かおそろしいことが起《お》こるかどうかってことなの」

ツィマーマン夫人《ふじん》は驚《おどろ》いた顔《かお》をして、イスに寄《よ》りかかった。そして指《ゆび》をあごにあてて、つぶやくように言《い》った。「まあまあ、ローズ・リタ、あなたって人《ひと》は！　余計《よけい》なことは抜《ぬ》きで本題《ほんだい》に入《はい》りましょうってことね」

ツィマーマン夫人《ふじん》のおいしいクッキーさえ、ルイスの食欲《しょくよく》をそそらなかった。ルイスはお皿《さら》を押《お》しやると、言《い》った。「先月《せんげつ》、新聞《しんぶん》で新《あたら》しい橋《はし》のことを読《よ》んだとき、ジョナサンおじさんは動揺《どうよう》してたんだ。今《いま》も心配《しんぱい》してると思《おも》う。ぼくにその話《はなし》をしようとしないから、わかるんだ」

「どこかの魔法使《まほうつか》いが橋《はし》の中《なか》に魔法《まほう》の力《ちから》をもっているものを入《い》れたっていう話《はなし》は、ルイスから聞《き》いたの」ローズ・リタは言《い》った。「ツィマーマン夫人《ふじん》なら、初《はじ》めから終《お》わりまで話《はな》してくれることができるでしょ？」

ツィマーマン夫人《ふじん》はくすくす笑《わら》った。「いっさいを白状《はくじょう》しろ、さもないと……ってことね。でも、本当《ほんとう》のことを言《い》って、わたしにもそんなに話《はな》せることはないんですよ。あの鉄《てっ》の橋《はし》は、ええと、一八九二年《ねん》に造《つく》られたの。橋《はし》を造《つく》った人物《じんぶつ》はエリフ・クラバノングっていうお金持《かねも》ちでね、代々農場主《だいだいのうじょうぬし》だった。かつてはニュー・ゼベダイとホーマーのあいだに数《すう》百エーカーの農場《のうじょう》を持《も》っていたんですよ。エリフには、年取《としと》ったおじがいてね、エディドヤといったんだけれど、年《とし》からしてたぶん大《おお》おじだったんじゃないかと思《おも》うわ。ともかくそのエディドヤは、邪悪《じゃあく》な魔法使《まほうつか》いだとうわさされていた。エディドヤは郊外《こうがい》のどこかに自分《じぶん》の農場《のうじょう》を所有《しょゆう》していて、夜《よる》にそのそばを通《とお》ると、奇妙《きみょう》な光《ひかり》が見《み》えたり、ぶきみな音《おと》が聞《き》こえたりしたそうよ。それでエリフなんだけれど、まだ小《ちい》さかったころ、両親《りょうしん》がふしぎな死《し》に方《かた》をしてね。財産《ざいさん》はすべてエリフに残《のこ》された。広大《こうだい》な農場《のうじょう》は競売《きょうばい》に出《だ》されて、そのお金《かね》はエリフのために信託資金《しんたくしきん》に預《あず》けられた。そして、エリフはおじと暮《く》らすことになったの」

ルイスは両腕《りょううで》に鳥肌《とりはだ》が立《た》つのを感《かん》じた。「その話《はなし》、なんかいやだ」ルイスの声《こえ》が震《ふる》えた。

「ぼくの話《はなし》とそっくりなんだもの！」

ツィマーマン夫人《ふじん》は身《み》を乗《の》り出《だ》して、ルイスの肩《かた》を優《やさ》しくぽんとたたいた。「ちがったのは、あなたのおじさんはとてもいい人《ひと》だってことですよ、ルイス。たとえポーカーでズルをするとしてもね！　どこまで話《はな》しましたっけ？　そう、エリフはエディドヤの農場《のうじょう》で育《そだ》った。おじに魔術《まじゅつ》を教《おそ》わったらしいとうわさされていたけれど、そのことに関《かん》しては、わたしは何《なに》も知《し》らないの。エリフは魔法《まほう》の話《はなし》はいっさいしなかったし、〈カファーナウム郡魔法使い協会《ぐんまほうつかいきょうかい》〉にも入《はい》りませんでしたからね。わたしも何度《なんど》か会《あ》ったことはあるけれど、ごくふつうに見《み》えましたよ。つまり、隠遁《いんとん》した金持《かねも》ちとしてはふつうってことね」

「世捨て人《よすびと》だったたって意味《いみ》？」ローズ・リタがたずねた。

ツィマーマン夫人《ふじん》は考《かんが》えこんだ。「そうとも言《い》えるわね。自分《じぶん》のこと以外興味《いがいきょうみ》はなかったみたいだから。ともかく、あとわたしが知《し》っているのは、一八八五年《ねん》の十二月《がつ》の真夜中《まよなか》に、空《そら》から隕石《いんせき》が落《お》っこちてきたってこと。カファーナウム郡《ぐん》を中心《ちゅうしん》に数《すう》キロ先《さき》まで光《ひかり》が届《とど》いたんですよ。血《ち》みたいに真《ま》っ赤《か》な光《ひかり》が、十分以上《ぷんいじょう》消《き》えずに残《のこ》っていたって、みんな言《い》っている。隕石《いんせき》が落《お》ちたのは、クラバノング農場《のうじょう》だった。納屋《なや》を越《こ》えたあたりで、地面《じめん》にぶつかってものすごい爆発《ばくはつ》が起《お》こってね、その衝撃《しょうげき》で教会《きょうかい》の鐘《かね》が鳴《な》って、町《まち》じゅうの家《いえ》の窓《まど》にひびが入《はい》ったそうよ。そしてその同《おな》じ夜《よる》、まさに隕石《いんせき》が落《お》ちた時間《じかん》に、エディドヤは死《し》んだ」

ルイスはごくりとつばを飲《の》みこんだ。「隕石《いんせき》がぶつかったの？」

「いいえ、ちがいますよ」ツィマーマン夫人《ふじん》はこたえた。「エディドヤがちょうどその時間《じかん》に死《し》んだのは、ただの偶然《ぐうぜん》でしょうね。エリフはそのとき二十二か二十三歳《さい》になっていたから、農場《のうじょう》もなにもかもがそのまま彼《かれ》の手《て》に渡《わた》った。その次《つぎ》の日《ひ》、エリフは謎《なぞ》めいた行動《こうどう》をとった。たき火《び》をたいたのよ。エディドヤの邪悪《じゃあく》な魔法《まほう》の本《ほん》や記録《きろく》を燃《も》やしたんじゃないか、そしておじの遺体《いたい》も火葬《かそう》したんじゃないか、って言《い》われていたわね」

「じゃあ、エリフは魔法使《まほうつか》いにはならなかったのね」ローズ・リタが言《い》った。

ツィマーマン夫人《ふじん》はこたえた。「ならなかったと思《おも》いますよ。じゅうぶん裕福《ゆうふく》だから魔《ま》法《ほう》は必要《ひつよう》ないと思《おも》ったんじゃないかしら。そのころには、預《あず》けられていたお金《かね》も法律的《ほうりつてき》に自由《じゆう》に使《つか》える年齢《ねんれい》に達《たっ》してましたからね。利子《りし》でかなり増《ふ》えていたでしょうし、そのあと数週間《すうしゅうかん》のあいだに、エリフはさらに財産《ざいさん》を増《ふ》やしたんです。つまり、持《も》ち物《もの》のほとんどを売《う》り払《はら》い、家族代々《かぞくだいだい》の農場《のうじょう》を捨《す》てて、ニュー・ゼベダイに引《ひ》っ越《こ》したのよ。でも、たった一つ、エリフが売《う》らなかったものが何《なに》かわかる？」

ルイスは首《くび》を振《ふ》った。

ローズ・リタは唇《くちびる》をぐっと噛《か》み、顔《かお》をゆがめて必死《ひっし》で考《かんが》えた。そしてとうとう言《い》った。

「隕石《いんせき》ね」

「その通《とお》り！」ツィマーマン夫人《ふじん》は言《い》った。「よくわかったわね、ローズ・リタ。わたしは実際《じっさい》には見《み》たことがないのだけれど、年上《としうえ》の友人《ゆうじん》で見《み》た人《ひと》がいてね。その人《ひと》が言《い》うには、野球《やきゅう》ボールとたいして変《か》わらない大《おお》きさで、この世《よ》のものとは思《おも》えない色《いろ》の光《ひかり》を放《はな》っていたそうですよ。言葉《ことば》では説明《せつめい》できない色《いろ》で、石《いし》を見《み》ているだけで落《お》ち着《つ》かない気持《きも》ちになったって言《い》ってましたよ。それはエリフも同《おな》じだった。山《やま》のようにお金《かね》を持《も》っていたのに、いつもおどおどびくびくしていて、何《なに》かにあとをつけられているような、そんな感《かん》じだった。そしてとうとう、おじが死《し》んで七年後《ねんご》の一八九二年《ねん》に、ワイルダー・クリークの古《ふる》い木《き》の橋《はし》を鉄《てつ》の橋《はし》にかけかえるって申《もう》し出《で》たの。全額《ぜんがく》、自分《じぶん》が負担《ふたん》するってことでね。もちろん、郡《ぐん》は申《もう》し出《で》を受《う》け入《い》れた。でね、どうやらエリフは橋《はし》の材料《ざいりょう》になる鉄《てつ》に例《れい》の隕石《いんせき》を溶《と》かして混《ま》ぜたらしいの。とにかく、その年《とし》の秋《あき》に鉄《てつ》の橋《はし》が完成《かんせい》してから、エリフは前《まえ》よりも明《あか》るくなった。銀行《ぎんこう》や色々《いろいろ》なビジネスに投資《とうし》して、ますますお金持《かねも》ちになって、一九四七年《ねん》に老衰《ろうすい》で亡《な》くなるまでずっとニュー・ゼベダイで暮《く》らしたのよ。幽霊《ゆうれい》はやってこなかった。あの橋《はし》が役立《やくだ》ったってことかもしれないわね」

「じゃあ、ツィマーマン夫人《ふじん》は心配《しんぱい》していないの？」ローズ・リタはきいた。

ツィマーマン夫人《ふじん》はため息《いき》をついて、肩《かた》をすくめた。「エディドヤの幽霊《ゆうれい》には、もう襲《おそ》う相手《あいて》がいない。エリフは結婚《けっこん》しなかったし、ほかにクラバノング家《け》の血《ち》をひく人間《にんげん》はいないの、生《い》きている人《ひと》ではね。だからもしあの古《ふる》い橋《はし》が取《と》り壊《こわ》されたことで、悩《なや》める幽霊《ゆうれい》がワイルダー・クリークを渡《わた》ってきたとしても、霊《れい》がとりついたり、なにか悪《わる》さをしたりする相手《あいて》がいないってことなのよ」

「なら、どうしておじさんはあんなに心配《しんぱい》しているんだろう？」ルイスがきいた。

ツィマーマン夫人《ふじん》はルイスに優《やさ》しく微笑《ほほえ》むと、言《い》った。「それはね、ルイス。あなたのおじさんは、あなたが思《おも》っているよりずっとあなたに似《に》ているってことなんじゃないかしら。ジョナサンは物事《ものごと》が変《か》わるのが好《す》きじゃないし、特《とく》に魔法《まほう》が関係《かんけい》するところで変化《へんか》が起《お》きるのをいやがっている。わたしも長《なが》いあいだ付《つ》き合《あ》ってきて、気《き》づいたんですよ。ジョナサン・バーナヴェルトは筋金入《すじがねい》りの心配性《しんぱいしょう》だってね！」

ローズ・リタはそれを聞《き》いて笑《わら》った。ルイスですら、ちょっとほっとした。

それでも、ルイスの不安《ふあん》は消《き》えなかった。それからさらに数週間《すうしゅうかん》がすぎ、三月《がつ》から四月《がつ》になって、四月《がつ》が五月《がつ》になっても、その不安《ふあん》はなくなるどころか、ますます大《おお》きくなっていった。六月《がつ》になったころには、心臓《しんぞう》の奥深《おくふか》くでうずく痛《いた》みのようになっていた。ルイスはそれを、どうやって治《なお》したらいいかわからなかった。

第《だい》2章《しょう》　光《ひか》る鋲《びょう》

学校《がっこう》が終《お》わって夏休《なつやす》みに入《はい》った。でも、それさえも、ルイスの気分《きぶん》を明《あか》るくしてはくれなかった。終業式《しゅうぎょうしき》のあった夜《よる》、ツィマーマン夫人《ふじん》は、リヨン湖《こ》にある別荘《べっそう》にいってピクニックをするという計画《けいかく》を披露《ひろう》して、みんなを招待《しょうたい》してくれた。夏休《なつやす》みの第《だい》一日目《にちめ》の木曜《もくよう》日《び》だ。ルイスが電話《でんわ》をすると、ローズ・リタもよろこんでくると言《い》った。湖《みずうみ》の水《みず》は泳《およ》ぐにはまだ冷《つめ》たいけれど、バドミントンをしたり、ハンバーガーを食《た》べたりして、のんびり過《す》ごす計画《けいかく》だった。

ジョナサンおじさんが、大《おお》きな古《ふる》い車《くるま》にみんなを乗《の》せていってくれることになった。木《もく》曜日《ようび》の朝《あさ》は、空《そら》は真《ま》っ青《さお》に晴《は》れ、日《ひ》がぽかぽかと照《て》って暖《あたた》かかった。それでもルイスはまだ、しつこくつきまとう不安《ふあん》な気持《きも》ちにさいなまれていた。この気持《きも》ちを忘《わす》れることができたらどんなにいいだろう。近《ちか》ごろでは、慣《な》れてしまっていたけれど、だからといって鈍《にぶ》い痛《いた》みのようなもので、これからずっとがまんしつづけるなんていやだ。その朝《あさ》のルイスは、とうとうコーデュロイのズボンを買《か》うのをやめるようおじさんを説得《せっとく》したおかげで、ジーンズと黒《くろ》いケッズのスニーカーと白《しろ》いTシャツを着《き》ていた。

ジョナサン・バーナヴェルトはいつものとおり、カーキのズボンと青《あお》いシャツに真《ま》っ赤《か》なベスト、着古《きふる》したツィードの上着《うわぎ》といういでたちだった。ツィマーマン夫人《ふじん》の家《いえ》から巨大《きょだい》な籐《とう》のピクニック用《よう》のかごを重《おも》そうに運《はこ》んできて、トランクの中《なか》に入《い》れている。そのうしろから、紫《むらさき》のドレスに紫《むらさき》のつばの広《ひろ》い日《ひ》よけ帽《ぼう》をかぶったツィマーマン夫人《ふじん》が歩《ある》いてきた。ルイスが車《くるま》のドアを開《あ》けると、ツィマーマン夫人《ふじん》は言《い》った。「どう、ルイス？　夏《なつ》休《やす》みで自由《じゆう》になった気分《きぶん》は？」

「いいと思《おも》うよ」ルイスははにかんだように笑《わら》って、うしろの座席《ざせき》に乗《の》りこんだ。ジョナサンおじさんは運転席《うんてんせき》に座《すわ》り、車《くるま》はもうもうと排気《はいき》ガスを出《だ》して発進《はっしん》した。そしてマンション通《どお》りのローズ・リタの家《いえ》でいったん止《と》まって、ローズ・リタを拾《ひろ》った。ローズ・リタはスニーカーとジーンズと二サイズは大《おお》きいぶかぶかの赤《あか》いTシャツを着《き》て、家《いえ》から走《はし》り出《で》てきた。

ローズ・リタがルイスのとなりに乗《の》りこむと、ツィマーマン夫人《ふじん》はルイスにしたのと同《おな》じ質問《しつもん》をした。ローズ・リタはにやりと笑《わら》って言《い》った。「学校《がっこう》が終《お》わって最高《さいこう》の気分《きぶん》よ！なにしろ、いいかげんプリーツスカートと青《あお》いブラウスにあきあきしてたからね！」

気持《きも》ちのいい朝《あさ》だった。ジョナサンはごきげんで、くつろいだようすでホーマー道路《どうろ》を運転《うんてん》している。そのあいだ、ツィマーマン夫人《ふじん》は、今年《ことし》の庭《にわ》の計画《けいかく》を話《はな》してくれた。新種《しんしゅ》のギボウシとシャスタデイジーを植《う》え、なかでもスミレの花壇《かだん》はかなり楽《たの》しみにしているようすだった。「スミレは、もちろんスミレ色《いろ》でしょう？」ツィマーマン夫人《ふじん》は言《い》った。「紫《むらさき》に近《ちか》いからね。もし色《いろ》が薄《うす》かったら、ちょっとした魔法《まほう》をかければいい！　あなたのところはどうするの、ジョナサン？　何《なに》か特別《とくべつ》な計画《けいかく》でもあるの？」

「ああ、フローレンス。庭《にわ》のことは、ずっと考《かんが》えていたんだ。実《じつ》は、ぜんぶコンクリートで舗装《ほそう》しちまおうかと思《おも》ってる」ジョナサンはまじめな声《こえ》で言《い》った。「それで緑色《みどりいろ》にぬって、花《はな》がほしけりゃ、プラスティックのを買《か》ってきて、コンクリートにドリルで穴《あな》を開《あ》けて――」

「からかうのはやめてちょうだい、ひげもじゃさん」ツィマーマン夫人《ふじん》はさえぎった。

こうして四人《にん》はツィマーマン夫人《ふじん》の別荘《べっそう》についた。ジョナサンおじさんとツィマーマン夫人《ふじん》がかごを下《お》ろして、バーベキューの用意《ようい》をしているあいだに、ルイスとローズ・リタはバドミントンのネットをはった。そしてしばらくバドミントンの羽根《はね》を打《う》ちあった。きちんと得点《とくてん》をつけていたわけではなかったけれど、ルイスはなかなか上手《じょうず》だった。ルイスは得点《とくてん》をとることよりも、なるべく長《なが》く打《う》ち合《あ》いをつづけることのほうに興味《きょうみ》があったから、ほとんどいつもゆるいたまで打《う》ち返《かえ》した。たまにローズ・リタがスマッシュを打《う》ちこんできたけれど、たいてい、五分《ふん》か十分《ぷん》は一度《ど》も羽根《はね》を落《お》とさずに打《う》ち合《あ》いをつづけることができた。

バドミントンにあきると、ルイスとローズ・リタは蹄鉄《ていてつ》投《な》げ遊《あそ》びをはじめた。このゲームは、ローズ・リタのほうがうまかった。ローズ・リタはピンク色《いろ》の舌先《したさき》で口《くち》のはしをなめると、金属《きんぞく》の棒《ぼう》に向《む》かってじっくりと正確《せいかく》に狙《ねら》いをつける。そして回転《かいてん》をつけてポーンと投《な》げると、たいていの場合《ばあい》、カンという大《おお》きな音《おと》をたてて蹄鉄《ていてつ》は棒《ぼう》にすっとはまった。ルイスの蹄鉄《ていてつ》は届《とど》かないか、棒《ぼう》にもたれるのがせいぜいだった。「今年《ことし》の夏《なつ》もボーイスカウトのキャンプにいくの？」ローズ・リタがルイスにきいた。

ルイスは次《つぎ》の蹄鉄《ていてつ》を拾《ひろ》いながら肩《かた》をすくめた。「どうかな。ジョナサンおじさんとまだ相談《そうだん》してないんだ」

ローズ・リタは蹄鉄《ていてつ》を投《な》げた。蹄鉄《ていてつ》は棒《ぼう》にあたると、やかましい音《おと》をたてながら棒《ぼう》の周《まわ》りをくるくる回《まわ》って、ズンと地面《じめん》に落《お》ちた。「一〇〇点《てん》！」ローズ・リタは歓声《かんせい》をあげた。「っていうのはね、今年《ことし》、うちはあまり長《なが》い旅行《りょこう》にはいかないの。ママとパパは一週間《しゅうかん》、アッパー半島《はんとう》にいくつもりなんだけど、あとはずっとニュー・ゼベダイにいることになりそうなのよ」

ルイスの投《な》げた蹄鉄《ていてつ》は、大《おお》きくはずれた。「ジョナサンおじさんも旅行《りょこう》にいくとは言《い》っていなかったよ。たぶん、万一《まんいち》のことがあったときのために町《まち》にいたいんじゃないかな」

「万一《まんいち》のことって？」ローズ・リタはびっくりしたようにきいた。

ルイスはぱっとローズ・リタを見《み》て、それから肩越《かたご》しに振《ふ》り返《かえ》った。ジョナサンおじさんとツィマーマン夫人《ふじん》は家《いえ》のそばで、バーベキューのかんばしいヒッコリーの香《かお》りのする煙《けむり》につつまれながら料理《りょうり》をしている。こちらを見《み》ているようすはなかったけれど、ルイスは声《こえ》をひそめてささやいた。「あのことだよ。ワイルダー・クリークの新《あたら》しい橋《はし》はもうできただろ。郡《ぐん》はもう、古《ふる》いほうのとりこわしにかかってると思《おも》うんだ」

一瞬《いっしゅん》ローズ・リタは、まるでルイスが、自分《じぶん》は火星《かせい》からきてイギリスの女王陛下《じょおうへいか》と結婚《けっこん》するつもりだ、とでも言《い》ったような目《め》でルイスを見《み》た。それからだんだんわかったという表情《ひょうじょう》が浮《う》かんだ。「あの古《ふる》い鉄《てつ》の橋《はし》のこと？　うそでしょ。まだそのことを気《き》にしてたの？」ローズ・リタは信《しん》じられないというように叫《さけ》んだ。

ルイスはしょげたように肩《かた》をすくませた。「どうしても忘《わす》れられないんだ」

ローズ・リタは、丸《まる》いメガネの奥《おく》から目《め》を細《ほそ》めてじっとルイスを見《み》つめた。「ルイス、じゃあ、どうして何《なに》も言《い》わなかったの？」

「だれにも心配《しんぱい》かけたくなかったんだ」ルイスは口《くち》の中《なか》でもごもご言《い》った。「だって、あのオンボロの橋《はし》を郡《ぐん》がとりこわしたいっていうなら、ぼくたちにはもうどうしようもないだろ。ジョナサンおじさんは二月《がつ》から橋《はし》のことはいっさい口《くち》にしないし、ツィマーマン夫人《ふじん》にきいても、こわがるようなことは何《なに》もないって言《い》う。だから、ただのぼくのばかな勘違《かんちが》いだってことは、もうわかってるんだ。だけど――」ルイスは考《かんが》えをまとめることができなくて、黙《だま》りこんだ。

「だけど、考《かんが》えずにはいられないのね」ローズ・リタは、わかったというように言《い》った。

「ウーン、ちょっと考《かんが》えさせて。きっとわたしたちで調《しら》べられる方法《ほうほう》が何《なに》かあるはずよ。少《すく》なくとも心配《しんぱい》する必要《ひつよう》があるかどうかたしかめることはできるはず」

そのあと、その問題《もんだい》はしばらくおいておくことになった。それからすぐに、ジョナサンおじさんが昼《ひる》ごはんだよ、と呼《よ》んだのだ。ルイスたちは湖《みずうみ》のほとりの芝生《しばふ》の上《うえ》ですばらしいピクニックのごちそうを満喫《まんきつ》した。ツィマーマン夫人《ふじん》は肉汁《にくじる》たっぷりのおいしいハンバーガーを作《つく》る秘伝《ひでん》のレシピを知《し》っていた。付《つ》け合《あ》わせは、なめらかな舌《した》ざわりのポテトサラダと、特製《とくせい》のディルで風味《ふうみ》をつけたキュウリのピクルスだ。ジョナサンがいつもスーパーで買《か》ってくるような歯《は》ごたえのないぐにゃぐにゃのピクルスではなくて、シャキシャキしてすっぱくて、それでいて塩味《しおあじ》がきいているという条件《じょうけん》をすべて満《み》たしていた。ルイスはここ数《すう》カ月《げつ》ではじめて、おいしいと思《おも》って食事《しょくじ》をした。

それから全員《ぜんいん》であとかたづけをすると、午後《ごご》はのんびりと過《す》ごした。ジョナサンおじさんがトランプを出《だ》してきて、そのあと二、三時間《じかん》、四人《にん》は外《そと》に広《ひろ》げた折《お》りたたみ式《しき》のトランプ用《よう》テーブルを囲《かこ》んで、ばかばかしいポーカーをした。〝窓《まど》からつば吐《は》き〟とか〝ジョニーのねまき〟〝ズルのジャック〟〝食料品屋《しょくりょうひんや》さん〟〝七つ足《あし》のビート〟などの変形《へんけい》ポーカーだ。ほとんどの場合《ばあい》、ジョナサンが負《ま》けて、本当《ほんとう》はふつうに五枚《まい》カードをひくやり方《かた》のほうが好《す》きなのに、などとぶつぶつ機嫌《きげん》よく文句《もんく》を言《い》っていた。「変形《へんけい》ポーカーのやっかいなところは、そもそもむちゃくちゃなルールを覚《おぼ》えられんってことだよ！」とジョナサンは言《い》った。

「わかりました」次《つぎ》の親《おや》のツィマーマン夫人《ふじん》が言《い》った。「じゃあ、もっと単純《たんじゅん》なのにしましょう。いいですか、このルールでは、ジャックと七と赤《あか》の三がワイルドカードで——」

ジョナサンはうめいた。でも、同時《どうじ》に笑《わら》っていた。

暖《あたた》かくて眠気《ねむけ》を誘《さそ》う午後《ごご》を過《す》ごすには、最高《さいこう》の方法《ほうほう》だった。四時近《じちか》くになると、ようやくみんなはニュー・ゼベダイに帰《かえ》るしたくをはじめた。

「今夜《こんや》はみんなで映画《えいが》でもいきましょうか？」折《お》りたたみイスやテーブルを家《いえ》の中《なか》に片《かた》づけながら、ツィマーマン夫人《ふじん》が言《い》った。「たしか町《まち》で海賊《かいぞく》の映画《えいが》をやっているのよ。もし面白《おもしろ》かったら、ジョナサンに魔法《まほう》で戦争《せんそう》の場面《ばめん》を再現《さいげん》してもらえるし。みんなで順番《じゅんばん》に海《かい》賊《ぞく》の船長《せんちょう》になるっていうのはどう？」そして四人《にん》は外《そと》に出《で》て、ツィマーマン夫人《ふじん》が玄関《げんかん》の鍵《かぎ》をかけた。

ルイスが、映画《えいが》は面白《おもしろ》そうだねと言《い》おうとすると、先《さき》にローズ・リタが言《い》った。

「町《まち》へいくとちゅうで、ワイルダー・クリークの新《あたら》しい橋《はし》を見《み》にいかない？」

ツィマーマン夫人《ふじん》がさっとローズ・リタを見《み》た。ジョナサンおじさんはオンボロ車《ぐるま》のトランクにかごを積《つ》んでいるとちゅうで、凍《こお》りついた。それからゆっくりと振《ふ》り返《かえ》った。

「ずいぶん変《へん》なことを言《い》うな、ローズ・リタ！　いったいどうしてそんなことを思《おも》いついたんだね？」

ローズ・リタはむじゃきな笑《え》みを浮《う》かべて言《い》った。「ただ、新《あたら》しい橋《はし》ってどんな橋《はし》かなって思《おも》っただけ。それから、もう古《ふる》いほうはとりこわしたのかなって」

ジョナサンおじさんはツィマーマン夫人《ふじん》と視線《しせん》を交《か》わした。おじさんが険《けわ》しい目《め》つきで、声《こえ》には出《だ》さずに問《と》いかけると、ツィマーマン夫人《ふじん》はかすかにすばやくうなずいた。あごがほんのわずかに下《さ》がっただけだった。

「もちろん、いいさ」ジョナサンおじさんは明《あか》るい声《こえ》で言《い》った。「十二マイル道路《どうろ》からワイルダー・クリーク道路《どうろ》に出《で》ればいい。わたしも最近《さいきん》あっちのほうへはいっていないから、工事《こうじ》がどのくらい進《すす》んでいるか見《み》るのもいいだろう」

ルイスは車《くるま》のドアを開《あ》けて、ローズ・リタが乗《の》ろうとしたときにささやいた。「どういうつもり？」

「ちょっと見《み》てみるだけよ」ローズ・リタはささやきかえした。「おじさんとツィマーマン夫人《ふじん》のようすをよく見《み》ていてよ。なにかまずいことがあれば、あの二人《ふたり》ならわかるはずだから！」

ルイスはごくりとつばを飲《の》みこんだけれど、うしろの座席《ざせき》のローズ・リタの横《よこ》に乗《の》りこんだ。たしかによくわからなくて悩《なや》んでいるよりも、本当《ほんとう》のことがわかったほうがいいかもしれない。一行《いっこう》は別荘《べっそう》をあとにし、しばらくするとジョナサンは裏通《うらどお》りに入《はい》った。舗装《ほそう》もされていなくて、がたがたの砂利道《じゃりみち》になっている。おんぼろ車《ぐるま》の大《おお》きな低圧《ていあつ》タイヤが砂《じゃ》利《り》をバリバリ踏《ふ》んで、そこいらじゅうに跳《は》ね飛《と》ばした。ツィマーマン夫人《ふじん》が言《い》った。

「十二マイル道路《どうろ》に向《む》かってるんじゃなかったんですか」

「近道《ちかみち》さ」ジョナサンおじさんはうなるように言《い》った。それからしばらくのあいだ、車《くるま》は砂利道《じゃりみち》をゆっくりと走《はし》っていった。窓《まど》から外《そと》を眺《なが》めると、荒《あ》れ果《は》てた土地《とち》が広《ひろ》がっていた。

牧草地《ぼくそうち》の草《くさ》は伸《の》び放題《ほうだい》で、森《もり》はイバラが生《お》い茂《しげ》って手《て》のつけようがなくなっており、あちこちに廃屋《はいおく》になった農家《のうか》がちらほらと見《み》える。ジョナサンはますます速度《そくど》を落《お》とし、車《くるま》は這《は》うようにのろのろ進《すす》んだ。

「まるで山火事《やまかじ》でもあったみたい」ローズ・リタが言《い》った。

ルイスの心臓《しんぞう》がドキッとした。右手《みぎて》のほうに、少《すく》なくとも七、八エーカーはありそうな、地面《じめん》がむき出《だ》しになっている一画《いっかく》があった。木《き》はどれも葉《は》がなく、皮《かわ》がぼろぼろと幹《みき》からはがれ落《お》ちている。太《ふと》い枝《えだ》や細《ほそ》い枝《えだ》が空《そら》に向《む》かって伸《の》び、死《し》から逃《のが》れようと、死《し》に物狂《ものぐる》いで空《そら》につめをたてようとしたさまを連想《れんそう》させる。地面《じめん》に残《のこ》っている刈《か》り株《かぶ》は、灰色《はいいろ》に枯《か》れ果《は》てていた。その荒《あ》れた一画《いっかく》のほぼ真《ま》ん中《なか》に農家《のうか》があり、焼《や》けおちてはいないが、廃墟《はいきょ》になっていた。さびた赤色《あかいろ》のトタン屋根《やね》は落《お》ち、窓《まど》だったところには骸骨《がいこつ》の眼窩《がんか》のようにぽっかりと黒《くろ》い穴《あな》があいている。ルイスは鼻《はな》にしわを寄《よ》せた。この場所《ばしょ》には、胸《むね》が悪《わる》くなるようなにおいが漂《ただよ》っている。かすかに甘《あま》ったるい腐臭《ふしゅう》に、つんとくるカビ臭《くさ》さが混《ま》ざったようなにおい。何《なに》か邪悪《じゃあく》な者《もの》がこの不毛《ふもう》な荒地《あれち》を訪《おとず》れたことが、全身《ぜんしん》で感《かん》じられた。

「ジョナサン」ツィマーマン夫人《ふじん》がきつい声《こえ》で言《い》った。「もう少《すこ》し早《はや》く走《はし》ったほうがいいんじゃないかと思《おも》いますよ」

ジョナサンはアクセルを踏《ふ》んだ。枯《か》れ野《の》と化《か》した農場《のうじょう》はどんどん遠《とお》ざかり、やがて木々《きぎ》はふたたび葉《は》をつけはじめ、ほどなくすべてが正常《せいじょう》にもどった。荒《あ》れ野《の》ではあるけれど、異常《いじょう》というのとは違《ちが》う。そして砂利道《じゃりみち》から十二マイル道路《どうろ》に入《い》り、道《みち》はアスファルト舗装《ほそう》になった。角《かど》を曲《ま》がると、そんなに走《はし》らないうちに、ルイスが今《いま》でもときどき悪夢《あくむ》で見《み》る場所《ばしょ》にさしかかった。三角形《さんかっけい》の芝生《しばふ》の公園《こうえん》にさびた南北戦争時代《なんぼくせんそうじだい》の大砲《たいほう》がおいてあるのが見《み》え、道路《どうろ》のわきにほこりだらけのステンドグラス窓《まど》のある古《ふる》い教会《きょうかい》の白《しろ》い建物《たてもの》が現《あらわ》れた。その向《む》かいには雑貨店《ざっかてん》があり、ウィンドウに緑《みどり》の〝SALADA〟の文字《もじ》が光《ひか》っている。この場所《ばしょ》こそ、ルイスがまだ十歳《さい》だったとき、アイザードの妻《つま》の幽霊《ゆうれい》に追《お》いかけられて、ジョナサンが夢中《むちゅう》でハンドルを切《き》り、タイヤをきしませながら曲《ま》がった道《みち》だった。

車《くるま》はすでにワイルダー・クリーク道路《どうろ》をニュー・ゼベダイに向《む》かって走《はし》りはじめていた。道路《どうろ》は曲《ま》がりくねりながら丘《おか》を越《こ》え、いくつもの農場《のうじょう》を通《とお》り過《す》ぎていく。だれも、一言《ひとこと》も口《くち》をきかなかった。とうとう小高《こだか》い丘《おか》の頂上《ちょうじょう》までくると、眼下《がんか》にワイルダー・クリークが夕日《ゆうひ》をあびながらくねくねと流《なが》れていくのが見《み》えた。左《ひだり》を見《み》ると、古《ふる》い鉄《てつ》の橋《はし》がまだかかっていて、橋《はし》をはさんで、両側《りょうがわ》とも道路《どうろ》が数百メートルずつ閉鎖《へいさ》されている。その代《か》わりに、新《あたら》しい道路《どうろ》ができていて、黒《くろ》いアスファルトがきらきらと光《ひか》っていた。正面《しょうめん》に近代《きんだい》的《てき》なコンクリートの橋《はし》があり、新《あたら》しい道路《どうろ》はその上《うえ》を渡《わた》って反対岸《はんたいぎし》へ続《つづ》いている。五時《じ》をすぎていたので、作業員《さぎょういん》たちはその日《ひ》の仕事《しごと》を終《お》えていたけれど、黄色《きいろ》のブルドーザーやクレーンや他《ほか》の建設《けんせつ》機械《きかい》などの機材《きざい》はおいたままになっていた。ジョナサンはゆっくりとコンクリートの橋《はし》を渡《わた》ると、車《くるま》を道路《どうろ》ぎわに寄《よ》せられる場所《ばしょ》を見《み》つけてとめた。

四人《にん》は車《くるま》をおりて、路肩《ろかた》にそって引《ひ》き返《かえ》した。ルイスが見《み》ると、作業員《さぎょういん》たちはすでに黒《くろ》い鉄《てつ》の骨組《ほねぐ》みから橋板《はしいた》を取《と》り外《はず》していた。橋《はし》げたもいくつか解体《かいたい》され、わきに無造作《むぞうさ》につみあげてある。ルイスたちは古《ふる》い橋《はし》のはずれまで歩《ある》いていった。板《いた》があった場所《ばしょ》から下《した》を見《み》ると、川《かわ》が静《しず》かに流《なが》れていくのが見《み》えた。川面《かわも》までの距離《きょり》はそんなになく、せいぜい三メートルほどだったけれど、ルイスはまるで高《たか》い崖《がけ》から見下《みお》ろしているようにめまいがしてふらふらした。世界《せかい》が頭《あたま》の周《まわ》りをぐるぐる回《まわ》っているみたいだ。思《おも》わずうしろにさがったひょうしに、何《なに》か固《かた》いものを踏《ふ》みつけた。

スニーカーをどけると、八センチくらいの長《なが》さの鉄《てつ》の鋲《びょう》を踏《ふ》んだのだとわかった。作業《さぎょう》員《いん》が古《ふる》い橋《はし》を解体《かいたい》しているときに、橋《はし》げたから抜《ぬ》け落《お》ちたにちがいない。ルイスは深《ふか》く考《かんが》えもせずに、手《て》をのばして鋲《びょう》を拾《ひろ》いあげた。手《て》に持《も》つと、鋲《びょう》は妙《みょう》に重《おも》く感《かん》じられた。どっしりとして、温《あたた》かい。その温《あたた》かさというのが、日《ひ》なたにおきっぱなしになっていた鉄《てつ》の温《あたた》かみとは、ちょっとちがう。うまく説明《せつめい》できないのだけれど、この金属《きんぞく》のかけらは生《い》きていて自分《じぶん》で熱《ねつ》を発《はっ》しているような、そんな感《かん》じだった。ルイスは鋲《びょう》を裏《うら》や表《おもて》にひっくり返《かえ》して、薄《うす》れていく太陽《たいよう》の光《ひかり》の中《なか》でまじまじと見《み》つめた。表面《ひょうめん》はきらきらと輝《かがや》き、さび一《ひと》つついていない。六十年《ねん》以上《いじょう》も橋《はし》の中《なか》にあったなんて信《しん》じられない。腐食《ふしょく》しているようすもなくて、まるで今朝《けさ》作《つく》られたばかりのように見《み》えた。

ルイスはブルブルと頭《あたま》を振《ふ》った。ローズ・リタが何《なに》か話《はな》しかけている。ルイスは急《いそ》いで鋲《びょう》をジーンズの前《まえ》ポケットに突《つ》っこんだ。重《おも》いけれど、ほっとする感《かん》じだ。「なに？」ルイスは聞《き》きかえした。

ローズ・リタはルイスではなくて、五メートルほど先《さき》にいる大人《おとな》たちのほうを見《み》ていた。そしてちらりとルイスを見《み》ると、メガネを鼻《はな》の上《うえ》に押《お》しあげた。「特《とく》にこわそうなようすはないね、って言《い》ったのよ」

「ああ」ルイスは言《い》った。「うん、そうだね」

ジョナサンおじさんとツィマーマン夫人《ふじん》は頭《あたま》を寄《よ》せ合《あ》って、ルイスには聞《き》こえないような声《こえ》でひそひそ話《はな》し合《あ》っていた。最後《さいご》にジョナサンおじさんはうなずいた。そしてルイスたちのほうを向《む》くと、きっぱりと言《い》った。「子《こ》どもたち、たしかにわたしは世界一《せかいいち》の心配《しんぱい》性《しょう》で表彰《ひょうしょう》されてもとうぜんだ。ここにいるぼさぼさ髪《がみ》のばあさんは、この場所《ばしょ》には特《とく》におかしなものは感《かん》じられないと言《い》う。そしてフローレンスが感《かん》じないと言《い》うなら、本当《ほんとう》に何《なに》もないんだ。ルイス、最初《さいしょ》にこの古《ふる》い橋《はし》のニュースを聞《き》いたとき、おまえさんをこわがらせちまったことを謝《あやま》るよ。とにかく、心配《しんぱい》は無用《むよう》だったようだ。万《まん》が一《いち》のために見張《みは》ってはおくが、わたしはいつも紫《むらさき》ばあさんの言《い》うことは信《しん》じとるし、そのばあさんが心配《しんぱい》するようなことは何《なに》もないと言《い》ってるんだ。だから信《しん》じるよ」

これですべて終《お》わるはずだ。四人《にん》はニュー・ゼベダイへもどり、映画《えいが》を見《み》て、ローズ・リタを家《いえ》の前《まえ》でおろした。ベッドに入《はい》ったときはもう十時《じ》近《ちか》くで、ルイスはすっかりくたびれていた。ジーンズのポケットから鋲《びょう》を出《だ》して、枕《まくら》もとのテーブルの、目覚《めざ》まし時計《どけい》と読書灯《どくしょとう》の横《よこ》におき、それから電気《でんき》を消《け》してベッドに飛《と》びこんだ。

しばらくのあいだ、ルイスは暗闇《くらやみ》の中《なか》で目《め》をつぶって、空想《くうそう》をめぐらせていた。ルイスは映画《えいが》で見《み》た海賊船《かいぞくせん》に乗《の》りこんで、横静索《シュラウド》から大檣楼《メントップ》にのぼり、桁端《ヤーダム》の上《うえ》で短剣《たんけん》をふるい、すさまじい戦《たたか》いをくりひろげていた。そして主帆《メーンスル》に刀《かたな》をぶすりと刺《さ》すと、身《み》をひるがえし、刀《かたな》のつかを握《にぎ》って帆《ほ》を引《ひ》き裂《さ》きながら甲板《かんぱん》へおりた。剣《けん》のぶつかる音《おと》や大砲《たいほう》の砲声《ほうせい》が今《いま》にも聞《き》こえてきそうだ。爆弾《ばくだん》の煙《けむり》のにおいさえするような気《き》がした。

とほうもなく大《おお》きなあくびが出《で》て、ルイスの空想《くうそう》は断《た》ち切《き》られた。目《め》を開《あ》けて、何時《なんじ》だろうと目覚《めざ》まし時計《どけい》の蛍光《けいこう》の針《はり》のほうを見《み》る。そしてはっと息《いき》を飲《の》んで、ベッドの上《うえ》に体《からだ》を起《お》こした。

暗闇《くらやみ》の中《なか》で鋲《びょう》が燃《も》えるようにかがやいていた。濡《ぬ》れたコンクリートの上《うえ》に油《あぶら》を一滴《てき》落《お》としたときのような虹色《にじいろ》がのたくり、ゆらめきながら、鉄《てつ》の表面《ひょうめん》をなぞるように這《は》っている。ルイスは虹《にじ》の七色《いろ》を「セキ、トウ、オウ、リョク、セイ、ラン、シ」と丸暗記《まるあんき》したのを思《おも》い出《だ》した。赤《あか》・橙《だいだい》・黄《き》・緑《みどり》・青《あお》・藍《あい》・紫《むらさき》。その色《いろ》はすべてあった。

けれども、ルイスには何色《なにいろ》かわからない色《いろ》もあった。この世《よ》とは別《べつ》の場所《ばしょ》に属《ぞく》しているような色《いろ》。

そのすべての色《いろ》が、枕《まくら》もとの闇《やみ》のなかでやわらかい光《ひかり》を発《はっ》しているのだった。

第《だい》3章《しょう》　注意《ちゅうい》せよ！

　その土曜日《どようび》の夜《よる》をはじまりに、ルイスはおそろしい夢《ゆめ》を見《み》るようになった。最初《さいしょ》に見《み》たのは、ツィマーマン夫人《ふじん》とローズ・リタとジョナサンおじさんと、どこかの動物園《どうぶつえん》にいる夢《ゆめ》だった。そこは、今《いま》までルイスが見《み》たことのある現実《げんじつ》のどの場所《ばしょ》ともちがう。動物《どうぶつ》たちのおりは広《ひろ》くて、がっしりとしていて、黒《くろ》い鉄棒《てつぼう》は見《み》あげるほど高《たか》い。あまりの広《ひろ》さに、おりのうしろでうろうろ歩《ある》き回《まわ》っている動物《どうぶつ》たちがよく見《み》えないほどだった。

　夢《ゆめ》の中《なか》でルイスは、自分《じぶん》がデジャヴュを見《み》ているような気《き》がしてぞくっとした。今《いま》ここで起《お》こっていることはすべて前《まえ》に一度《ど》、経験《けいけん》したことで、だから次《つぎ》に何《なに》が起《お》こるのか知《し》っているような気《き》がするのだ。四人《にん》は、のしのしと歩《ある》くゾウの群《む》れや、十二頭《とう》ほどもいる茶色《ちゃいろ》いまだらのキリンをながめながら、巨大《きょだい》なおりのあいだをぶらぶらと歩《ある》き回《まわ》っている。すると、ルイスは、次《つぎ》にツィマーマン夫人《ふじん》が何《なに》を言《い》うのか、思《おも》い出《だ》した。「おりじゃなくて、もっと動物《どうぶつ》を見《み》たいわ」ルイスは息《いき》づまるような感覚《かんかく》におそわれた。もしツィマーマン夫人《ふじん》がそのセリフを言《い》ったら、何《なに》かおそろしいことが起《お》こる。ルイスはツィマーマン夫《ふ》人《じん》のほうをふりかえって、何《なに》も言《い》わないでとたのもうとした。

だが、遅《おそ》かった。ツィマーマン夫人《ふじん》は肩《かた》にかけた紫色《むらさきいろ》のショールの前《まえ》をぐっと合《あ》わせると、こう言《い》ったのだ。「おりじゃなくて、もっと動物《どうぶつ》を見《み》たいわ」

その言葉《ことば》がルイスの頭《あたま》の中《なか》にこだまする。思《おも》わず目《め》を覆《おお》いたくなるようなおそろしい運《うん》命《めい》が待《ま》ち受《う》けていることが、なぜかはっきりとわかった。すると、動物園《どうぶつえん》じゅうのおりから、パオーン、ウウーッ、ガオー、キーキーといった鳴《な》き声《ごえ》がいっせいにあがった。

ここは、何《なに》もかもが狂《くる》っている。ルイスは目《め》の前《まえ》が真《ま》っ暗《くら》になった気《き》がした。すると、どこがどうなったかわからないうちに、ルイスたちはミニ列車《れっしゃ》に乗《の》っていた。黒《くろ》い機関車《きかんしゃ》はシュッシュッと蒸気《じょうき》をあげて進《すす》み、そのうしろから客車《きゃくしゃ》が狭《せま》い線路《せんろ》をカタカタとついてくる。ルイスとローズ・リタは機関車《きかんしゃ》のすぐうしろの客車《きゃくしゃ》に乗《の》り、そのさらにうしろの客《きゃく》車《しゃ》にはジョナサンおじさんとツィマーマン夫人《ふじん》が乗《の》っていた。輪《わ》の形《かたち》をした安全《あんぜん》バーがひざの上《うえ》までおりてきて、四人《にん》を押《お》さえつけた。機関士《きかんし》は骨《ほね》と皮《かわ》ばかりの、背《せ》の高《たか》いひょろっとした男《おとこ》だ。オーバーオールを着《き》ているが、青《あお》い縞《しま》の機関士帽《きかんしぼう》ではなくて、つやつやした黒《くろ》のシルクハットをかぶっている。深《ふか》い黒《くろ》に光《ひかり》が反射《はんしゃ》して、ミッドナイトブルーに見《み》えた。機関手《きかんしゅ》は意気込《いきご》んで汽笛《きてき》を鳴《な》らしたが、その音《おと》に楽《たの》しげな調子《ちょうし》はなかった。低《ひく》い哀《あい》調《ちょう》をおびたピュウウウウウウーウウウウウウーウウーという音《おと》は、真《ま》っ暗《くら》な夜《よる》や、人気《ひとけ》のない墓場《はかば》、目《め》をぎょろぎょろさせたフクロウを連想《れんそう》させた。前《まえ》を見《み》ると、真《ま》っ暗《くら》なトンネルがぽっかりと口《くち》を開《あ》けていた。

「トンネルは苦手《にがて》」ローズ・リタが言《い》った。

ルイスは、ローズ・リタが極度《きょくど》の閉所恐怖症《へいしょきょうふしょう》だということを思《おも》い出《だ》した。どんなところでも閉《と》ざされた場所《ばしょ》では不安《ふあん》になるし、狭《せま》い場所《ばしょ》に入《はい》ると、たちまち恐怖《きょうふ》に襲《おそ》われ、呼吸《こきゅう》困難《こんなん》におちいってしまう。

機関車《きかんしゃ》は暗《くら》いアーチをくぐって、息《いき》もつけないほどの猛《もう》スピードで急《きゅう》な坂《さか》をくだりはじめた。ローズ・リタが恐怖《きょうふ》におびえてヒィッとか細《ぼそ》い悲鳴《ひめい》をあげるのが聞《き》こえた。顔《かお》の横《よこ》をヒュウヒュウ風《かぜ》が過《す》ぎていく。まるで世界《せかい》の縁《ふち》から脱線《だっせん》して、なにもない空間《くうかん》をいつまでも落《お》ちていくような感覚《かんかく》だった。

ルイスは目《め》を閉《と》じ、安全《あんぜん》バーにしがみついた。シュウウ！　という音《おと》がして、目《め》を開《あ》けると、機関車《きかんしゃ》はトンネルから飛《と》び出《だ》していた。線路《せんろ》はヤナギの並木《なみき》のあいだを走《はし》っていた。枝《えだ》は低《ひく》く垂《た》れさがり、葉《は》が髪《かみ》にかする。ルイスはまだ、猛《もう》スピードの感覚《かんかく》が抜《ぬ》けていなかったので、機関車《きかんしゃ》が十キロか十五キロほどのひどくのろのろした速度《そくど》で走《はし》っているように思《おも》えた。ルイスがそっと横《よこ》のローズ・リタを見《み》ると、恐怖《きょうふ》のあまり青《あお》ざめて今《いま》にも吐《は》きそうな顔《かお》をしている。でも、それを見《み》てもルイスは驚《おどろ》かなかった。このヤナギ並木《なみき》を過《す》ぎたら、ローズ・リタがこれで終《お》わりかどうかきくのはわかっていた。そう、知《し》っていたのだ。

ローズ・リタがルイスのほうを向《む》いた。「ルイス、これで終《お》わり？」

「まだだと思《おも》う」ルイスはみじめな気持《きも》ちでこたえた。劇場《げきじょう》の緑色《みどりいろ》のカーテンが開《ひら》くように、ヤナギがさっとわかれ、目《め》の前《まえ》に今《いま》まで見《み》たどのおりよりも大《おお》きいおりがぬっと姿《すがた》を現《あら》わした。鉄《てつ》の怪物《かいぶつ》を思《おも》わせるそのおりは、どんな高層《こうそう》ビルよりも高《たか》くそびえ、てっぺんは雲《くも》の中《なか》に消《き》えている。その黒《くろ》い柵《さく》のうしろを、何《なに》かがゆっくりと歩《ある》き回《まわ》っている。何《なに》かぼんやりとして、巨大《きょだい》なものが。機関車《きかんしゃ》はのろのろと速度《そくど》を落《お》とし、ついに止《と》まってしまった。ルイスがはっとして見《み》ると、線路《せんろ》がまるで切《き》り取《と》られたか、未完成《みかんせい》のまま捨《す》てておかれたように、草《くさ》むらの中《なか》で終《お》わっていた。

突然機関士《とつぜんきかんし》が飛《と》びおりて、こちらを振《ふ》り返《かえ》った。おじさんとツィマーマン夫人《ふじん》がぎょっとして息《いき》を飲《の》むのが聞《き》こえた。ローズ・リタが驚《おどろ》いて悲鳴《ひめい》をあげた。

機関士《きかんし》は骸骨《がいこつ》だった。頭蓋骨《ずがいこつ》がにんまりと笑《わら》っている。骸骨《がいこつ》はわざとらしくおじぎをすると、さっとシルクハットを取《と》った。象牙色《ぞうげいろ》の丸《まる》い頭《あたま》がむき出《だ》しになった。「終点《しゅうてん》！」骸《がい》骨《こつ》はぞっとするようなかんだかい声《こえ》で叫《さけ》んだ。「終点《しゅうてん》です！ お次《つぎ》はえさの時間《じかん》です！」

そして、骸骨《がいこつ》は消《き》えた。ルイスとローズ・リタは必死《ひっし》でもがいて列車《れっしゃ》からおりようとしたけれど、安全《あんぜん》バーはがっちりとひざを押《お》さえつけていて、びくともしない。と、目《め》の前《まえ》のおりがぐらぐらと揺《ゆ》れはじめ、鉄《てつ》の柵《さく》がギシギシうめいた。おりに閉《と》じこめられている黒《くろ》い形《かたち》のないものが、黄色《きいろ》い目《め》でじっとこちらを見《み》つめ、飢《う》えたブタのように鼻《はな》をフンフンといやらしく鳴《な》らした。なにかタコの触手《しょくしゅ》のようなぬるぬるとしたものが伸《の》びてきて、鉄《てつ》の棒《ぼう》に巻《ま》きつくと、ガタガタと揺《ゆ》らした。

まるでトランプの札《ふだ》で作《つく》った家《いえ》のように、おりはばらばらに崩《くず》れ落《お》ちた。直径《ちょっけい》三十センチ、長《なが》さは十五メートルはあろうかという鉄《てつ》の棒《ぼう》がガラガラと落《お》ちてくる。太陽《たいよう》の光《ひかり》がさえぎられた。はっと見《み》あげると、まさに鉄《てつ》の棒《ぼう》がルイスを押《お》しつぶそうと落《お》ちてくるところだった――

かわいた悲鳴《ひめい》をあげて、ルイスはベッドの上《うえ》で起《お》きあがった。必死《ひっし》で息《いき》を吸《す》いこむ。一瞬《いっしゅん》、自分《じぶん》が今《いま》いる場所《ばしょ》も、どうやってここにきたのかも、わからなかった。が、やがて、安全《あんぜん》な自分《じぶん》の部屋《へや》にいて、すべておそろしい夢《ゆめ》だったのだということがわかってきた。おそるおそる枕《まくら》もとのテーブルを見《み》ると、鋲《びょう》のふしぎな光《ひかり》は消《き》えていて、かわりに、いつもの見慣《みな》れた目覚《めざ》まし時計《どけい》の黄緑色《きみどりいろ》の針《はり》が見《み》えた。四時《じ》二十四分《ふん》だった。

しばらくはじっと横《よこ》になって、心臓《しんぞう》の動悸《どうき》がおさまるのを待《ま》った。まるで砂漠《さばく》を歩《ある》いてきたかのように、のどと口《くち》がからからに乾《かわ》ききっている。水《みず》を取《と》りにいくしかない。

枕《まくら》もとの電気《でんき》をつけて、そっとベッドからすべりおりた。はだしのまま洗面所《せんめんじょ》までいったけれど、紙《かみ》コップ入《い》れは空《から》っぽだった。一階《かい》までいくしかない。

いつもだったら、なんとも思《おも》わなかっただろう。ジョナサンおじさんの屋敷《やしき》はあちこちに魔法《まほう》の気配《けはい》が漂《ただよ》っていて、風変《ふうが》わりだったけれど、害《がい》をくわえるようなものはないことは、わかっていた。ルイスは勇気《ゆうき》をふるいおこして、奇妙《きみょう》な楕円形《だえんけい》のステンドグラスの窓《まど》がある裏階段《うらかいだん》をおりていった。ジョナサンがむかし、その窓《まど》に魔法《まほう》をかけて以来《いらい》、魔法《まほう》は消《き》えずにずっと残《のこ》っていて、ステンドグラスの模様《もよう》がときおり変《か》わるのだ。最初《さいしょ》にジョナサンと暮《く》らすためにこの家《いえ》へきたときは、真《ま》っ赤《か》なトマトみたいな太陽《たいよう》が古《ふる》い薬《くすり》ビンみたいな色《いろ》の海《うみ》に沈《しず》んでいく模様《もよう》だったし、それからあとも、様々《さまざま》なちがう風景《ふうけい》を映《うつ》し出《だ》した。ルイスは踊《おど》り場《ば》までおりて、ちらりとその窓《まど》のほうを見《み》て、凍《こお》りついた。どういうことだろう。窓《まど》が真《ま》っ赤《か》に輝《かがや》き、毒々《どくどく》しい真紅《しんく》の光《ひかり》を放《はな》っている。その真《ま》ん中《なか》に、黄色《きいろ》い大文字《おおもじ》で、こう書《か》いてあった。

CAVE

洞《CAVE》くつ？　まるで、カールスバッド・キャバーンズ国立公園《こくりつこうえん》（ニューメキシコ州《しゅう》の鍾乳洞《しょうにゅうどう》で有名《ゆうめい》な公園《こうえん》）かマンモスケーヴ（ケンタッキー州《しゅう》の大鍾乳洞《だいしょうにゅうどう》）の宣伝《せんでん》みたいだ。

ニュー・ゼベダイのあたりに洞《どう》くつがあるなんて、聞《き》いたことがない。魔法《まほう》がちょっといかれてきたのかもしれない。ルイスはそのまま、台所《だいどころ》のほうへ歩《ある》いていった。が、ぼそぼそと話《はな》す声《こえ》がしたので、はっと立《た》ちどまった。ツィマーマン夫人《ふじん》とおじさんが書斎《しょさい》で低《ひく》い声《こえ》で話《はな》している。こんな夜中《よなか》にツィマーマン夫人《ふじん》がきているなんて、いったいなにごとだろう？

ルイスは足音《あしおと》をしのばせて書斎《しょさい》に近《ちか》づくと、ドアの前《まえ》で立《た》ちどまった。ドアは細《ほそ》く開《あ》いていて、その二センチほどの隙間《すきま》からツィマーマン夫人《ふじん》のつかれきった声《こえ》がはっきりと聞《き》こえてきた。

「わかりましたよ、ジョナサン。あの橋《はし》から目《め》をはなさないことにしましょう。でも、どんな霊《れい》がエリフを追《お》いかけていたかは知《し》りませんけど、とっくにあの世《よ》へいっちまってると思《おも》いますよ。あの橋《はし》のところへいったとき、わたしは何《なに》も感《かん》じなかったし、あれ以来《いらい》、水晶球《すいしょうだま》もずっとのぞいてますけど、やっぱり何《なに》も映《うつ》らないんです。でも、あなたがそんなにあの橋《はし》のことが気《き》になってしょうがないなら、やはり何《なに》かあるのかもしれない。心配《しんぱい》しすぎだって笑《わら》いとばすわけにもいかないでしょうね」

おじさんが、深々《ふかぶか》と息《いき》を吸《す》いこむ音《おと》がした。「気《き》になってしょうがないというのとはちょっとちがうんだ、フローレンス。ああ、よくわからん。もしかしたら、アイザードのせいかもしれん。わたしは十年以上《ねんいじょう》、あのやっかいきわまりない夫婦《ふうふ》の仕掛《しか》けた邪悪《じゃあく》な魔法《まほう》と戦《たたか》ったからな。あのぞっとするばあさんにワイルダー・クリーク道路《どうろ》でつかまりかけた夜《よる》は、人生最悪《じんせいさいあく》の瞬間《しゅんかん》だったといってもいい。そうは思《おも》うのだが、それでも、シェイクスピアのじいさん風《ふう》に言《い》えば、親指《おやゆび》がずきずきするのを感《かん》じるんだよ。《マクベス》は知《し》っているだろう?」

ツィマーマン夫人《ふじん》はわざとかすれたぶきみな声《こえ》で、そのセリフを言《い》った。「〝親指《おやゆび》がずきずきするぞ。よくないことが起《お》こるのだ!〟」

「そのとおり。それだよ。じゃあ、なぜあのとき橋《はし》までいくのに、ちょいと遠回《とおまわ》りしたか、もちろんわかっているんだろうね?」

「もちろんですよ」ツィマーマン夫人《ふじん》はぴしゃりと言《い》った。「エディドヤ・クラバノングの農場《のうじょう》を見《み》たかったんでしょう。ええ、あいかわらず枯《か》れ野《の》だったわね。でも、ジョナサン、言《い》わせてもらえば、あれはいい考《かんが》えとは言《い》えませんでしたよ! あなたとあの場所《ばしょ》を調《しら》べにいくのはかまわない。だけど、ルイスとローズ・リタを連《つ》れていくなんて──何《なに》もなくてよかったですよ」

ジョナサンはしばらく黙《だま》っていた。少《すこ》しして、ジョナサンがたずねる声《こえ》が聞《き》こえた。

「フローレンス、おまえさんはあの農場《のうじょう》を歩《ある》いてみたことがあるかね？　あそこにある枯《か》れ木《き》に触《さわ》ったことは？」

「ウッ」ツィマーマン夫人《ふじん》の声《こえ》がして、ルイスはツィマーマン夫人《ふじん》がおおげさに身震《みぶる》いするようすが目《め》に浮《う》かんだ。「いいえ、ごめんですよ！　ぬるぬるしたナメクジがのたくってるバケツの中《なか》に手《て》を突《つ》っこんだほうがまだましだ！」

「実《じつ》はな、いってみたことがあるんだ」ジョナサンは言《い》った。「ここだけの話《はなし》、わたしもナメクジを選《えら》ぶよ。ともかく、もう二十年以上前《ねんいじょうまえ》だから、第二次世界大戦《だいじせかいたいせん》より前《まえ》だな、あそこまで探検《たんけん》しにいったんだ。あの枯《か》れた草《くさ》の上《うえ》を歩《ある》いてみた。そしたら、足《あし》の下《した》でジャリジャリにくずれて粉《こな》みたいになっちまうんだ。木《き》の幹《みき》に手《て》をおくと、ずぶずぶと中《なか》に沈《しず》んだ。木《き》じゃないみたいだった。どちらかというと、スズメバチのもろい巣《す》に手《て》を突《つ》っこんだような感《かん》じで――」

「空《から》だったことを祈《いの》りますよ」ツィマーマン夫人《ふじん》が口《くち》をはさんだ。

ジョナサンはくすくす笑《わら》ったけれど、いつもの元気《げんき》はなかった。「たしかに、刺《さ》されはしなかったよ、少《すく》なくともね。だが、これは冗談《じょうだん》じゃないんだ。やろうと思《おも》えば、幹《みき》の反《はん》対側《たいがわ》まで突《つ》き抜《ぬ》けそうだったのに、こんなに長《なが》い年月《ねんげつ》がたっても、一本《ぽん》も倒《たお》れていないなんておかしいと思《おも》わんか？　本当《ほんとう》だったら、最初《さいしょ》の大嵐《おおあらし》がきた時点《じてん》で、粉々《こなごな》になって吹《ふ》き飛《と》ばされているはずだろう？」

「言《い》われるまで、考《かんが》えてもみませんでしたよ。それでどうしたんです？」

「そのうちこわくなった」ジョナサンおじさんは認《みと》めた。「こわくなって、あわてて逃《に》げ出《だ》したんだ。それ以来《いらい》、あの場所《ばしょ》には二度《ど》と足《あし》を踏《ふ》み入《い》れていない。フローレンス、ありゃ、かなり異様《いよう》だ。まるで農場《のうじょう》にあるすべての命《いのち》が……そう、吸《す》い出《だ》されちまったみたいなんだ！」ジョナサンは声《こえ》をひそめた。「これでもまだ、いちばんおそろしかったことは話《はな》していない」

今度《こんど》はツィマーマン夫人《ふじん》が深《ふか》く息《いき》を吸《す》いこむ音《おと》が聞《き》こえた。「わかりました」ツィマーマン夫人《ふじん》は声《こえ》を平静《へいせい》に保《たも》とうとしながらたずねた。「それは何《なに》？」

「ウッドチャックだったと思《おも》う」そうこたえたジョナサンの声《こえ》は震《ふる》えていた。「少《すく》なくとも、そのくらいの大《おお》きさの動物《どうぶつ》だった。小型犬《こがたけん》くらいの、穴《あな》を掘《ほ》る動物《どうぶつ》だ。穴《あな》から体《からだ》を半《はん》分《ぶん》出《だ》していたからな。毛《け》は一本《ぽん》も残《のこ》っていなかった。皮膚《ひふ》はしわしわで、ひからびたスズメバチの巣《す》みたいな白《しら》けた灰色《はいいろ》になっていてな。想像《そうぞう》するのもいやだが、おそらく一八八五年《ねん》にあの隕石《いんせき》が農家《のうか》の裏《うら》に落《お》ちたときからずっと、穴《あな》から半分体《はんぶんからだ》を出《だ》したままなのだと思《おも》う」

「それで、木《き》と同《おな》じ状態《じょうたい》になっていたのね。なんておそろしい」ツィマーマン夫人《ふじん》は言《い》った。

「いや、もっとひどい」ジョナサンの声《こえ》があまりに小《ちい》さかったので、ルイスは耳《みみ》をドアの隙間《すきま》に押《お》しつけるようにして、つづきを聞《き》いた。実際《じっさい》、近《ちか》づきすぎて、コーヒーの香《かお》りがしたほどだった。おじさんはこう言《い》っていた。「触《さわ》りたくはなかった。その――そいつにな。木《き》の感触《かんしょく》を味《あじ》わったあとだったから。それで農場《のうじょう》をいったん出《で》て、数《すう》十メートルほど先《さき》で頑丈《がんじょう》な木《き》の枝《えだ》を拾《ひろ》うと、またもどったんだ。そしてその枝《えだ》で、動物《どうぶつ》の背中《せなか》をつついてみた。枝《えだ》はすっと刺《さ》さって、ぞっとするようなパリパリという音《おと》がしたよ」

「ウッ」ツィマーマン夫人《ふじん》が叫《さけ》んだ。「これ以上《いじょう》、コーヒーを飲《の》めそうもないわ。ちょうどいいわね。その光景《こうけい》を想像《そうぞう》したら、どのみち、今夜《こんや》は眠《ねむ》れそうにないから」

「フローレンス」ジョナサンおじさんは消《き》え入《い》るような声《こえ》で言《い》った。「フローレンス、それは——そいつは動《うご》いたんだ」

ルイスは片手《かたて》を壁《かべ》について体《からだ》を支《ささ》えなければならなかった。胃《い》がひっくりかえりそうになり、コーヒーの香《かお》りが突如《とつじょ》として強《つよ》くなって、吐《は》きそうになった。

「ああ、ジョナサン。そんなこと、今《いま》まで一度《ど》も話《はな》さなかったじゃないの」ツィマーマン夫人《ふじん》はがくぜんとした声《こえ》で言《い》った。

「それ以来《いらい》、夢《ゆめ》で何度《なんど》もそのときの光景《こうけい》を見《み》るんだ。おまえさんにも同《おな》じ苦《くる》しみを味《あじ》わわせたくなかった。今《いま》まではな。だが、もう話《はな》すしかない。いいかい、フローレンス、そのかわいそうな動物《どうぶつ》は、穴《あな》から這《は》い出《で》ようとしたんだ。ぞっとするようなヒューヒューという音《おと》を出《だ》してた。息《いき》をしようとしていたんだと思《おも》う。そして、前《まえ》へ這《は》い出《で》ようとしたとたん、前足《まえあし》が両方《りょうほう》ともぽきんと折《お》れて、体《からだ》が真《ま》っ二《ぷた》つに割《わ》れたんだ。わしは——粉々《こなごな》にしてきたよ。そいつを枝《えだ》でたたいて、粉々《こなごな》にしてやった」つばをごくりと飲《の》む音《おと》が聞《き》こえ、ジョナサンはつづけた。「苦《くる》しみから救《すく》ってやったんだ。いや、そうであってほしい。そうじゃないなんて――あの、あとに残《のこ》してきた粉《こな》の山《やま》にまだ呪《のろ》われた命《いのち》が残《のこ》っているなんて、思《おも》うだけで耐《た》えられない」

ハアーと息《いき》のもれる音《おと》がした。ツィマーマン夫人《ふじん》がようやく息《いき》を吐《は》き出《だ》したのだ。「わたしも耐《た》えられませんよ」ツィマーマン夫人《ふじん》は低《ひく》い声《こえ》で言《い》った。「わかりました。〈カファーナウム郡魔法使い協会《ぐんまほうつかいきょうかい》〉のみんなを動員《どういん》しましょう。みんなで見張《みは》るのよ。常《つね》に目《め》を光《ひか》らせて、耳《みみ》の穴《あな》をかっぽじって、鼻《はな》の穴《あな》をふくらませてね。そんな顔《かお》をしてたら、大《おお》笑《わら》いされるのが落《お》ちでしょうけど」

おじさんが弱々《よわよわ》しく笑《わら》う声《こえ》が聞《き》こえた。「それから、例《れい》のお二人《ふたり》さんにも目《め》を光《ひか》らせておかないとな。橋《はし》の問題《もんだい》が持《も》ちあがってから、あの二人《ふたり》のことは信用《しんよう》しとらん。この辺《へん》で、そんな悪魔《あくま》のような悪《わる》さに首《くび》を突《つ》っこむやつがいるとすれば、あの二人《ふたり》に決《き》まってるからな。まちがいない」

ルイスは頭《あたま》を殴《なぐ》られたような気《き》がした。おじさんが言《い》っているのは、ローズ・リタとぼくのことだろうか？　そう思《おも》ったとたん、そうにちがいないと思《おも》いはじめた。今《いま》までおじさんの言《い》いつけに従《したが》わなかったときのことが、いっぺんに浮《う》かんできた。自分《じぶん》の考《かんが》えなしの行動《こうどう》のせいで、みんなが危険《きけん》な目《め》にあったことが何度《なんど》あっただろう。ルイスの心《こころ》は沈《しず》んだ。ルイスは今《いま》まで感《かん》じたことのないような寂《さび》しさを感《かん》じながら、這《は》うように二階《かい》へあがった。そして洗面所《せんめんじょ》へいって、蛇口《じゃぐち》の下《した》に頭《あたま》をさし入《い》れて水《みず》を飲《の》むと、体《からだ》を引《ひ》きずるようにしてベッドにもどった。

おじさんはぼくに対《たい》する信用《しんよう》をすっかりうしなっているのだろうか？　だとしたら、どうしよう？　もしぼくを遠《とお》くへやることにしてしまったら？　ルイスは、問題《もんだい》を起《お》こして両親《りょうしん》に全寮制《ぜんりょうせい》の軍隊《ぐんたい》のような学校《がっこう》に送《おく》られてしまった男《おとこ》の子《こ》のことを知《し》っていた。もし自《じ》分《ぶん》も同《おな》じことになったら？　友《とも》だちのローズ・リタや、優《やさ》しくていつも自分《じぶん》のことを気《き》にかけてくれるツィマーマン夫人《ふじん》や、いつだって上機嫌《じょうきげん》なおじさんがいなくて、どうしてやっていけるだろう。

ルイスは寂《さび》しさと見捨《みす》てられた気持《きも》ちでいっぱいになりながら、薄《うす》いシーツの下《した》で体《からだ》を丸《まる》めた。それから、別《べつ》のことを思《おも》い出《だ》して、またひどく不安《ふあん》になった。

CAVE。窓《まど》のステンドグラスにはそう記《しる》されていた。英語《えいご》では洞《どう》くつの意味《いみ》だけれど、言語《げんご》というのはなにも英語《えいご》だけではない。ルイスは学校《がっこう》でラテン語《ご》も習《なら》っていた。たまたまラテン語《ご》にも同《おな》じCAVEというスペルの言葉《ことば》がある。それは、洞《どう》くつや鍾乳石《しょうにゅうせき》や石筍《せきじゅん》とは何《なん》の関係《かんけい》もない言葉《ことば》だった。

そうではなくて、ラテン語《ご》では、警告《けいこく》の言葉《ことば》だ。

その意味《いみ》は――

「注意《ちゅうい》せよ！」だった。

第《だい》4章《しょう》　隕石《いんせき》が落《お》ちた日《ひ》

ルイスは知《し》るよしもなかったが、ルイスがおじさんとツィマーマン夫人《ふじん》の会話《かいわ》を盗《ぬす》み聞《ぎ》きしていたのと同《おな》じ時間《じかん》、別《べつ》の二人組《ふたりぐみ》がニュー・ゼベダイの郊外《こうがい》で言《い》い争《あらそ》っていた。ジョナサンおじさんと同《おな》じように、その女《おんな》は車《くるま》をワイルダー・クリーク道路《どうろ》の脇《わき》に寄《よ》せて、骨《ほね》組《ぐ》みだけ残《のこ》った橋《はし》からあまり遠《とお》くないところにとめた。そして、そのぼろぼろの黒《くろ》いビュイックからおりたった。しばらくのあいだ、アスファルトの道路《どうろ》を右《みぎ》から左《ひだり》へ見渡《みわた》すように眺《なが》めていたが、夜中《よなか》のこんな時間《じかん》に通《とお》る車《くるま》などいなかった。はなれたところにある農家《のうか》の明《あ》かりすら、見《み》えない。東《ひがし》の地平線《ちへいせん》は真《ま》っ暗《くら》で、まだ夜明《よあ》けが訪《おとず》れる気配《けはい》はなかった。

すべてが静《しず》まり返《かえ》っている。わずかに聞《き》こえるのは、遠《とお》くの農場《のうじょう》で飼《か》われているイヌの遠吠《とおぼ》えだけだ。黄色《きいろ》いチーズのような月《つき》が、空《そら》の低《ひく》いところを渡《わた》っていく。その月《つき》の投《な》げかけるかすかな光《ひかり》で、かろうじて物《もの》の輪郭《りんかく》だけが見《み》えた。月《つき》の弱《よわ》い光《ひかり》を浴《あ》びて、古《ふる》い車《くるま》のフェンダーやボンネットが鈍《にぶ》い光《ひかり》を放《はな》っていた。

女《おんな》は助手席側《じょしゅせきがわ》にまわって、よぼよぼの老人《ろうじん》が車《くるま》からおりるのを手伝《てつだ》った。二人《ふたり》は同《おな》じくらいの年《とし》に見《み》える。八十歳《さい》くらいだろうか。だが、女《おんな》は背《せ》が高《たか》く、かすかに光《ひか》る白髪《はくはつ》をきゅっと結《ゆ》いあげ、足取《あしど》りも軽《かる》い。暖《あたた》かい夜《よる》だったけれど、足首《あしくび》まである黒《くろ》のロングコートを着《き》て、あごまできっちりボタンをかけていた。一方《いっぽう》、女《おんな》が支《ささ》えている男《おとこ》は動《うご》きがにぶく、はげていて、腰《こし》は曲《ま》がり、短気《たんき》だった。白《しろ》いシャツの襟《えり》をひらき、上《うえ》に黒《くろ》いスーツを着《き》ている。男《おとこ》は苦労《くろう》してやっと車《くるま》からおりた。「一人《ひとり》でおりられるわい」男《おとこ》はどなると、女《おんな》の手《て》をピシャリとはたいた。「おまえはトランクを開《あ》けろ！」男《おとこ》はよろよろしながら、路肩《ろかた》の草《くさ》むらに立《た》つと、卵《たまご》みたいな頭《あたま》を左右《さゆう》に振《ふ》りながら、杖《つえ》に全体重《ぜんたいじゅう》をかけてもたれかかった。

「転《ころ》んで首《くび》の骨《ほね》を折《お》らないようにしな、老《お》いぼれめ」女《おんな》はすげなくぴしゃりと言《い》い返《かえ》した。

「今《いま》はだめだよ。ようやくその時《とき》がこようとしてるんだ」

男《おとこ》はグイッと背《せ》を伸《の》ばすと、女《おんな》に向《む》かって杖《つえ》を振《ふ》りまわした。「こいつめ！」そしてまた杖《つえ》にもたれると、足《あし》をひきずりながら車《くるま》のうしろへ回《まわ》って、女《おんな》がトランクを開《あ》けて、何《なに》か長《なが》い筒《つつ》のようなものを取《と》り出《だ》すのを見《み》ていた。薄暗《うすくら》がりの中《なか》で見《み》ると、一・五メートルほどの長《なが》さの、じゅうたんをしまうのに使《つか》うボール紙《がみ》の筒《つつ》のように見《み》える。女《おんな》は注意深《ちゅういぶか》く筒《つつ》を立《た》てておくと、重《おも》い木製《もくせい》の三脚《さんきゃく》を取《と》り出《だ》した。「どこに設置《せっち》しようかね？」女《おんな》はたずねた。

男《おとこ》はおおげさに杖《つえ》を振《ふ》りまわした。「どこだっていい！　どこだろうとかまわん！　高《こう》度《ど》と方位《ほうい》はわかっとるんだから、あとはどこだって同《おな》じだ！　平《たい》らな場所《ばしょ》を探《さが》せ。急《いそ》ぐんだ！」

女《おんな》は折《お》りたたまれた三脚《さんきゃく》を腕《うで》にかかえて古《ふる》い橋《はし》のほうへ歩《ある》いていった。ワイルダー・クリーク道路《どうろ》は新《あたら》しい道《みち》に変《か》えられていたけれど、古《ふる》い橋《はし》のほうへいくアスファルトの道《みち》もまだはがされずに残《のこ》っていた。女《おんな》はその上《うえ》に三脚《さんきゃく》を立《た》てた。パチンと音《おと》をたてて三脚《さんきゃく》をひらくと、ウッとうなって力《ちから》を入《い》れて脚《あし》を固定《こてい》した。三脚《さんきゃく》の上《うえ》には重《おも》そうな台板《だいばん》のようなものがついていた。

三脚《さんきゃく》を立《た》ておわると、女《おんな》は筒《つつ》を取《と》りにもどった。男《おとこ》も女《おんな》といっしょに車《くるま》までいって、またもどり、そのあいだじゅうブツブツ文句《もんく》を言《い》っていた。だが、女《おんな》は急《いそ》ごうとしなかった。

まるで何百回《なんびゃっかい》と同《おな》じことをくりかえしてきたかのように、ゆっくりと、しかし確実《かくじつ》に筒《つつ》を台座《だいざ》に取《と》り付《つ》けた。そしてクローム製《せい》の丸《まる》いつまみをいくつか、くるくると回《まわ》すと、筒《つつ》を空《そら》へ向《む》けて傾《かたむ》けた。ここまでくれば、それが反射望遠鏡《はんしゃぼうえんきょう》だということは、だれにでもわかる。レンズの代《か》わりに鏡《かがみ》を使《つか》って、対象《たいしょう》を拡大《かくだい》するタイプのものだ。

フンフンとゆっくりとした暗《くら》い節《ふし》の曲《きょく》を口《くち》ずさみながら、女《おんな》は接眼《せつがん》レンズを筒《つつ》の片側《かたがわ》にはめこんだ。そしてコートのポケットから赤《あか》い電球《でんきゅう》のついたペンライトを取《と》り出《だ》し、スイッチを入《い》れた。ぼんやりとした赤《あか》い光《ひかり》で照《て》らしながら、まず三脚《さんきゃく》を調整《ちょうせい》し、それから望《ぼう》遠鏡《えんきょう》をあわせて、台座《だいざ》についているコンパスと二つの金属《きんぞく》の輪《わ》をじっと見《み》つめた。輪《わ》には線《せん》と数字《すうじ》が刻《きざ》みこまれていて、まるい定規《じょうぎ》みたいに見《み》える。両方《りょうほう》の輪《わ》が示《しめ》している数字《すうじ》に納得《なっとく》すると、女《おんな》はペンライトを消《け》して、ポケットにもどした。

それから、台座《だいざ》のボタンを押《お》した。すると、ぜんまい仕掛《じか》けのモーターがカチカチと静《しず》かな音《おと》をたてはじめた。「これでいいようだね」女《おんな》は言《い》った。そして、あざけるような口《く》調《ちょう》で皮肉《ひにく》たっぷりにつけくわえた。「見《み》えるか確《たし》かめましょうか？　それとも、記念《きねん》すべき第《だい》一回《かい》はご自分《じぶん》でごらんになりますかね、偉大《いだい》なるご主人様《しゅじんさま》？」

「うるさい、だまれ！」男《おとこ》は怒《いか》りで声《こえ》を震《ふる》わせてどなった。「わしが見《み》る！　おまえなんぞ見《み》たってわからんだろうからな！」

女《おんな》はフンと鼻《はな》を鳴《な》らしたけれど、何《なに》も言《い》わなかった。男《おとこ》は足《あし》をひきずりながら望遠鏡《ぼうえんきょう》のところまでいくと、筒《つつ》にさわらないように気《き》をつけながら接眼《せつがん》レンズをのぞいた。ブツブツ言《い》いながらつまみを回《まわ》して、焦点《しょうてん》をあわせている。すぐに、男《おとこ》はゲラゲラうれしそうに笑《わら》いはじめた。「見《み》えるぞ！」男《おとこ》は高《たか》らかに言《い》った。「見《み》える！　美《うつく》しい！　まるで赤《あか》い星《ほし》が毛《け》を生《は》やしているようだ。レンズの視界《しかい》のど真《ま》ん中《なか》に見《み》えるぞ。よくやった、いとしの妻《つま》よ！　考《かんが》えてもみろ。前回《ぜんかい》この星《ほし》が地球《ちきゅう》にやってきたときは、失《うしな》われたアトランティス大陸《たいりく》の住人《じゅうにん》がその光《ひかり》の下《した》にひれふしたのだ。四千年《ねん》の時《とき》を経《へ》て、赤色星《あかいろぼし》は今《いま》ふたたびもどってきたのだ！」

「彗星《すいせい》って言《い》うんだよ、まぬけ」女《おんな》は言《い》いかえした。「それで？　わたしにも見《み》せてくれるのかい？」

男《おとこ》はわきにどいた。「もちろんだ、アーミン。とくと見《み》るがいい。好《す》きなだけな」女《おんな》がかがんで接眼《せつがん》レンズをのぞいているあいだ、男《おとこ》は暗《くら》い夜空《よぞら》をじっと見《み》あげていた。「裸眼《らがん》ではまだ見《み》えんな。だが、刻一刻《こくいっこく》と近《ちか》づいてきている。すぐに、夜空《よぞら》にきらめく姿《すがた》が見《み》られるようになるぞ！　そしてようやくわれわれの時《とき》が訪《おとず》れるのだ！」そして感極《かんきわ》まったかのように、男《おとこ》は体《からだ》を震《ふる》わせてすすり泣《な》いた。

女《おんな》はレンズから顔《かお》をあげようともしなかった。男《おとこ》はズボンのポケットからくしゃくしゃになったハンカチを見《み》つけ出《だ》すと、涙《なみだ》をふいて鼻《はな》をかみ、足《あし》をひきずりながら古《ふる》い橋《はし》のほうへ歩《ある》き出《だ》した。そして橋《はし》のすぐ手前《てまえ》で足《あし》を止《と》め、渦《うず》を巻《ま》いている暗《くら》い水《みず》を見下《みお》ろした。月《つき》の影《かげ》が小《ちい》さく波打《なみう》ちながら映《うつ》っているほかは何《なに》も見《み》えなかった。するといきなり、水面《すいめん》がごぼごぼとさかんに泡立《あわだ》ち、青白《あおじろ》い光《ひかり》を発《はっ》しはじめた。男《おとこ》は笑《わら》った。「もうすぐだ、わがペットよ。もうすぐだからな！　もうすぐおまえは自由《じゆう》になって、メフィストフェレス・ムートのために働《はたら》くのだ！　そしてばか者《もの》だらけの世界《せかい》はわしの前《まえ》にひざまずき、頭《あたま》を下《さ》げるだろう！」

泡《あわ》は消《き》えていった。ぞっとするような悪臭《あくしゅう》がたちのぼった。腐《くさ》った肉《にく》とカビくささのまざったような、かすかに甘《あま》い胸《むね》の悪《わる》くなるにおい。だが、男《おとこ》はどうかなったように笑《わら》いながら跳《は》ね回《まわ》っている。男《おとこ》にとっては、バラの香《かお》りにも等《ひと》しいようだった。

おそろしい夢《ゆめ》を見《み》た翌朝《よくあさ》、ルイスはおじさんと教会《きょうかい》のミサへいった。聖《せい》ジョージ教会《きょうかい》は、小《ちい》さな石造《いしづく》りの建物《たてもの》だったが、その建物《たてもの》には大《おお》きすぎるような十字架《じゅうじか》の道行《みちゆ》きの図柄《ずがら》のついたステンドグラスの窓《まど》があった。司祭《しさい》のマイケル・フランシス師《し》は小柄《こがら》でやせていて、大《おお》きな丸《まる》いめがねをかけ、やわらかな落《お》ち着《つ》いた声《こえ》で話《はな》す陽気《ようき》な人《ひと》だった。いつもは、ルイスはミサの儀式《ぎしき》に出《で》ると心《こころ》が落《お》ち着《つ》くのだけれど、その日曜日《にちようび》はおじさんの横《よこ》に座《すわ》っているあいだじゅう、おじさんは本当《ほんとう》に自分《じぶん》のことを信用《しんよう》しているのだろうかと、そればかり考《かんが》えていた。そうじゃないのかもしれないと思《おも》うと、ルイスの心《こころ》は沈《しず》んだ。教会《きょうかい》を出《で》るとき、ルイスはちょっと立《た》ちどまって短《みじか》いアベマリアの祈《いの》りを唱《とな》え、おかあさんとおとうさんの魂《たましい》に捧《ささ》げるロウソクに火《ひ》をつけた。帰《かえ》り道《みち》のオンボロのマギンズ・サイムーンの中《なか》で、ルイスは自分《じぶん》が信用《しんよう》に足《た》る男《おとこ》の子《こ》だということを証明《しょうめい》しようと決意《けつい》した。

そのあとの一日《にち》は、ごくふつうに過《す》ぎていった。月曜日《げつようび》、ルイスはローズ・リタに、ジョナサンおじさんが自分《じぶん》たちに腹《はら》をたてているかもしれないとは話《はな》したけれど、詳《くわ》しい理由《りゆう》まではっきり言《い》わなかった。自分《じぶん》だけでもじゅうぶん悲《かな》しいのに、ローズ・リタまで悲《かな》しい不安《ふあん》な気持《きも》ちにさせるつもりはなかった。

それでも、ローズ・リタはじゅうぶん事情《じじょう》を理解《りかい》して、自分《じぶん》も手伝《てつだ》いたいと言《い》った。

「まず、一八八五年《ねん》にクラバノング農場《のうじょう》に落《お》ちたっていう赤《あか》い隕石《いんせき》のことを調《しら》べることからはじめようよ。ニュー・ゼベダイみたいに静《しず》かで小《ちい》さい町《まち》なら、かなりのニュースになったはず。いくわよ」

ルイスはローズ・リタにつれられて、町《まち》の図書館《としょかん》へいった。二人《ふたり》は、町《まち》の新聞《しんぶん》の《ニュー・ゼベダイ新聞《しんぶん》》のバックナンバーがしまわれている地下室《ちかしつ》へおりていった。新聞《しんぶん》はかなりの量《りょう》を一冊分《さつぶん》にまとめ、栗色《くりいろ》の表紙《ひょうし》をつけて製本《せいほん》してあったが、表紙《ひょうし》はぼろぼろで、金色《きんいろ》の文字《もじ》もあせてはがれおち、ひどく読《よ》みにくかった。中《なか》にはごっそりなくなっている巻《かん》もあって、特《とく》に一八六一年《ねん》から一八六五年《ねん》の南北戦争《なんぼくせんそう》のあいだの分《ぶん》はぜんぶ抜《ぬ》けていた。しかし、一八八五年《ねん》の分《ぶん》は二巻《かん》とも棚《たな》にあったので、ルイスとローズ・リタは後半《こうはん》の七月《がつ》から十二月《がつ》の分《ぶん》をまとめた巻《かん》をひっぱり出《だ》した。

「ツイマーマン夫人《ふじん》は、隕石《いんせき》が落《お》ちたのは十二月《がつ》だったたって言《い》ってたよね」ローズ・リタは黄《き》ばんでカサカサになった古《ふる》い新聞《しんぶん》を慎重《しんちょう》にめくっていった。細《こま》かいほこりがたちのぼり、ルイスの鼻腔《びこう》をくすぐった。かすかにセージに似《に》た香《かお》りがした。

古《ふる》い新聞《しんぶん》には写真《しゃしん》はなくて、たまに版画《はんが》がついているだけだった。そのほとんどが広告《こうこく》で、新製品《しんせいひん》の耕運機《こううんき》とか灯油《とうゆ》ストーブの宣伝《せんでん》だった。十二月《がつ》のところまでページをめくると、二人《ふたり》はそれぞれ片《かた》ページずつ見《み》ながら隕石《いんせき》のニュースを探《さが》しはじめた。

そしてようやく十二月《がつ》二十二日《にち》火曜日《かようび》の新聞《しんぶん》の一面《めん》に記事《きじ》があるのを見《み》つけた。ルイスとローズ・リタは新聞《しんぶん》の上《うえ》に身《み》を乗《の》り出《だ》して、頭《あたま》をくっつけあうようにして記事《きじ》を読《よ》んだ。

宇宙《うちゅう》からのあっと驚《おどろ》く訪問者《ほうもんしゃ》

月《つき》の女神《めがみ》のディアーナは憤《ふん》まんやるかたなかったにちがいない。昨夜《さくや》十二時《じ》ごろ、未知《みち》なる宇宙《うちゅう》の深《ふか》みから降《ふ》ってきたたった一つの流星《りゅうせい》が、女神《めがみ》の輝《かがや》きをかすませてしまったのだから。この処女神《しょじょしん》がごきげんを損《そこ》ねて、ご自分《じぶん》の部屋《へや》に閉《と》じこもってしまったことは、想像《そうぞう》にかたくない。

ニュー・ゼベダイ、エルドリッジ・コーナーズのホーマー道路近辺《どうろきんぺん》の住民《じゅうみん》、および、周辺《しゅうへん》のカファーナウム郡《ぐん》の村民《そんみん》たちは、きっかり十二時《じ》に、巨大《きょだい》な打《う》ちあげ花火《はなび》のようなすさまじい音《おと》で目《め》を覚《さ》ましました。

そのときちょうど目《め》を光《ひか》らせていたニュー・ゼベダイのジェームズ・アンドリュー巡査《じゅんさ》は、犯人《はんにん》は「家《いえ》くらいある」隕石《いんせき》だと報告《ほうこく》した。隕石《いんせき》は耳《みみ》をつんざくような轟音《ごうおん》をたてながら、冷《つめ》たく澄《す》んだ夜空《よぞら》を弧《こ》を描《えが》くように落下《らっか》した。隕石《いんせき》の放《はな》つ真《ま》っ赤《か》な光《ひかり》のために、「あたり一面《いちめん》が血《ち》を浴《あ》びたように見《み》えた」と、巡査《じゅんさ》は話《はな》した。

その音《おと》のすさまじさに、最後《さいご》の審判《しんぱん》のラッパが鳴《な》り、世界《せかい》の終《お》わりがきたのだと思《おも》いこんで、ベッドを飛《と》び出《だ》し、慣《な》れない祈《いの》りを一心《いっしん》に唱《とな》えた読者《どくしゃ》もいるのではないか。隕石《いんせき》が通過《つうか》した震動《しんどう》で、ニュー・ゼベダイ中《じゅう》の教会《きょうかい》の尖塔《せんとう》が揺《ゆ》れ、その結果《けっか》、町中《まちじゅう》に鐘《かね》の音《ね》が鳴《な》り響《ひび》いた。これまでのところ、約《やく》四十名《めい》の市民《しみん》が、窓《まど》ガラスにひびが入《はい》ったり、割《わ》れたりしたという被害《ひがい》を報告《ほうこく》している。ニュー・ゼベダイのオフィス街《がい》の窓《まど》もかなりの数《かず》、破損《はそん》した。だが、当紙《とうし》は事件《じけん》の明《あか》るい面《めん》にも注目《ちゅうもく》したいと思《おも》う。クリスマスの季節《きせつ》、ガラス職人《しょくにん》は商売繁盛《しょうばいはんじょう》まちがいなしだろう。

隕石《いんせき》の落下《らっか》した場所《ばしょ》は、ニュー・ゼベダイ南部《なんぶ》あたりだと思《おも》われる。発見《はっけん》された場《ば》合《あい》、とうぜん科学的調査《かがくてきちょうさ》の対象《たいしょう》となるはずだ。

寛大《かんだい》な読者《どくしゃ》の方《かた》で森《もり》を散歩中《さんぽちゅう》、煙《けむり》の出《で》ている大《おお》きなくぼみを発見《はっけん》した方《かた》がありましたら、当紙《とうし》をその衝突《しょうとつ》の現場《げんば》へお連《つ》れくだされば、十ドルの謝礼金《しゃれいきん》をさしあげます。ただし、お知《し》らせは当紙《とうし》のみに。ごきげんを損《そこ》ねた女神《めがみ》ディアーナにこっそり教《おし》えたりしたら、どんな呪《のろ》いをかけられるかわかりませんから。

「へえ。当時《とうじ》はちっとも深刻《しんこく》に考《かんが》えてなかったみたいね」ローズ・リタは言《い》った。

「きっと、けが人《にん》も出《で》なかったし、記者《きしゃ》はほっとしてこんな風《ふう》に書《か》いたのかもしれないよ。隕石《いんせき》が落《お》ちてくるなんてすごくこわいことだろ。何事《なにごと》もなく無事《ぶじ》にすんだら、よかったと思《おも》うのがふつうなんじゃないかな」

「そうかもしれないね」ローズ・リタはうなずいた。二人《ふたり》はさらにページをめくって、水《すい》曜日《ようび》の死亡欄《しぼうらん》にエディドヤ・クラバノングの記事《きじ》があるのを見《み》つけた。たいした内容《ないよう》ではなかった。

「エディドヤ・クラバノング。農場主《のうじょうぬし》。十二月《がつ》二十一日急死《にちきゅうし》。葬式《そうしき》は親族《しんぞく》のみ」

それだけだった。あとは、十二月《がつ》の新聞《しんぶん》には隕石《いんせき》についての記事《きじ》も、クラバノング家《け》の記事《きじ》もいっさいなかった。ローズ・リタは厚《あつ》い本《ほん》を閉《と》じた。ルイスはじっと考《かんが》えこんでいた。記憶《きおく》の片隅《かたすみ》で、なにかが揺《ゆ》さぶられているような気《き》がしたのだ。「そうだ。十二月《がつ》二十一日《にち》って、一年《ねん》でいちばん昼《ひる》が短《みじか》い日《ひ》じゃない？」

「うん」ローズ・リタはこたえた。「冬至《とうじ》だよ。冬《ふゆ》のはじまり。一年《ねん》でいちばん昼《ひる》が短《みじか》くて、夜《よる》が長《なが》いの。ちなみに明日《あす》は夏《なつ》のはじまりの日《ひ》よ。昼《ひる》がいちばん長《なが》くて、夜《よる》がいちばん短《みじか》いの。それがどうかした？」

「きっと、何《なに》か関係《かんけい》ある。エディドヤは何《なに》か魔法《まほう》を使《つか》って、冬至《とうじ》の夜《よる》に隕石《いんせき》を呼《よ》びよせたのかもしれない。ほら、魔女《まじょ》とか魔法使《まほうつか》いは、一年《ねん》の決《き》まった日《ひ》にいちばん強《つよ》い魔法《まほう》をかけることができるんだ。ジョナサンおじさんは月《つき》を欠《か》けさせることができるけど、いつでもできるってわけじゃない。ぜんぶの星《ほし》がある決《き》まった位置《いち》にあるときじゃないとだめなんだよ。その場合《ばあい》だって、月食《げっしょく》が本当《ほんとう》に起《お》こってるわけじゃない。せいぜい一・五キロ四《し》方《ほう》でそう見《み》えるだけなんだ」

ローズ・リタは図書館《としょかん》の机《つくえ》をコツコツとたたいた。「ルイスの言《い》うとおりかもしれない」

ローズ・リタはおもむろに言《い》った。「だけど、どうやって確《たし》かめる？　つまり、おじさんやツィマーマン夫人《ふじん》にきくのがいやなら――」

「もちろん、だめだよ！」ルイスはあわてて言《い》った。「古《ふる》い新聞記事《しんぶんきじ》なんか読《よ》んで、また余計《よけい》なことに首《くび》を突《つ》っこんでるって思《おも》われるもん」

ローズ・リタは、座《すわ》っていたイスをうしろにひいた。「わかった。たぶん思《おも》いすごしだと思《おも》うけど、ルイスがこのことで本当《ほんとう》に悩《なや》んでいるのはわかってるから。こういうのはどう？　例《れい》の農場《のうじょう》を調《しら》べにいくっていうのは？」

ルイスはまるで突然《とつぜん》お腹《なか》が凍《こお》りついたような気《き》がした。「よ、よくわからないよ」ルイスはつかえながら言《い》った。「ま、町《まち》の外《そと》だしさ、そ、それに――」

「自転車《じてんしゃ》なら二、三時間《じかん》でいけるよ」ローズ・リタはルイスを説得《せっとく》しようとした。「あのくらいの距離《きょり》のところなら、何度《なんど》もいったことがあるじゃない。朝早《あさはや》く、たとえば七時《じ》とかに出《で》れば、九時《じ》か九時半《じはん》にはつくわよ。今度《こんど》の土曜日《どようび》がいいかもね。そうしたら、それまでまだ日《ひ》にちがあるから準備《じゅんび》できるし。農場《のうじょう》を調《しら》べてまわって、ピクニックでもしてから自転車《じてんしゃ》で帰《かえ》れば、だれにも気《き》づかれないわよ」

ローズ・リタの言《い》うとおりだ。それでもルイスは、まるで巨大《きょだい》な手《て》につかまれて、肺《はい》の空気《くうき》を押《お》し出《だ》されたような気分《きぶん》だった。おじさんのおそろしい話《はなし》を聞《き》いたあとでは、荒《あ》れ果《は》てたぶきみな農場《のうじょう》のことを考《かんが》えるだけでもこわかったのだ。「な、何《なに》が、み、見《み》つかると思《おも》う？」ルイスは口《くち》ごもりながら、結論《けつろん》を引《ひ》きのばそうとしてたずねた。

「隕石《いんせき》が落《お》ちたところよ。じゃなきゃ、魔法《まほう》の呪文《じゅもん》を記《しる》した本《ほん》とか。《キャプテン・ミッドナイト（アメリカの冒険《ぼうけん》ラジオドラマの主人公《しゅじんこう》）》の秘密暗号解読《ひみつあんごうかいどく》リングとかね。わかるわけないじゃない。一つだけたしかなのは、いってみなきゃ、何《なん》にも見《み》つからないってことよ」

ルイスはのどにこみあげてくるかたまりをなんとか飲《の》みこもうとした。「本当《ほんとう》にいくのがいいと思《おも》う？　おそろしいところなんだよ。こわくないの？」ルイスはかすれた声《こえ》できいた。

ローズ・リタは弱々《よわよわ》しく笑《わら》った。「こわいわよ。もちろん」ローズ・リタは認《みと》めた。「だけど、昼間《ひるま》だし、二人《ふたり》いっしょだし、何《なに》かおかしなことがあったら、一目散《いちもくさん》に逃《に》げればいい。逃《に》げるって約束《やくそく》する」

ルイスは頭《あたま》がくらくらした。ルイスは何《なに》よりも、おじさんが自分《じぶん》のことを愛《あい》していて、信用《しんよう》していて、決《けっ》してどこかにやったりしないという保証《ほしょう》がほしかった。ローズ・リタの計画《けいかく》は、その役《やく》に立《た》つかもしれない。でも、その一方《いっぽう》で、あの夢《ゆめ》に出《で》てきた奇怪《きかい》なおりのように、すべてが崩《くず》れさってしまうかもしれないのだ。ぼくにもっと決断力《けつだんりょく》と勇気《ゆうき》があればローズ・リタみたいにまようことなく突《つ》きすすんで、まだ何《なに》も起《お》こらないうちからおろおろしたり、こわがったりしないですめば。

ルイスは懸命《けんめい》に声《こえ》を落《お》ち着《つ》かせようとしながら言《い》った。「わかった、いくよ。だけど、もし何《なに》かあったら――」

「逃《に》げる」ローズ・リタは約束《やくそく》した。「一目散《いちもくさん》にね」

「一目散《いちもくさん》に」ルイスはくりかえした。そして決《き》まった。

第《だい》5章《しょう》　荒《あ》れ果《は》てた農場《のうじょう》

水曜日《すいようび》の夕食《ゆうしょく》の席《せき》で、ルイスはおじさんにローズ・リタとサイクリングにいってもいいかたずねた。ジョナサンのマッシュポテトをよそっていた手《て》が一瞬《いっしゅん》止《と》まった。「ああ、もちろん。いいんじゃないか。今《いま》のほうがいい季節《きせつ》かもしれん。七月《がつ》になると気温《きおん》は四十度《ど》を越《こ》すからな。歩道《ほどう》でベーコンエッグが作《つく》れちまう」そして、マッシュポテトを自分《じぶん》のお皿《さら》に盛《も》った。「お弁当《べんとう》は、サンドイッチの材料《ざいりょう》を買《か》っといてやろう。何《なに》もない田舎《いなか》でドナー隊《たい》（一八四六年《ねん》にカリフォルニアに向《む》けてイリノイ州《しゅう》を出発《しゅっぱつ》したが、途中《とちゅう》の雪山《ゆきやま》で食料《しょくりょう》がつき、半数《はんすう》が死亡《しぼう》。残《のこ》りの者《もの》はその肉《にく》を食《た》べて生《い》き延《の》びた）みたいに飢《う》え死《じ》にされちゃ、こまるからな」

こうしてルイスとローズ・リタは、次《つぎ》の土曜日《どようび》に遠征《えんせい》を決行《けっこう》することにした。ところが金曜日《きんようび》の朝《あさ》、ルイスが目《め》を覚《さ》ますと、外《そと》は嵐《あらし》だった。ねずみ色《いろ》のちぎれ雲《ぐも》が空《そら》の低《ひく》いところを猛《もう》スピードで流《なが》れてきて、風《かぜ》が気《き》まぐれにヒュウウと吹《ふ》いて軒先《のきさき》をくぐり、大粒《おおつぶ》の雨《あめ》がときおり激《はげ》しさをまして窓《まど》ガラスをたたいた。ルイスはひそかにほっと胸《むね》をなでおろした。天気《てんき》がこのままなら、サイクリングは中止《ちゅうし》だ。ルイスは実《じつ》のところ、いくのが嫌《いや》でしょうがなかった。

昼近《ひるちか》くになると、ジョナサンおじさんがいつも「カエルの息詰《いきづ》まり」と呼《よ》んでいる雷雨《らいう》がはじまった。鉛色《なまりいろ》をしたどしゃぶりの雨《あめ》が屋根《やね》をたたき、空《そら》にひびが入《はい》ったように稲妻《いなずま》がひらめいて雷鳴《らいめい》がとどろき、窓《まど》ガラスがガタガタと鳴《な》って床《ゆか》が震《ふる》えた。ニュー・ゼベダイに約《やく》三分間《ぷんかん》、雹《ひょう》が降《ふ》りそそいだ。ビー玉《だま》くらいの大《おお》きさの丸《まる》い氷《こおり》のつぶてが地面《じめん》にバシバシとあたって跳《は》ねかえり、庭《にわ》はまるで六月《ろくがつ》に雪《ゆき》が降《ふ》ったように真《ま》っ白《しろ》になった。雹《ひょう》はまた突然《とつぜん》、ぴたりとやんだが、雨《あめ》と稲妻《いなずま》と雷《かみなり》はますます激《はげ》しさをました。

ジョナサンは火《ひ》をつけていないパイプをかみながら書斎《しょさい》に座《すわ》っていた。何《なに》かの魔法《まほう》の本《ほん》を、一心《いっしん》に読《よ》んでいる。いつもだったら、ルイスは雷《かみなり》がこわいのだけれど、今回《こんかい》にかぎっては恵《めぐ》みの嵐《あらし》に思《おも》えた。ルイスは屋敷《やしき》の南棟《みなみとう》の階段室《かいだんしつ》へいくと、踊《おど》り場《ば》に座《すわ》って、模《も》様《よう》の変《か》わるステンドグラスの窓《まど》をながめた。今《いま》はもう、緋色《ひいろ》の警告《けいこく》は消《き》えていた。かわりに、緑《みどり》の畑《はたけ》のあいだを抜《ぬ》ける黄色《きいろ》い小道《こみち》と、そのつきあたりにある一軒《けん》の質素《しっそ》な白《しろ》い農家《のうか》が見《み》える。屋根《やね》の上《うえ》を白《しろ》い小鳥《ことり》が飛《と》んでいたが、それ以外《いがい》、明《あか》るい青《あお》い空《そら》には何《なに》も見《み》えなかった。

稲妻《いなずま》がひらめくたびに、楕円形《だえんけい》の窓《まど》が燃《も》えるように輝《かがや》く。外《そと》の嵐《あらし》をよそに、窓《まど》の平和《へいわ》な景色《けしき》を見《み》ていると、ルイスは落《お》ち着《つ》いた気持《きも》ちになった。もしかしたら、ぼくは何《なん》でもないことで大騒《おおさわ》ぎしていたのかもしれない。クラバノング農場《のうじょう》へいくのが延《の》びたような気《き》がして、まるで肩《かた》から重石《おもし》がとれたような気分《きぶん》だった。

耳《みみ》をろうするような雷鳴《らいめい》が鳴《な》り響《ひび》き、階段《かいだん》まで揺《ゆ》れた。電気《でんき》がチカチカと瞬《またた》いてぼんやりとしたオレンジ色《いろ》になり、ふっと消《き》えた。たちまち階段《かいだん》は暗《くら》い陰気《いんき》なトンネルと化《か》した。ルイスはあわてて立《た》ちあがると、二階《かい》へ駆《か》けのぼり、部屋《へや》まで走《はし》っていってベッドに飛《と》びこんだ。昔《むかし》、親戚《しんせき》のおばさんが、雷《かみなり》のときは羽根《はね》ぶとんのベッドに入《はい》っていれば安全《あんぜん》だと言《い》っていたのだ。

ルイスは自分《じぶん》のふとんが羽根《はね》なのか、気泡《きほう》ゴムなのか、それともロブスターの触角《しょっかく》でも入《はい》っているのか、まったく知《し》らなかったし、そもそもおばさんの言《い》っていたことが本当《ほんとう》なのか、またいつもの迷信《めいしん》のひとつなのか、それさえ、わからなかった。

でも、迷信《めいしん》だろうが本当《ほんとう》だろうが、ベッドに入《はい》って少《すこ》し安心《あんしん》できたのはまちがいなかった。外《そと》で嵐《あらし》が吹《ふ》き荒《あ》れているあいだ、ルイスはベッドで横《よこ》になっていた。ちらっと時計《とけい》を見《み》て、それからまたふしぎな色《いろ》をちらちらと放《はな》っている鉄《てつ》の鋲《びょう》を、奇妙《きみょう》な嫌悪《けんお》の念《ねん》を持《も》って眺《なが》めた。実際《じっさい》、今日《きょう》はいつにもまして色《いろ》があざやかに見《み》える。稲妻《いなずま》がひらめくたびに、光《ひかり》はぱっと強《つよ》くなり、まるで空気中《くうきちゅう》の電気《でんき》にエネルギーをもらっているようだった。この鋲《びょう》が、かたい鉄《てつ》でできているなんて信《しん》じられなかった。表面《ひょうめん》を様々《さまざま》な光《ひかり》が渦《うず》を巻《ま》きながら脈打《みゃくう》つように流《なが》れている。

ルイスは枕《まくら》もとのテーブルのひきだしを開《あ》けた。中《なか》には、色々《いろいろ》ながらくたが入《はい》っていた。古《ふる》いトランプの札《ふだ》やモノポリーのチップ、写真《しゃしん》が何枚《なんまい》か、ロザリオ、そんななんでもないものばかりだ。ルイスは念《ねん》には念《ねん》を入《い》れて指《ゆび》の先《さき》だけ使《つか》って鋲《びょう》をはじきながら、ひきだしの中《なか》へ転《ころ》がり落《お》とした。それからひきだしをぴしゃりと閉《し》め、おそるおそる右《みぎ》の人差《ひとさ》し指《ゆび》の先《さき》を見《み》て、光《ひか》りはじめていないか確《たし》かめた。どうやら鋲《びょう》の奇妙《きみょう》な光《ひかり》は伝染性《でんせんせい》ではないらしく、指先《ゆびさき》の皮膚《ひふ》はいつもどおりだった。

それからいくらもしないうちに、ふたたび電気《でんき》がついた。嵐《あらし》は徐々《じょじょ》におさまり、最後《さいご》に何度《なんど》か雷鳴《らいめい》をとどろかせ、くやしまぎれにどっと雨《あめ》を降《ふ》らせてから、東《ひがし》へ去《さ》っていった。ルイスは窓際《まどぎわ》にしゃがんで、外《そと》をのぞいた。空《そら》は晴《は》れはじめていた。すでに雲《くも》の合間《あいま》からぽつぽつと青空《あおぞら》がのぞいている。濡《ぬ》れた葉《は》が窓《まど》にはりつき、前庭《まえにわ》のクリの木《き》からぽたぽたと水《みず》が滴《したた》っている音《おと》が聞《き》こえた。だが、嵐《あらし》は終《お》わっていた。

夕食《ゆうしょく》のころには、空《そら》はすっかり晴《は》れていた。テレビの天気予報《てんきよほう》が、土曜日《どようび》と日曜日《にちようび》は晴《は》れて暖《あたた》かい日《ひ》になるでしょう、と言《い》っている。ローズ・リタと農場《のうじょう》へいく予定《よてい》はそのまま変《か》わらないことに気《き》づいて、ルイスの心《こころ》は重《おも》く沈《しず》みこんだ。その夜《よる》、ルイスは眠《ねむ》ったり起《お》きたりをくりかえした。また奇妙《きみょう》なおそろしい夢《ゆめ》を見《み》て、三時《じ》四分《ぷん》に目《め》を覚《さ》ましたけれど、夢《ゆめ》の内容《ないよう》は思《おも》い出《だ》せなかった。なにか血《ち》も涙《なみだ》もない巨大《きょだい》なものに追《お》いかけられたという漠《ばく》然《ぜん》とした記憶《きおく》しかない。あの鋲《びょう》は？　どうなっているだろう？

ルイスは恐怖《きょうふ》と期待《きたい》の入《い》り混《ま》じったような気持《きも》ちで、枕《まくら》もとのテーブルのひきだしを開《あ》けた。何《なに》も光《ひか》っているものはなかった。鋲《びょう》はただの八センチほどの鉄《てつ》の塊《かたまり》でしかない。ルイスはひきだしを閉《し》めると、また眠《ねむ》りに落《お》ちていった。

目覚《めざ》ましは六時半《じはん》に鳴《な》った。金属的《きんぞくてき》なやかましいアラーム音《おん》が、ルイスを夢《ゆめ》も見《み》ない深《ふか》いまどろみからたたき起《お》こした。腕《うで》をあちこち振《ふ》り回《まわ》して、アラームのスイッチを切《き》ると、ベッドのはしに座《すわ》った。とぎれとぎれの睡眠《すいみん》のせいで、頭《あたま》がぼんやりする。べとべとした目《め》やにで、まぶたがのりづけされたみたいだ。ルイスは立《た》ちあがって、洗面所《せんめんじょ》へいくと、顔《かお》をパシャパシャと洗《あら》った。それからのろのろと部屋《へや》へもどると、窓《まど》の外《そと》をのぞいた。晴《は》れていた。あと二十五分《ふん》でローズ・リタがくる。

ルイスは着替《きが》えて、おじさんがまだ寝《ね》ているといけないので、静《しず》かに下《した》へおりていった。けれども下《した》までおりるまえに、ベーコンの香《かお》りが漂《ただよ》ってきた。台所《だいどころ》にジョナサンおじさんとツィマーマン夫人《ふじん》がいて、エプロン姿《すがた》でコンロの前《まえ》で忙《いそが》しく立《た》ち働《はたら》いていた。「おはよう、マゼラン船長《せんちょう》」ジョナサンおじさんが言《い》った。「探検《たんけん》の航海《こうかい》に出《で》るまえに、スクランブルエッグをどうだい？　卵《たまご》は一つ、それとも二つ？」

ルイスは卵《たまご》二つ分《ぶん》食《た》べた。それから、厚切《あつぎ》りのベーコンを二枚《まい》と、とびきりおいしいサワー種《しゅ》で膨《ふく》らませたパンのトースト二枚《まい》に、手作《てづく》りのバターとツィマーマン夫人特製《ふじんとくせい》のピリッとしたリンゴジャムをつけて食《た》べた。ツィマーマン夫人《ふじん》が言《い》った。「ジョナサンが言《い》うサンドイッチっていうのは、二枚《まい》のパンのあいだにハムか何《なに》かをぽんとはさむってだけだと思《おも》ってね、ここにおじゃまして、いっしょに作《つく》ったんですよ。サンドイッチは一人《ひとり》二つずつ。それから、特大《とくだい》ファッジ入《い》りブラウニーと特製《とくせい》のキュウリのピクルスも入《い》れてきましたからね。このピクルスのレシピは、一九三八年《ねん》のカファーナウム郡《ぐん》主催《しゅさい》の共進会《きょうしんかい》で一等賞《とうしょう》を取《と》ったんです。だから、ありがたく食《た》べてちょうだいね！」

ルイスはにっこりして、そうするとこたえた。そしてお弁当《べんとう》をぜんぶ、自転車《じてんしゃ》のサドルバッグに入《い》れた。「飲《の》み物《もの》はどうするつもりだい？」ジョナサンは裏口《うらぐち》まできていた。

「どこかのガソリンスタンドによって、ソーダでも買《か》うよ」

ジョナサンはポケットに手《て》を入《い》れて、ふくらんだ古《ふる》い茶色《ちゃいろ》の革《かわ》の財布《さいふ》を出《だ》した。そして一ドル札《さつ》を二枚《まい》出《だ》して言《い》った。「取《と》っておきなさい。お釣《つ》りはいいよ、ルイス。ツィマーマン夫人《ふじん》とわたしはいくつかすまさなきゃならない用《よう》があってな、帰《かえ》るのは三時《じ》すぎそうなんだ。ローズ・リタに、夕食《ゆうしょく》を食《た》べたかったら、鬼《おに》ばあさんが作《つく》ると伝《つた》えておいてくれ」

うしろから、ツィマーマン夫人《ふじん》が台所《だいどころ》でおおっぴらに鼻《はな》を鳴《な》らす音《おと》が聞《き》こえた。「二人《ふたり》ともついてるわ！　あなた方《がた》が摂《と》っているまともな栄養《えいよう》はぜんぶ、わたしの料理《りょうり》ときてるんだから！」

「じゃあ、ローズ・リタを夕食《ゆうしょく》に呼《よ》ぶね」ルイスは言《い》って、自転車《じてんしゃ》を表《おもて》へ回《まわ》した。そして石段《いしだん》の上《うえ》を弾《はず》ませながら自転車《じてんしゃ》を慎重《しんちょう》におろして歩道《ほどう》に出《だ》すと、ちょうどローズ・リタがせっせとペダルをこぎながら坂《さか》をのぼってきた。

ローズ・リタはハアハア息《いき》をはずませながら自転車《じてんしゃ》をとめた。「いかれる？」ローズ・リタは片足《かたあし》で体《からだ》を支《ささ》えながらきいた。

ルイスは元気《げんき》なくうなずいた。「たぶん」

「じゃ、いこ」ローズ・リタはまた向《む》きを変《か》え、二人《ふたり》は一度《ど》もこがずに坂《さか》を一気《いっき》におりて、街《まち》へ向《む》かった。七時《じ》になったばかりで、ニュー・ゼベダイの町《まち》はようやく目《め》ざめはじめたところだった。車《くるま》もほとんど走《はし》っていない。〈ツイン・オークス乳業《にゅうぎょう》〉の配達員《はいたついん》が牛乳《ぎゅうにゅう》を配《くば》っているのを見《み》かけたくらいだ。町《まち》を抜《ぬ》けると、南《みなみ》へ曲《ま》がり、のぼってくる朝日《あさひ》を左《ひだり》に見《み》ながら走《はし》った。右側《みぎがわ》には、二人《ふたり》の影《かげ》がちらちらと揺《ゆ》らめきながら、道路《どうろ》のわきからその先《さき》の朝露《あさつゆ》のおりた牧草地《ぼくそうち》まで長々《ながなが》と伸《の》びていた。

七時半《じはん》には、ワイルダー・クリーク道路《どうろ》に入《はい》っていた。ローズ・リタが先《さき》に立《た》ち、二人《ふたり》は黙《だま》ってペダルをこぎつづけた。一度か二度《ど》、トウモロコシやトマトなどのニュー・ゼベダイで売《う》る野菜《やさい》をいっぱいに積《つ》んだピックアップ・トラックがガタガタと通《とお》りすぎた。

サイクリングも、ある意味《いみ》では楽《たの》しかった。陽気《ようき》は暑《あつ》すぎもせず、涼《すず》しくてちょうどよかったし、道沿《みちぞ》いのクリの木《き》やオークでは、コマドリやマネシツグミが陽気《ようき》に朝《あさ》の歌《うた》を歌《うた》っている。ルイスは呼吸《こきゅう》もだんだん元通《もとどお》りになり、このまま心臓《しんぞう》の鼓動《こどう》が乱《みだ》れることも、疲《つか》れることもなく永遠《えいえん》にひざを上下《じょうげ》させることができるような気《き》がしてきた。

新《あたら》しい橋《はし》の手前《てまえ》までくると、ローズ・リタはわきに寄《よ》った。ルイスも止《と》まって、その横《よこ》に自転車《じてんしゃ》をとめた。「もう少《すこ》しで終《お》わりそうだね」ルイスは言《い》った。古《ふる》い橋《はし》の骨組《ほねぐ》みだった鉄骨《てっこつ》はすべてとりこわされ、両《りょう》わきのどっしりとした支柱《しちゅう》が二本《ほん》と、四本《ほん》の橋脚《きょうきゃく》だけが残《のこ》っていた。大《おお》きなトラックに黒《くろ》い桁《けた》が積《つ》まれ、重《おも》みで長《なが》い荷台《にだい》がたわんでいた。

ルイスとローズ・リタが古《ふる》い橋《はし》のもの悲《がな》しい残骸《ざんがい》を見《み》つめていると、栗色《くりいろ》の一九四九年《ねん》型《がた》フォードがきて、ブルドーザーのそばに止《と》まった。ずんぐりした赤《あか》ら顔《がお》の男《おとこ》がおりてきた。青《あお》と白《しろ》のチェックのシャツに、色《いろ》のあせたジーンズをはき、すりへった茶色《ちゃいろ》の作業靴《さぎょうぐつ》をはいている。もじゃもじゃの黒《くろ》い口《くち》ひげで口《くち》は見《み》えない。頭《あたま》のてっぺんははげていたけれど、脇《わき》にたっぷり生《は》えた黒《くろ》い髪《かみ》の毛《け》が耳《みみ》のうしろになでつけてあった。「やあ」男《おとこ》は言《い》って、親《した》しげに手《て》を振《ふ》った。「昨日《きのう》はすごい雷《かみなり》だったな」

「本当《ほんとう》にひどかったですね」ローズ・リタはうなずいた。「橋《はし》を造《つく》っている方《かた》ですか？」

男《おとこ》は車《くるま》からクリップボードと白《しろ》い安全《あんぜん》ヘルメットを出《だ》していた。そしてバタンとドアを閉《し》めると、言《い》った。「まあ、そうだが、厳密《げんみつ》に言《い》えば、橋《はし》を造《つく》るほうはもうすぐ終《お》わる。実《じっ》に美《うつく》しい橋《はし》だろう、ん？　あとは古《ふる》い橋《はし》の根《ね》っこをひっこぬきゃ、作業《さぎょう》は終《お》わりだ」

「終《お》わるのはいつですか？」ローズ・リタはきいた。

作業員《さぎょういん》は橋《はし》の残《のこ》った部分《ぶぶん》を見《み》た。そして鼻《はな》をかきながら考《かんが》えこんだ。「うーん、そうだな。実《じっ》は、予定《よてい》より遅《おく》れてんだ。だから土曜日《どようび》に作業《さぎょう》しにきたわけなんだが、まあ、そんなにはかからんだろうね。あと、最後《さいご》の部分《ぶぶん》を取《と》り払《はら》うのに、もうちょいと時間《じかん》がいるだけだ。たぶん、次《つぎ》の週末《しゅうまつ》までには終《お》わるだろう。二、三個《こ》ダイナマイトをしかけて、あの古《ふる》い杭材《くいざい》をばらばらにすることになるんだろうな。それさえすめば、そうだな、今日《きょう》から一週間後《しゅうかんご》には、前《まえ》にここに橋《はし》があったってことすらわからなくなっているだろうよ」

「鉄《てつ》はどうなるんですか？」ルイスがきいた。

「ん？」男《おとこ》ははげ頭《あたま》をぽりぽりかいてから、ヘルメットをかぶった。「さあな、すまんが知《し》らんよ。本当《ほんとう》のことを言《い》って、考《かんが》えたことすらなかった。会社《かいしゃ》が鉄《てつ》くずとして売《う》っぱらうとか、そんなとこだろうな。だが、一つだけまちがいないことがある。こりゃ、いい鉄《てつ》だよ。これ以上《いじょう》ねえほどがんじょうだし、サビひとつついてない。今《いま》じゃもう、こういうもんは作《つく》られねえ」

「でしょうね」ルイスは言《い》った。

大勢《おおぜい》の作業員《さぎょういん》を乗《の》せたトラックが、橋《はし》の反対側《はんたいがわ》の道路《どうろ》の路肩《ろかた》にのりあげた。はげ頭《あたま》の男《おとこ》は、そちらへ向《む》かって、作業《さぎょう》にかかれ、とどなった。ローズ・リタは自転車《じてんしゃ》に乗《の》って新《あたら》しい橋《はし》を渡《わた》り、ルイスもすぐうしろからついていった。それから二人《ふたり》は一時間近《じかんちか》く、田舎道《いなかみち》を走《はし》りつづけたが、どちらも一言《ひとこと》もしゃべらなかった。むかしの大砲《たいほう》と教会《きょうかい》と雑貨店《ざっかてん》がある小《ちい》さな交差点《こうさてん》までくると、いったん止《と》まってソーダを買《か》い、お手洗《てあら》いを借《か》りた。運《うん》よく、店《みせ》はちょうど開《あ》いたところで、男《おとこ》の人《ひと》があくびをしながらおはようと言《い》って、コーラを二ビン売《う》ってくれた。

そのときには、八時半《じはん》になっていた。元《もと》のクラバノング農場《のうじょう》に着《つ》いたのは、九時《じ》十五分《ふん》だった。農家《のうか》から道路《どうろ》まで昔《むかし》の土《つち》の道《みち》がのびていたが、わだちででこぼこになっていて、雨《あめ》に流《なが》されている箇所《かしょ》があちこちあるため、自転車《じてんしゃ》では走《はし》れなかった。二人《ふたり》は自転車《じてんしゃ》からおりて、押《お》しながら、荒《あ》れ果《は》てた農家《のうか》のほうへあがっていった。

二階《かい》の窓《まど》はくずれた材木《ざいもく》や、トタン屋根《やね》のゆがんでさびた破片《はへん》で押《お》しつぶされていた。一階《かい》の窓《まど》のガラスはとっくになくなって、ぽっかりと暗《くら》い穴《あな》だけが残《のこ》っている。家《いえ》に近《ちか》づくと、吐《は》き気《け》をもよおすような悪臭《あくしゅう》が漂《ただよ》ってきた。それでも、どうやら雨《あめ》のあとで前《まえ》よりは和《やわ》らいでいるようだ。ルイスは方向《ほうこう》を失《うしな》ったような、奇妙《きみょう》な感覚《かんかく》にとらわれた。最初理《さいしょり》由《ゆう》がわからなかったが、しばらくしてルイスはささやいた。「ローズ・リタ、耳《みみ》をすまして」

ローズ・リタは足《あし》を止《と》めた。「何《なに》も聞《き》こえないけど」

「それなんだ。自転車《じてんしゃ》に乗《の》っているときはずっと、鳥《とり》のさえずりやキリギリスの声《こえ》が聞《き》こえていたろ。なのに、ここでは何《なん》の音《おと》もしない」

「気味悪《きみわる》いわね」ローズ・リタもうなずいた。二人《ふたり》はかしいだポーチの前《まえ》まできていた。

「自転車《じてんしゃ》はここにおいていこう」

ルイスは自転車《じてんしゃ》のスタンドをおろした。「中《なか》に入《はい》るのはまずいよ」ルイスは開《あ》けっぱなしの玄関《げんかん》を見《み》ながら言《い》った。光《ひかり》が一筋《すじ》さしこみ、細《こま》かいほこりがゆっくりと舞《ま》っているのが見《み》えるけれど、あとは真《ま》っ暗《くら》だ。「この家《いえ》、いつ崩《くず》れてもおかしくないよ。臭《にお》いもひどいし」

ローズ・リタはうなずいた。「カビの生《は》えた食《た》べ物《もの》か、死《し》んだネズミか、腐《くさ》ったトマトみたい――」

「やめて」ルイスはうめいた。「吐《は》きたくない」

二人《ふたり》は家《いえ》のわきをうろうろしてみた。ジョナサンおじさんが言《い》っていたように、草《くさ》は枯《か》れているだけでなく、結晶化《けっしょうか》しているような感《かん》じだ。踏《ふ》むとバリバリと音《おと》をたてて砕《くだ》け、ジャリジャリした粉《こな》になった。家《いえ》の裏《うら》に回《まわ》ると、古《ふる》くなって凹型《おうがた》にたわんだ納屋《なや》があった。トタン屋根《やね》はそのままだったけれど、壁板《かべいた》は年月《ねんげつ》を経《へ》て黒《くろ》ずみ、風雨《ふうう》にさらされてゆがんでいる。左《ひだり》のほうを見《み》やると、腰《こし》くらいの高《たか》さまであるぼろぼろに崩《くず》れた赤《あか》レンガの井戸《いど》があった。つるべはまだ元《もと》の場所《ばしょ》にあって、腐《くさ》ったロープが巻《ま》きあげてあった。井戸《いど》の縁《ふち》に、へこんだ古《ふる》バケツまである。けれど、とうにさびて、すっかりオレンジ色《いろ》になってい
た。

「何《なに》もないよ」ルイスはおびえた声《こえ》で言《い》った。「何《なに》も見《み》つからないと思《おも》う」

「納屋《なや》の裏《うら》も見《み》てみましょ。ツィマーマン夫人《ふじん》が、隕石《いんせき》は納屋《なや》の裏《うら》のあたりに落《お》ちたって言《い》ってたじゃない」ローズ・リタは言《い》った。

ルイスはしぶしぶローズ・リタについていった。古《ふる》い柵《さく》の杭《くい》がてんでばらばらな方向《ほうこう》に傾《かたむ》いていて、あいだをつなぐ鉄条網《てつじょうもう》はひどくさびていた。荒《あ》れ果《は》てた牧草地《ぼくそうち》に、枯《か》れた雑草《ざっそう》が直立不動《ちょくりつふどう》で立《た》っている。ルイスやローズ・リタの体《からだ》がかすると、もろもろと崩《くず》れて粉《こな》と化《か》した。「どうして雨《あめ》や風《かぜ》で崩《くず》れなかったんだろう？　あの雨《あめ》や雹《ひょう》や風《かぜ》でも――」

ルイスは最後《さいご》まで言《い》えなかった。数歩前《すうほまえ》を歩《ある》いていたローズ・リタがアッと高《たか》い声《こえ》で叫《さけ》んだのだ。「ここよ」ローズ・リタはそう言《い》って、低《ひく》い塚《つか》の上《うえ》に立《た》った。ルイスは苦労《くろう》してあとからのぼり、おわんのような形《かたち》の穴《あな》を見下《みお》ろした。「煙《けむり》は出《で》ていないけどね。《ニュー・ゼベダイ新聞《しんぶん》》は今《いま》でも十ドルくれるかな」

隕石《いんせき》の穴《あな》には——これがそうだとすればだけれど——何《なに》もなかった。穴《あな》の周《まわ》りにも中《なか》にも草《くさ》一本《ぽん》生《は》えていない。わずかに水《みず》がたまっているけれど、それも小《ちい》さい水《みず》たまり程度《ていど》だ。側面《そくめん》は泥《どろ》で、その泥《どろ》もとっくに乾《かわ》いてひびが入《はい》っていた。上《うえ》の広《ひろ》いところで直径《ちょっけい》三メートル、深《ふか》さは四・五メートルほどで、下《した》にいくにつれ狭《せま》くなり、底《そこ》は直径数《ちょっけいすう》十センチほどしかない。傾斜《けいしゃ》はかなり急《きゅう》だった。「これで見《み》つけたわけだ。これからどうする？　泥《どろ》を掘《ほ》りかえすつもりだって言《い》うなら、ぼくはやらないよ」

「そんなことしたって何《なに》も見《み》つからないわよ。少《すく》なくとも、これで隕石《いんせき》が落《お》ちた場所《ばしょ》はわかったってことよ。よし。じゃ、においがしないところまでいこう。そこでサンドイッチでも食《た》べて、これからのことを相談《そうだん》しよう」

二人《ふたり》は納屋《なや》を通《とお》りすぎた。と、ローズ・リタがいきなりキャッと悲鳴《ひめい》をあげて、前《まえ》によろめいたかと思《おも》うと、消《き》えたのだ！　ルイスはぼうぜんとして、一瞬《いっしゅん》、ローズ・リタが手《て》品《じな》か何《なに》かをしてみせたのかと思《おも》った。すると、ローズ・リタのおびえた泣《な》き声《ごえ》がした。

「ここから出《だ》して！　助《たす》けて！」

見《み》ると、地面《じめん》に穴《あな》がぽっかりあいていた。ローズ・リタはこの穴《あな》に落《お》ちたのだ。腐《くさ》った板《いた》の破片《はへん》が見《み》える。ルイスは腹《はら》ばいになって、穴《あな》の縁《ふち》までそろそろと近《ちか》づいた。見下《みお》ろすと、古《ふる》いレンガの壁《かべ》がぼんやりと見《み》える。太陽《たいよう》の光《ひかり》がさしこみ、その光《ひかり》でこちらを見《み》あげているローズ・リタの青白《あおじろ》い顔《かお》が見《み》えた。ルイスのいるところからわずか数《すう》メートル下《した》だった。

「届《とど》くよ」ルイスは手《て》をのばした。「ぼくの手《て》をつかんで！」

ローズ・リタはハアハアとあえいでいた。「嵐《あらし》のときに使《つか》う避難用地下室《ひなんようちかしつ》みたい」ローズ・リタはうろたえた声《こえ》で言《い》った。「ちょっと待《ま》って――ほら、受《う》け取《と》って。急《いそ》いで！これよ！」ローズ・リタはルイスの手《て》に何《なに》かを握《にぎ》らせた。ルイスが引《ひ》きあげると、葉巻《はまき》の貯蔵箱《ちょぞうばこ》くらいの大《おお》きさの杉《すぎ》の木《き》で作《つく》った赤《あか》い箱《はこ》だった。ローズ・リタは悲鳴《ひめい》をあげた。

「今度《こんど》はわたしよ！　もう耐《た》えられない！」

ローズ・リタが閉所恐怖症《へいしょきょうふしょう》のせいで息《いき》が詰《つ》まりそうになっているのがわかったので、ルイスは木《き》の箱《はこ》を放《ほう》り出《だ》すと、両手《りょうて》を差《さ》しのべた。ローズ・リタがしっかり手首《てくび》をつかんだのを感《かん》じると、ぐいと上《うえ》に引《ひ》っぱった。頭《あたま》と肩《かた》が穴《あな》から出《で》ると、ローズ・リタは左手《ひだりて》だけはなして地面《じめん》につき、体《からだ》をぐっと持《も》ちあげた。ローズ・リタの押《お》す力《ちから》とルイスの引《ひ》っぱる力《ちから》で、ローズ・リタはどうにか穴《あな》から出《で》ることができた。

ローズ・リタは震《ふる》えをとめることができなかった。「ハアッ！　し、下《した》は、ほ、ほんとうに暗《くら》いのよ。それに、ひゃ、百年《ねん》くらいふさがれていたみたいなにおい」

ルイスのうしろから何《なに》か音《おと》がした。パリパリした古《ふる》い紙《かみ》をゆっくりと粉々《こなごな》にくだいているような、かわいた音《おと》だ。それから、しゃがれたハーという声《こえ》。最後《さいご》の息《いき》を吸《す》おうとあえいでいるような、その声《こえ》を聞《き》いて、ローズ・リタはルイスの肩越《かたご》しに納屋《なや》のほうを見《み》た。

そして手《て》を口《くち》にあて、恐怖《きょうふ》で目《め》を見開《みひら》いた。

心臓《しんぞう》が口《くち》から飛《と》び出《で》そうになりながら、ルイスは思《おも》い切《き》ってふりかえった。

何《なに》かが廃墟《はいきょ》となった納屋《なや》から出《で》てこようとしていた。

何《なに》か、大《おお》きくて、灰色《はいいろ》のものが。

よたよたこちらへ向《む》かってくるものは、かつて馬《うま》だったにちがいなかった。

だが今《いま》は、銀色《ぎんいろ》の体《からだ》はごつごつして干《ひ》からびていた。ぶかっこうな前足《まえあし》を前《まえ》に出《だ》そうとしたとたん、体《からだ》から粉状《こなじょう》になった肉《にく》がボトボトとはがれおちた。つるりとした骨《ほね》が割《わ》れて、口《くち》が裂《さ》け、ぞっとするようなうめき声《ごえ》がもれ出《で》た。ぽっかりとあいた眼窩《がんか》は空《から》っぽだったが、ルイスはその目《め》が終《お》わりを──死《し》を求《もと》めているのを感《かん》じた。

あとから考《かんが》えても、ルイスは自分《じぶん》が走《はし》りはじめたことさえ、思《おも》い出《だ》せなかった。わかっているのは、ローズ・リタの手《て》をつかんで引《ひ》きずるように自転車《じてんしゃ》のところへ走《はし》ったことだけだ。何《なに》かあったら一目散《いちもくさん》に逃《に》げようと約束《やくそく》していたけれど、ルイスはまさにそれを実行《じっこう》した。ローズ・リタが木《き》の箱《はこ》を拾《ひろ》いあげたのさえ、気《き》がつかなかった。

「見《み》て！」家《いえ》の角《かど》まできたときローズ・リタが叫《さけ》んだ。

化《ば》け物《もの》はよろよろ歩《ある》いて、避難用地下室《ひなんようちかしつ》まできた。板《いた》はその重《おも》みに耐《た》えられなかった。最後《さいご》に絶望《ぜつぼう》の叫《さけ》びをあげて、化《ば》け物《もの》は穴《あな》の中《なか》に落《お》ち、ほこりがもうもうとふきあげた。

二人《ふたり》はどうにかして自転車《じてんしゃ》にまたがり、命《いのち》がけでペダルをこいで、農場《のうじょう》から、そのおそろしい秘密《ひみつ》から、逃《に》げ出《だ》した。

第《だい》6章《しょう》　死者《ししゃ》の日記《にっき》

ルイスとローズ・リタは、ニュー・ゼベダイまで息《いき》をつくひまもなくひたすら走《はし》りつづけた。ようやくイースト・エンド公園《こうえん》までいって自転車《じてんしゃ》を止《と》めたときには、二人《ふたり》ともゼイゼイ息《いき》を切《き》らしていた。ルイスの足《あし》は疲《つか》れのあまり、感覚《かんかく》がなくなっていた。一度《ど》も休《やす》まずに何《なん》キロも自転車《じてんしゃ》をこぎつづけたのだ。ルイスはくたびれはてていた。

二人《ふたり》は自転車《じてんしゃ》をそのままガチャンと地面《じめん》に投《な》げ出《だ》し、ハアハアしながら草《くさ》むらに座《すわ》りこんだ。肺《はい》が燃《も》えるように熱《あつ》くて、いくら空気《くうき》を吸《す》いこんでも、まだ足《た》りないような気《き》がする。とうとうローズ・リタがふらふらしながら立《た》ちあがった。そして高《たか》いもみの木《き》の下《した》にあるベンチのほうへあごをしゃくったので、ルイスもなんとか立《た》ちあがると、ローズ・リタについていった。そして崩《くず》れるようにベンチに座《すわ》った。「食《た》べよう。もう昼《ひる》よ」ローズ・リタは言《い》った。

「一分《ぷん》だけ待《ま》って。今動《いまうご》いたら死《し》ぬ。休《やす》ませて」ルイスはこたえた。

「サンドイッチを持《も》ってくる」

なまあたたかいソーダをすすりながらサンドイッチをむしゃむしゃ食《た》べている二人《ふたり》の前《まえ》を、人々《ひとびと》が通《とお》りすぎていった。ルイスは自分《じぶん》が何《なに》を食《た》べているのかすら、意識《いしき》していなかった。ツイマーマン夫人《ふじん》がいつにもましておいしいお弁当《べんとう》を作《つく》ってくれたことを思《おも》えば、もったいなかった。ローストビーフと甘《あま》いタマネギとチーズとなめらかでマイルドなマスタードとレタスとトマトのサンドイッチだったのに、ルイスにとっては全粒粉《ぜんりゅうふん》のパンにボール紙《がみ》をはさんだものを飲《の》みこんでいるのと同《おな》じだった。

他《ほか》にも何人《なんにん》かの人《ひと》がベンチに座《すわ》ったり、散歩《さんぽ》しに公園《こうえん》へきていたけれど、だれも二人《ふたり》に気《き》をとめる人《ひと》はいなかった。お昼前後《ひるぜんご》は、たくさんの人《ひと》が公園《こうえん》でサンドイッチを食《た》べていた。ルイスはふしぎな感《かん》じがした。公園《こうえん》に何《なに》かおかしなものがあったからではない。むしろ逆《ぎゃく》だった。公園《こうえん》も、通行人《つうこうにん》も、通《とお》りを走《はし》る車《くるま》も、暖《あたた》かい太陽《たいよう》も、すべてがふつうなのだ。あまりにもふつうなので、あの農場《のうじょう》で起《お》こったことがすべて、いつもの悪夢《あくむ》をまた見《み》ただけのように思《おも》えてしまう。夢《ゆめ》から覚《さ》めさえすれば、なあんだ、とほっとできるような気《き》がするのだ。

でも残念《ざんねん》ながら、ルイスは、あの出来事《できごと》はすべて現実《げんじつ》だと、ツィマーマン夫人《ふじん》のシャキシャキのピクルスと同《おな》じくらい現実《げんじつ》だと、わかっていた。お弁当《べんとう》を食《た》べおわると、ルイスはサンドイッチを包《つつ》んでいたパラフィン紙《し》をくしゃくしゃにまるめて、ゴミ箱《ばこ》にポンと放《ほう》りこんだ。ソーダの空《あ》きびんは、返《かえ》すとビン代《だい》がもらえるのでサドルバッグに突《つ》っこんだ。

「さてと」ローズ・リタは言《い》って、自分《じぶん》の自転車《じてんしゃ》のサドルバッグを開《あ》けた。そして中《なか》から、農場《のうじょう》で見《み》つけた木《き》の箱《はこ》を取《と》り出《だ》した。「やっと開《あ》けられそうな気《き》がする。このブービー賞《しょう》が何《なん》なのか、見《み》てみよう」

ローズ・リタはどうやって開《あ》けるのだろうと、箱《はこ》を横《よこ》にしたり裏返《うらがえ》したりしてみた。ルイスには、ただの木《き》の塊《かたまり》に見《み》えたけれど、ローズ・リタから受《う》け取《と》ったとき、なかで何《なに》かがカツンと音《おと》をたてたのを思《おも》い出《だ》した。ようやくローズ・リタは髪《かみ》の毛《け》ほどの割《わ》れ目《め》が入《はい》っているのを見《み》つけて、つめをさしこもうとしたけれど、うまくいかなかった。

ルイスがジーンズのポケットを探《さぐ》ると、ボーイスカウトの折《お》りたたみナイフが入《はい》っていた。

「はい」ルイスは言《い》って、ナイフをローズ・リタに差《さ》し出《だ》した。「これはどう？」

ローズ・リタは小型《こがた》ナイフの刃《は》を出《だ》すと、先端《せんたん》を割《わ》れ目《め》にすべりこませた。そしてぐっと力《ちから》を入《い》れて、箱《はこ》のふたをこじ開《あ》けた。隠《かく》れた蝶番《ちょうつがい》で開《ひら》くようになっていたのだ。箱《はこ》の中《なか》には、縦《たて》二十センチ横《よこ》十五センチくらいのそんなに厚《あつ》くないノートが一冊入《さつはい》っていた。表紙《ひょうし》はあせた薄緑色《うすみどりいろ》の革《かわ》で、背表紙《せびょうし》と角《かど》がくすんだ濃《こ》い赤色《あかいろ》の革《かわ》で補強《ほきょう》してあったが、ぼろぼろにすりきれていた。ルイスは、まるでむかしの会計簿《かいけいぼ》みたいだと思《おも》った。ローズ・リタがノートを取《と》り出《だ》すと、杉材《すぎざい》の清潔《せいけつ》な強《つよ》い香《かお》りが漂《ただよ》った。

「それで？」ルイスは待《ま》ちきれずに言《い》った。「題名《だいめい》はついてるの？　それとも――」

「ちょっと待《ま》ってよ。今見《いまみ》るから」ローズ・リタはブツブツ言《い》った。そして、慎重《しんちょう》にノートを開《ひら》いた。薄《うす》い青《あお》の罫線《けいせん》がひかれているところを見《み》ると、本当《ほんとう》に会計簿《かいけいぼ》のようだ。もともとはつやのある紙《かみ》だったろうけれど、今《いま》はあせて黄《き》ばんでいる。最初《さいしょ》のページにくねくねした細《ほそ》い手書《てが》きの文字《もじ》で題名《だいめい》が書《か》きこんであった。インクの色《いろ》は長《なが》い時《とき》を経《へ》て、チョコレート色《いろ》になっていた。

エディドヤ・クラバノングの魔法《まほう》の記録《きろく》

「なるほど。これで、少《すく》なくともこれが例《れい》のじいさんのものだってことはわかったわね。なんて書《か》いてあるか、見《み》てみましょ」ローズ・リタは次《つぎ》のページをめくったが、そのとたん、二人《ふたり》ともめんくらってぼうぜんとページを見《み》つめた。ルイスはがっかりした。ノートに書《か》いてあることはまったく意味《いみ》を成《な》さなかった。どのページも星《ほし》やら、人魚《にんぎょ》やら、船《ふね》の錨《いかり》、不気味《ぶきみ》な花《はな》、ずんぐりした人間《にんげん》、動物《どうぶつ》の姿《すがた》などの小《ちい》さな細《こま》かいスケッチで埋《う》めつくされ、題名《だいめい》と同《おな》じ手書《てが》きの文字《もじ》で注釈《ちゅうしゃく》が書《か》き入《い》れてあった。「次《じ》ページ。第二部《だいにぶ》。暗《くら》き第二《だいに》霊《れい》。異教徒《いきょうと》の法《ほう》に従《したが》い準備《じゅんび》」「ネクロバカンから第《だい》9項《こう》を試《ため》す。Fの著作《ちょさく》の写《うつ》しからも試《こころ》みる。結果《けっか》なし。エレムがいないとだめ。火《ひ》トカゲ。ヨセフスかクラヴィクル」「ブードゥの印《しるし》。真夜中《まよなか》。岩《いわ》だらけの丘《おか》。目録《もくろく》一部不完全《ぶふかんぜん》。所有《しょゆう》。泥《どろ》。霊《れい》？　四元素精霊《よんげんそせいれい》？」

ローズ・リタはどんどんページをめくり、ルイスは頭《あたま》を振《ふ》りながら見《み》ていた。ところが、ちょうど真《ま》ん中《なか》あたりの五十ページくらいまでめくったところで、内容《ないよう》はいきなり日記《にっき》の体裁《ていさい》をとるようになった。最初《さいしょ》の日《ひ》はこう書《か》いてあった。

一八六〇年《ねん》三月《がつ》。計算《けいさん》し、大《おお》いに失望《しつぼう》。赤色星《あかいろぼし》はあと九十四〜九十六年間《ねんかん》は現《あらわ》れない。門《もん》が開《ひら》くまで死《し》ぬわけにはいかない！　クラッシュタンの儀式《ぎしき》を試《ため》すしかない。もしかしたら、時《とき》がくるまえに、彗星《すいせい》からかけらだけでも地球《ちきゅう》に呼《よ》びよせることができるかもしれない。かけらだけでもじゅうぶんだ。かなりの力《ちから》を使《つか》わねばならない。何《なに》を失《うしな》う？　健康《けんこう》か？　正気《しょうき》か？　だがそれでもやってみる価値《かち》はある！

ルイスは残《のこ》りを読《よ》みながら眉《まゆ》をひそめた。たいてい、数週間《すうしゅうかん》から数《すう》カ月《げつ》ごとに記《しる》されていたが、エディドヤはその大半《たいはん》の時間《じかん》を、探《さが》し物《もの》で費《つい》やしていた。「『名状《めいじょう》しがたい恐怖《きょうふ》』で七つの儀式《ぎしき》の項《こう》を読《よ》む必要《ひつよう》あり。国内《こくない》に唯一現存《ゆいいつげんそん》する本《ほん》はマサチューセッツ州《しゅう》にある。マサチューセッツへいかなければ」と記《しる》したあとで、「ああ、『死者《ししゃ》の名前《なまえ》』の完全版《かんぜんばん》！　もう少《すこ》しなのに、解決《かいけつ》の鍵《かぎ》が見《み》つからない。どうかなりそうだ！」

一八六五年《ねん》六月《がつ》には、こう記《しる》してあった。

おそるべきクラッシュタンの儀式《ぎしき》を行《おこな》う。法則第三項《ほうそくだいさんこう》、第六項《だいろっこう》、第七項《だいななこう》に従《したが》い、それぞれ九日間《にちかん》、十八日間《にちかん》、二十七日間《にちかん》。成功《せいこう》。極度《きょくど》の疲労《ひろう》。虚脱状態《きょだつじょうたい》。三日間眠《かかんねむ》りつづける。非常《ひじょう》に弱《よわ》っている。どのくらい待《ま》てばいい？　十年《ねん》？　二十五年《ねん》？　もうわたしは中年《ちゅうねん》だ！　儀式《ぎしき》が完成《かんせい》するまで生《い》きながらえねば。寿命《じゅみょう》を延《の》ばすため、いけにえが必要《ひつよう》かもしれない。

それから六カ月後《げつご》には、こうあった。「やった。甥《おい》とその妻《つま》だ。葬式《そうしき》は明日《あす》。甥《おい》の息子《むすこ》はどうするか？　血《ち》のつながる唯一《ゆいいつ》の親戚《しんせき》だ。孤児院《こじいん》？　だめだ。ずっと見習《みなら》いがほしかった。まだ二歳《さい》だ。わたしの意《い》のままになるよう育《そだ》てる時間《じかん》はたっぷりある」

ローズ・リタはがくぜんとしてノートから顔《かお》をあげた。「こいつは、自分《じぶん》の甥《おい》と奥《おく》さんを殺《ころ》したのね！　どうやったかは知《し》らないけど、赤色星《あかいろぼし》の破片《はへん》を見《み》るまで生《い》きられるように、二人《ふたり》をいけにえにしたのよ」

「あの隕石《いんせき》だ」ルイスが口《くち》を挟《はさ》んだ。「新聞《しんぶん》に、隕石《いんせき》は血《ち》みたいに赤《あか》かったって書《か》いてあった」

「じゃあ、地球《ちきゅう》に達《たっ》するまで二十年《ねん》かかってたってことね」ローズ・リタは言《い》った。

ルイスはゆっくりと口《くち》を開《ひら》いた。「二歳《さい》だった甥《おい》の息子《むすこ》っていうのが、エリフ・クラバノングなんだ」そして周《まわ》りを見回《みまわ》したけれど、近《ちか》くに人影《ひとかげ》はなかった。「大変《たいへん》だよ、ローズ・リタ。エディドヤ・クラバノングはおそろしい魔法《まほう》を使《つか》ったんだ！　この日記《にっき》をジョナサンおじさんに渡《わた》さなきゃ！」

ローズ・リタは首《くび》を振《ふ》った。「先《さき》に最後《さいご》まで読《よ》もう。知《し》っていることが多《おお》いほど、うまく立《た》ちまわれる」

断片《だんぺん》をつなぎ合《あ》わせると、エディドヤ・クラバノングがやろうとしていたことがぼんやりと見《み》えてきた。細《こま》かいところまではっきりしないけれど、エディドヤは人類《じんるい》が地球上《ちきゅうじょう》に姿《すがた》を現《あらわ》すまえ、〝旧支配者《きゅうしはいしゃ》〟と呼《よ》ばれる種族《しゅぞく》が地球《ちきゅう》で暮《く》らしていたと信《しん》じているようだった。この種族《しゅぞく》はある種《しゅ》の悪魔的《あくまてき》な魔術《まじゅつ》を行《おこな》うようになったために、大《おお》いなる力《ちから》によって、異次元《いじげん》へ追放《ついほう》されてしまったのだ。

ルイスが日記《にっき》を読《よ》んだ印象《いんしょう》では、この〝旧支配者《きゅうしはいしゃ》〟というのは、姿《すがた》かたちすら人間《にんげん》から程遠《ほどとお》い怪物《かいぶつ》らしかった。その姿《すがた》について実際《じっさい》の描写《びょうしゃ》はなかったけれど、ルイスの頭《あたま》の中《なか》には、イカとかナメクジとかヒトデのような、ぬれたぬるぬるした生き物《いもの》だというイメージが残《のこ》った。〝旧支配者《きゅうしはいしゃ》〟たちの中《なか》には、すきあれば次元《じげん》の壁《かべ》を越《こ》えて地球《ちきゅう》に入《はい》りこみ、地球《ちきゅう》を自分《じぶん》たちの手《て》に取《と》りもどそうとしている者《もの》もいれば、宇宙《うちゅう》のかなたへ去《さ》った者《もの》もいるらしい。やがて人類《じんるい》は地球全体《ちきゅうぜんたい》に広《ひろ》がり、ほとんどの人間《にんげん》は〝旧支配者《きゅうしはいしゃ》〟を一種《いっしゅ》の悪魔《あくま》だと考《かんが》えるか、ただの神話《しんわ》か伝説《でんせつ》だと思《おも》うようになった。

しかし、ごく少数《しょうすう》の人間《にんげん》は、エディドヤのようにこの地球《ちきゅう》の先住生物《せんじゅうせいぶつ》といわれる〝旧支《きゅうし》配者《はいしゃ》〟を神《かみ》として崇《あが》めた。エディドヤは〝門《もん》を開《ひら》き〟、〝旧支配者《きゅうしはいしゃ》〟を一人《ひとり》でも地球《ちきゅう》に呼《よ》びよせることができれば、人類《じんるい》を滅《ほろ》ぼし、ふたたび地球《ちきゅう》の主《あるじ》として君臨《くんりん》するはずだと信《しん》じていた。さらにエディドヤは、自分《じぶん》も〝旧支配者《きゅうしはいしゃ》〟のような体《からだ》に変化《へんか》することができると考《かんが》えていたようだ。そうなればとほうもない力《ちから》を手《て》にして、決《けっ》して死《し》ぬことはなくなる。そう信《しん》じ、その目的《もくてき》に全人生《ぜんじんせい》をかけた。

日記《にっき》が終《お》わりに近《ちか》づくにつれ、エディドヤの怒《いか》りと焦燥《しょうそう》は増《ま》していった。「わたしは年《とし》を取《と》る！　年《とし》を取《と》ってしまう！　目《め》も半分見《はんぶんみ》えないし、足腰《あしこし》も弱《よわ》くなった！　あとどのくらい生《い》きながらえることができるだろう？」さらに、「地球《ちきゅう》を呪《のろ》いたまえ！　人間《にんげん》を、地《じ》面《めん》を這《は》いまわる虫《むし》けらにすぎない人類《じんるい》を呪《のろ》え！　赤色星《あかいろぼし》が全天空《ぜんてんくう》を照《て》らし、大《おお》いなる道《みち》がひらく時《とき》がくるまで、わたしに命《いのち》を！」

そしてとうとう、最後《さいご》の日付《ひづけ》になった。一八八五年《ねん》十二月一日《がつついたち》。短《みじか》く簡潔《かんけつ》で、身《み》も凍《こお》るような一言《ひとこと》がそこにあった。「くる」

そのあとは、何《なに》も書《か》いていないページだけが残《のこ》っていた。

ローズ・リタはノートを閉《と》じた。「この二十日後《はつかご》に隕石《いんせき》が落《お》ちたのよね」ローズ・リタは低《ひく》い声《こえ》で言《い》った。「そして、このぶきみなじいさんは死《し》んだ」

「も、もし、死《し》んでなかったら？」ルイスは言《い》った。「つ、つまりさ、エ、エリフは死《し》んだって信《しん》じてたけど、本当《ほんとう》はそ、その――」ルイスは考《かんが》えをまとめることすらできなかった。

ローズ・リタは青《あお》ざめた顔《かお》で言《い》った。「その、例《れい》の、わたしたちが見《み》た動物《どうぶつ》みたいになってたらってこと？」そしてしばらく黙《だま》っていた。もう一度口《どくち》を開《ひら》いたとき、その声《こえ》はささやき声《ごえ》になっていた。「エディドヤだったら、やるかもしれない。そのくらい頭《あたま》が変《へん》だもの。そうすることで、赤色星《あかいろぼし》がきて、そのばかばかしい門《もん》が開《ひら》くまで生《い》きることができると思《おも》っていたなら」

ルイスは震《ふる》えながらゆっくりと息《いき》を吸《す》いこんだ。「おかしいと思《おも》わない？　一八八五年《ねん》からだれもあの場所《ばしょ》へいっていないなんてありえない。知《し》りたがり屋《や》はたくさんいる。エディドヤが死《し》んだか、いなくなってから、あの農場《のうじょう》へいった人間《にんげん》がいるはずだ。どうしてあの——あの化《ば》け物《もの》を見《み》つけなかったんだろう？」

ローズ・リタは考《かんが》えながら言《い》った。「そのときはいなかったのかもしれないし、納屋《なや》の仕切《しき》りのすみっこにほこりみたいにたまっていただけなのかもしれない。エディドヤが書《か》いていることが正確《せいかく》なら、赤色星《あかいろぼし》はいつ現《あらわ》れたっておかしくないのよ。もしかしたら、地《ち》球《きゅう》に近《ちか》づいていて、そのせいであの生《い》き物《もの》が——あれで生《い》きかえったとは言《い》えないけど、ともかく意識《いしき》をとりもどして動《うご》けるようになったのかもしれない。もしかしたら、エディドヤもよみがえろうとしているかも——」ローズ・リタはそこで言葉《ことば》をとぎらせ、目《め》を閉《と》じた。

「このノートをジョナサンおじさんに渡《わた》さないと」ルイスはもう一度《ど》言《い》った。「だけど、渡《わた》したら、ぼくが余計《よけい》なところに鼻《はな》を突《つ》っこんでたことがばれちゃう」

ローズ・リタは唇《くちびる》を噛《か》んだ。「それならなんとかできる。お金持《かねも》ってる？」

ルイスはポケットから小銭《こぜに》を出《だ》して数《かぞ》えた。「一ドル八〇セントある」

「なら、大丈夫《だいじょうぶ》。雑貨屋《ざっかや》にいって、便《びん》せんとエンピツと定規《じょうぎ》を買《か》ってきて。そしたらもどってきて」

ルイスは急《いそ》いで道《みち》を渡《わた》ると、すぐに黄色《きいろ》い便《びん》せんと木《き》の定規《じょうぎ》とタイコンデローガのＨＢのエンピツを持《も》ってもどってきた。ボーイスカウトのナイフでエンピツを削《けず》ると、杉《すぎ》の香《かお》りがしてウッとなった。ノートのにおいを思《おも》い出《だ》したからだ。エンピツが削《けず》れると、ローズ・リタに渡《わた》した。

「定規《じょうぎ》を使《つか》ってブロック体《たい》で字《じ》を書《か》けば、筆跡《ひっせき》がばれないのよ」ローズ・リタは説明《せつめい》した。

ルイスは目《め》をぱちくりさせた。「へえ。どうして知《し》ってるの？」

「フィリップ・マーロウ（レイモンド・チャンドラーの小説《しょうせつ》に登場《とうじょう》するハードボイルドの探偵《たんてい》）のラジオドラマで聴《き》いたの」ローズ・リタのお気《き》に入《い》りの探偵物語《たんていものがたり》だ。「よし。なんて書《か》くか決《き》めましょ」

ふたりはノートに下書《したが》きをし、それからローズ・リタが注意深《ちゅういぶか》く紙《かみ》に文《ぶん》を書《か》き写《うつ》した。

書《か》きおわると、ローズ・リタとルイスはもう一度《ど》読《よ》み直《なお》した。

バーナヴェルトどの

この日記《にっき》は、エディドヤ・クラバノングのことを知《し》る手《て》がかりとなるでしょう。できるかぎりの手《て》をつくしてください。時間《じかん》はあまりありません。

友人《ゆうじん》より

ローズ・リタは「隠《かく》れた復讐者《ふくしゅうしゃ》より」としたかったのだけれど、ルイスがやめさせた。

「これならうまくいくかも。このあとはどうするの？」ルイスは言《い》った。

ローズ・リタは便《びん》せんをたたんで、ノートのあいだに挟《はさ》んだ。「あの箱《はこ》を玄関《げんかん》において、こっそり姿《すがた》をくらますの。おじさんは、三時《じ》ごろまで帰《かえ》らないって言《い》ってたでしょ。まだ二時《じ》にもなってない。箱《はこ》をおいて、また街《まち》へもどって、四時《じ》ごろに帰《かえ》れば、おじさんはきっとサイクリングからもどってきたばかりだと思《おも》うはず。包《つつ》みをおいていったのがわたしたちだなんて、思《おも》いもしないわよ」

あれだけ自転車《じてんしゃ》をこいだあとで、二人《ふたり》とも足《あし》が痛《いた》くてしょうがなかった。坂《さか》の下《した》まで自《じ》転車《てんしゃ》でいったけれど、その先《さき》は疲《つか》れて登《のぼ》れなかったので、自転車《じてんしゃ》からおりてハイ・ストリート一〇〇番地《ばんち》まで押《お》していった。

ローズ・リタが歩道《ほどう》でまっているあいだ、ルイスはどろぼうみたいな気分《きぶん》になりながら玄関《げんかん》までいって、郵便受《ゆうびんう》けに箱《はこ》が入《はい》るか試《ため》してみた。箱《はこ》はぎりぎりで差《さ》し入《い》れ口《ぐち》を通《とお》った。ルイスは箱《はこ》が床《ゆか》にゴンと落《お》ちる音《おと》を聞《き》いてから、急《いそ》いでローズ・リタのところへもどった。二人《ふたり》は町《まち》の浄水場《じょうすいじょう》近《ちか》くのスプルース通《どお》り公園《こうえん》へいって、木陰《こかげ》で一時間《じかん》ほど休《やす》んだ。しばらくのあいだ、二人《ふたり》はほとんどしゃべらなかった。ローズ・リタは、古《ふる》い避難用地下室《ひなんようちかしつ》に落《お》ちたのが、本当《ほんとう》にこわかったようだった。それでもとうとう伸《の》びをして、まわりを見回《みまわ》した。「あの穴《あな》は、クラバノングじいさんの魔法《まほう》の実験室《じっけんしつ》だったのかもしれない」

「どんなようすだったの？」ルイスはきいた。

ローズ・リタは顔《かお》をしかめた。「地下納骨所《ちかのうこつしょ》の中《なか》にいるみたいだった。壁《かべ》はレンガで、床《ゆか》は土《つち》。壁《かべ》に棚《たな》があって、あの箱《はこ》はそこにおいてあったの」

「魔法《まほう》の道具《どうぐ》は見《み》たの？　黒《くろ》いロウソクとか剣《けん》とかそういうものはあった？」ローズ・リ

タは首《くび》を振《ふ》った。そして思《おも》い出《だ》すだけでもくるしいというように、腕《うで》を自分《じぶん》の体《からだ》にまわした。「わかったのは、地面《じめん》の下《した》に小《ちい》さな部屋《へや》があったってことだけ」

「なら、やっぱりただの避難用地下室《ひなんようちかしつ》だよ」カファーナウム郡《ぐん》ではたつまきはそう多《おお》くはなかったけれど、それでも時折《ときおり》このあたりを襲《おそ》うことがあった。この地域《ちいき》の農家《のうか》では、大《おお》きなたつまきがきたときのために、地面《じめん》を掘《ほ》って家族《かぞく》の避難用地下室《ひなんようちかしつ》を設《もう》けているところも多《おお》かったのだ。

「それにさ」ルイスは続《つづ》けた。「エディドヤは、甥《おい》の息子《むすこ》のことを信用《しんよう》していなかったと思《おも》う。エリフは大叔父《おおおじ》の書類《しょるい》をぜんぶ燃《も》やしたって、ツィマーマン夫人《ふじん》が言《い》ってたろ。だけど、日記《にっき》のことすら知《し》らなかったんだ。少《すく》なくとも、日記《にっき》の隠《かく》し場所《ばしょ》を知《し》らなかったのはまちがいない。エディドヤは、ええと、なんて書《か》いてたんだっけ？　エリフを自分《じぶん》の意《い》のままに育《そだ》てることはできなかったんだよ、けっきょくね」

ローズ・リタは顔《かお》をゆがめた。「もしそうなら、エリフはもっとうまく、エディドヤもその魔法《まほう》も片《かた》づけるべきだったのよ」

「できるかぎりのことはやったんだよ」ルイスは指摘《してき》した。「あの橋《はし》を作《つく》ったんだから。

そして鉄《てつ》の中《なか》に隕石《いんせき》を入《い》れた。エリフは――」ルイスは言葉《ことば》をとぎらせた。

ローズ・リタはさっとルイスに鋭《するど》い視線《しせん》をおくった。「どうしたの？　ガチョウが自分《じぶん》の墓《はか》の上《うえ》を歩《ある》いたみたいよ。（英語《えいご》の慣用句《かんようく》で「だれかが自分《じぶん》の墓《はか》の上《うえ》を歩《ある》く＝身震《みぶる》いする」というものがある）」

ルイスはなんとか口《くち》を開《ひら》いた。その声《こえ》は、自分《じぶん》にすら、かすれて奇妙《きみょう》に響《ひび》いた。「ローズ・リタ」ルイスは蚊《か》のなくような声《こえ》で言《い》った。「あの隕石《いんせき》のなかに何《なに》かが隠《かく》れて、地球《ちきゅう》にやってきたのだとしたら？　あの隕石《いんせき》がたまごみたいなものだったとしたら？」

ローズ・リタはじっとルイスを見《み》つめた。「中《なか》から〝旧支配者《きゅうしはいしゃ》〟が生《う》まれたのかもしれないって言《い》ってるの？」

ルイスはささやくように言《い》った。「日記《にっき》には、〝旧支配者《きゅうしはいしゃ》〟の中《なか》には異次元《いじげん》の宇宙《うちゅう》へいってしまったものもいるって書《か》いてあったろ。もしそのうちの一人《ひとり》がもどってきたんだったら？　あの隕石《いんせき》は宇宙《うちゅう》にしかない特別《とくべつ》の物質《ぶっしつ》でできていて、〝旧支配者《きゅうしはいしゃ》〟を運《はこ》べるのかもしれないよ」

ローズ・リタはおもむろに言《い》った。「だとしたら、それが、エリフが隕石《いんせき》を溶《と》かして鉄《てつ》の中《なか》に入《い》れた理由《りゆう》かもしれない。エリフは、おじの幽霊《ゆうれい》が襲《おそ》ってこないようにしたわけじゃない。なにかほかのものが川《かわ》を渡《わた》ってこないようにしようとしたのね」

「そして今《いま》なら」ルイスは口《くち》ごもった。「そいつはいつでも好《す》きなときに渡《わた》ってこられるんだ！」

同《おな》じとき、はるかはなれた丘《おか》の上《うえ》から、ジョナサンおじさんとツィマーマン夫人《ふじん》はワイルダー・クリークと新《あたら》しい橋《はし》を見下《みお》ろしていた。作業員《さぎょういん》たちは忙《いそが》しそうに古《ふる》い橋《はし》の杭《くい》をとりのぞくための準備《じゅんび》をしている。クレーンが空高《そらたか》くそびえ、鋼鉄《こうてつ》のケーブルが杭《くい》の上《うえ》にとりつけてあった。全員《ぜんいん》、うしろにさがっている。一人《ひとり》の作業員《さぎょういん》がピストンのプランジャーにワイヤーをひっかけ、合図《あいず》を送《おく》った。現場監督《げんばかんとく》がうでを振《ふ》り、作業員《さぎょういん》がプランジャーのハンドルを下《お》ろす。川底《かわぞこ》のダイナマイトが爆発《ばくはつ》した。真《ま》っ白《しろ》い水柱《みずばしら》があがり、一瞬間《いっしゅんま》をおいて、鋭《するど》い爆発音《ばくはつおん》が響《ひび》いた。杭《くい》が大《おお》きく揺《ゆ》れた。

川面《かわも》にさかんに黄色《きいろ》い泡《あわ》が立《た》った。この距離《きょり》からでも、作業員《さぎょういん》たちが文句《もんく》を言《い》っている声《こえ》が聞《き》こえる。そして次《つぎ》の瞬間《しゅんかん》、ツィマーマン夫人《ふじん》とジョナサンのところにも、吐《は》き気《け》を催《もよお》すような悪臭《あくしゅう》が風《かぜ》に運《はこ》ばれてきた。

「フローレンス」ジョナサンおじさんはささやくように言《い》った。「心配《しんぱい》でたまらんよ」

ツィマーマン夫人《ふじん》はジョナサンの腕《うで》に手《て》をおいた。何《なに》も言《い》わなかったけれど、心配《しんぱい》なのは同《おな》じよというように、ゆっくりと首《くび》を振《ふ》っていた。

第《だい》7章《しょう》　夜《よる》の集会《しゅうかい》

　ルイスがハイ・ストリート一〇〇番地《ばんち》にもどると、ジョナサンおじさんも家《いえ》にもどっていた。おじさんは、謎《なぞ》の日記《にっき》の入《はい》った木《き》の箱《はこ》のことは、何《なに》も言《い》わなかった。ローズ・リタも夕食《ゆうしょく》にきて、ずっとツィマーマン夫人《ふじん》のようすをうかがっていたけれど、大人《おとな》たちは二人《ふたり》とも、手《て》がかりになるようなそぶりは、いっさい見《み》せなかった。

　食事《しょくじ》のあと、ローズ・リタが帰《かえ》るまえに、ローズ・リタとルイスは急《いそ》いで二、三言交《ことか》わした。

「二人《ふたり》のようすをしっかり見張《みは》っていてよ。日記《にっき》がちゃんと二人《ふたり》の手《て》に渡《わた》っているか、知《し》りたいの」

「日記《にっき》が勝手《かって》に歩《ある》いていくわけじゃあるまいし。ジョナサンおじさんが他《ほか》の手紙《てがみ》といっしょに拾《ひろ》ったにきまってるよ」ルイスは言《い》った。

「ともかく見張《みは》ってて」ローズ・リタはそう言《い》いのこすと、帰《かえ》っていった。

自分《じぶん》の家《いえ》でスパイをやっているような気分《きぶん》だったけれど、ルイスはおじさんとツィマーマン夫人《ふじん》を見張《みは》ることにした。

何《なに》も起《お》こらないまま、水曜日《すいようび》になった。昼《ひる》ごはんを食《た》べていると、ジョナサンおじさんが言《い》った。「ルイス、今夜《こんや》、ローズ・リタと映画《えいが》へいったらどうだい？　ジーン・オートリー（歌《うた》える西部劇《せいぶげき》スターとして人気《にんき》を博《はく》した）の西部劇《せいぶげき》の新作《しんさく》がやっているんだよ」

「歌《うた》うカウボーイはあんまり趣味《しゅみ》じゃないよ」ルイスはあいまいな返事《へんじ》をした。

おじさんはにっこりした。「実《じつ》はな、ある人《ひと》たちを招《まね》いているんだ。ここにいたら、おまえさんが死《し》ぬほど退屈《たいくつ》するんじゃないかと思《おも》ってな。少《すく》なくとも、映画館《えいがかん》の中《なか》は涼《すず》しいだろう」ルイスがまだはっきりしないでいると、おじさんはさらに言《い》った。「これでどうだい？　今日《きょう》はおまえさんたち二人《ふたり》で映画《えいが》へいく。そしたら、近《ちか》いうちにローズ・リタを招待《しょうたい》して、ナイル海戦《かいせん》かトラファルガーの戦《たたか》いの場面《ばめん》を見《み》せてあげよう」おじさんが言《い》っているのは、いつもの幻想《げんそう》の魔法《まほう》のことだ。テクニカラー映画《えいが》にそっくりだけれど、おじさんのは立体《りったい》で、おまけに実際《じっさい》自分《じぶん》もその中《なか》に入《はい》ることができるのだ。

ルイスはしぶしぶ映画《えいが》にいくことにした。ところがローズ・リタに電話《でんわ》をすると、ローズ・リタは言《い》った。「それよ。かけたっていい。今夜《こんや》、〈カファーナウム郡魔法使《ぐんまほうつか》い協会《きょうかい》〉がおじさんの家《いえ》で会議《かいぎ》をひらくのよ。おじさんが確《たし》かにノートを見《み》つけたかどうか、確認《かくにん》しなくちゃ。方法《ほうほう》を考《かんが》えて」

すぐにルイスは一つ、うまくいきそうな方法《ほうほう》を思《おも》いついた。ハイ・ストリート一〇〇番《ばん》地《ち》の家《いえ》には、あるすばらしい特徴《とくちょう》があった。秘密《ひみつ》の通路《つうろ》だ。とはいえ、そんなに長《なが》くなかったし、あまり実用的《じつようてき》でもない。台所《だいどころ》の食器棚《しょっきだな》のうしろから、書斎《しょさい》の本棚《ほんだな》のうしろの小《こ》部屋《べや》までいけるのだけれど、そもそもどうしてそこにそんなものが作《つく》られたのか、今《いま》ではだれも知《し》らなかった。でも、スパイをしようという子《こ》どもが二人《ふたり》、隠《かく》れるには理想的《りそうてき》な場《ば》所《しょ》だ。あと問題《もんだい》は、どうやって見《み》つからずに通路《つうろ》に入《はい》るかということだった。

その日《ひ》の午後《ごご》、ジョナサンはルイスに五ドルくれた。「ハンバーガーとソーダを買《か》っても、映画《えいが》の分《ぶん》はじゅうぶん残《のこ》るだろう。暗《くら》くなってから帰《かえ》ることになるから、明《あか》るい色《いろ》の服《ふく》を着《き》ていって、歩《ある》くときは必《かなら》ず車《くるま》が前《まえ》からくる側《がわ》を歩《ある》くようにするんだよ」

今日《きょう》のジョナサンはやけに細《こま》かかった。いつもだったら、甥《おい》にはきちんとした常識《じょうしき》があるから、そんなことを忘《わす》れたりしないと、信用《しんよう》してくれているのに。ローズ・リタは五時《じ》にやってきた。ツィマーマン夫人《ふじん》とジョナサンおじさんは台所《だいどころ》をうろうろして、お客《きゃく》のためのオードブルを作《つく》っていた。ルイスは大声《おおごえ》で言《い》った。「いってきます！」

「二人《ふたり》とも気《き》をつけるんだよ！」おじさんは叫《さけ》びかえした。「楽《たの》しんでおいで」

けれども、ルイスとローズ・リタは家《いえ》を出《で》るかわりに、さっと書斎《しょさい》に飛《と》びこんだ。秘密《ひみつ》の通路《つうろ》で一つ面倒《めんどう》なのは、書斎側《しょさいがわ》の出入《でい》り口《ぐち》は、掛《か》け金《がね》が内側《うちがわ》でなくて、外側《そとがわ》にあることだった。ルイスは留《と》め金《がね》をはずすと、大《おお》きな作《つく》り付《つ》けの本棚《ほんだな》の一部《いちぶ》をぐっとひっぱった。棚《たな》は見《み》えないところについている蝶番《ちょうつがい》で動《うご》くようになっていて、音《おと》もなく開《ひら》いた。ルイスとローズ・リタは通路《つうろ》に入《はい》った。

通路《つうろ》の中《なか》は狭苦《せまくる》しくて、暗《くら》かった。本棚《ほんだな》を元《もと》の場所《ばしょ》にもどすと、ルイスはローズ・リタがハアハアとあえいでいるのに気《き》づいた。ローズ・リタが閉所恐怖症《へいしょきょうふしょう》だということを、ルイスは思《おも》い出《だ》した。「だいじょうぶ？」ルイスはきいた。

ローズ・リタは何回《なんかい》か深呼吸《しんこきゅう》をした。「だいじょうぶだと思《おも》う。そんなにひどくない。ここはどっちかって言《い》うと小《ちい》さい部屋《へや》って感《かん》じだし——ドアのまわりから光《ひかり》が見《み》えるし」

しばらく二人《ふたり》は肩《かた》を寄《よ》せ合《あ》って立《た》っていた。徐々《じょじょ》にローズ・リタの呼吸《こきゅう》は落《お》ち着《つ》いてきた。そして小《ちい》さなのぞき穴《あな》から書斎《しょさい》をのぞいた。「おじさんたちがきたら教《おし》えて」ルイスは言《い》った。

「ここで会議《かいぎ》をやるのはまちがいないの？」ローズ・リタはきいた。

「〈魔法使《まほうつか》い協会《きょうかい》〉の人《ひと》たちがきたときはいつもここで集《あつ》まってる」ルイスはこたえた。

「もうだいじょうぶ？」

ローズ・リタがブルッと震《ふる》えるのがわかった。「たぶん。まだ壁《かべ》が迫《せま》ってくるような気《き》がするけど、一人《ひとり》じゃない限《かぎ》りだいじょうぶよ。ほら穴《あな》とか地面《じめん》の穴《あな》の中《なか》にいるのとはちがうし。もうおしまいにして、この話《はなし》はしないで。いい？」

あとは待《ま》つしか、ほかにすることもなかった。ルイスとローズ・リタは反対側《はんたいがわ》の壁《かべ》に寄《よ》りかかって床《ゆか》の上《うえ》に座《すわ》った。「先《さき》に食《た》べときゃよかったな」ルイスは小声《こごえ》で言《い》った。「みんなが集《あつ》まったころには、死《し》にそうにお腹《なか》がすいてるかも」

ローズ・リタが暗闇《くらやみ》の中《なか》でもぞもぞと動《うご》いた。「手《て》を出《だ》して」

ルイスが言《い》うとおりにすると、ローズ・リタが手《て》のひらに何《なに》かをのせた。「何《なに》？」ルイスはたずねた。

「ウェルチのファッジバーよ。きっとお腹《なか》がすくだろうと思《おも》って」

ルイスがいちばん好《す》きなキャンディバーのひとつだ。ルイスはバーを食《た》べた。それから二人《ふたり》は、何時間《なんじかん》にも思《おも》えるほど長《なが》いあいだ、暗闇《くらやみ》の中《なか》に座《すわ》っていた。ジョナサンおじさんが書斎《しょさい》にイスをひきずってきて、ガタンガタンとおいている音《おと》がする。そしてようやく、人《ひと》の話《はな》し声《ごえ》が聞《き》こえてきた。ローズ・リタは立《た》ちあがって、のぞき穴《あな》から書斎《しょさい》のようすをうかがった。「二十人《にん》くらいいる」ローズ・リタは報告《ほうこく》した。「イェーガーさんが見《み》える。プラムさんも。そろそろ会議《かいぎ》がはじまるみたいよ」

ルイスもローズ・リタの横《よこ》に立《た》って、隠《かく》し扉《とびら》に耳《みみ》をおしつけた。おじさんの声《こえ》がした。

「みなさん、今日《きょう》はおいでいただいてありがとう。会議《かいぎ》をはじめるまえに、ハワードから一つ連絡《れんらく》がある。もし会費《かいひ》を払《はら》っていない方《かた》がいれば、お支払《しはら》いくださるように。さて、みなさんはなぜ今日《きょう》、お集《あつ》まりいただいたかご存知《ぞんじ》だと思《おも》う。この中《なか》で、先週《せんしゅう》の土曜日《どようび》にこの包《つつ》みを届《とど》けた人物《じんぶつ》に心当《こころあ》たりがある方《かた》はいないかね？」

「いいえ」とか「そりゃなんだ？」というようなことをブツブツとつぶやく声《こえ》があちこち

からあがった。

「これはどうやらエディドヤ・クラバノングが魔術《まじゅつ》について記《しる》した日記《にっき》のようなものらしい」ジョナサンおじさんは説明《せつめい》した。「わたしが出《で》かけているあいだに、ある人物《じんぶつ》が郵便《ゆうびん》受《う》けに落《お》としていったんだ。短《みじか》い手紙《てがみ》がついていたが、差出人《さしだしにん》は〝友人《ゆうじん》より〟となっているだけだった」

「ノートの内容《ないよう》は、ジョナサン？」だれかがきいた。

ジョナサンは言《い》った。「フローレンスと最初《さいしょ》から最後《さいご》まで数回目《すうかいめ》を通《とお》した。中《なか》にいくつか、みなさんにぜひとも聞《き》いてもらいたい箇所《かしょ》がある。さらに会議《かいぎ》のあとで、何人《なんにん》かの方々《かたがた》にはノートを詳《くわ》しく調《しら》べてくださるよう、お願《ねが》いしなきゃならん。フローレンス、読《よ》んでくれるかね？」

ツィマーマン夫人《ふじん》がコホンと咳払《せきばら》いをして、ノートから選《えら》んだ箇所《かしょ》を読《よ》みはじめた。ぜんぶ読《よ》みおわると、ツィマーマン夫人《ふじん》は言《い》った。「以上《いじょう》です。エディドヤが再三《さいさん》述《の》べている赤色星《あかいろぼし》について、何《なに》か知《し》っている方《かた》はいますか？」

男《おとこ》の人《ひと》の声《こえ》がした。「そりゃ彗星《すいせい》だよ、フローレンス。三千年《ねん》だか四千年《ねん》に一度《ど》、地球《ちきゅう》に接近《せっきん》するんだ。邪悪《じゃあく》な魔法使《まほうつか》いどもの力《ちから》の源《みなもと》になると考《かんが》えられとる。フラビウスの中《なか》にそれについての一説《いっせつ》があるし、カバラの秘教《ひきょう》にも手《て》がかりになるようなことがいくつか記《しる》してある。最近《さいきん》、天文学者《てんもんがくしゃ》たちが宇宙《うちゅう》のかなり離《はな》れた場所《ばしょ》でその星《ほし》を観測《かんそく》したと雑誌《ざっし》で読《よ》んだぞ」

「この〝旧支配者《きゅうしはいしゃ》〟については？」ジョナサンはたずねた。「わたしがきいたことのあるなかで、この者《もの》たちについての記述《きじゅつ》がある本《ほん》は、『黒魔術《くろまじゅつ》』くらいだが、みなさんご存知《ぞんじ》のとおり、このおそろしい本《ほん》は希少本《きしょうぼん》だ。手《て》に入《い》れることは不可能《ふかのう》だろう。何《なに》かほかには？」

「デルレット伯爵《はくしゃく》が、それについていくつか書《か》いているわ」女《おんな》の人《ひと》の低《ひく》い声《こえ》がした。「それからドイツの本《ほん》で『名《な》もない崇拝《すうはい》の数々《かずかず》』か、ともかくそんな題《だい》のものがあるはずよ。異次元《いじげん》の悪魔《あくま》のような生《い》き物《もの》だということくらいしか、わたしには言《い》えないけれど」

「そのとおりだろう」ジョナサンはうなずいた。「だが、彼《かれ》らとエディドヤと、どういう関係《かんけい》があるのだろう？　そして例《れい》の隕石《いんせき》はどう関係《かんけい》してくる？　そのことに関《かん》して言《い》えば、ウォルター、一八八五年《ねん》のエディドヤの死《し》について何《なに》かわかったことはあるかね？」

男《おとこ》の人《ひと》がこたえた。「たいしたことはわからん。一八八五年《ねん》の時点《じてん》で、エディドヤはかなりの年《とし》だった。だれも正確《せいかく》な年齢《ねんれい》は知《し》らなかったようだが、少《すく》なくとも七十五にはなっていただろう。具合《ぐあい》が悪《わる》くなって、かれこれ半年以上《はんとしいじょう》たっていたようだ。死《し》んだのは十二月《がつ》二十一日《にち》、隕石《いんせき》が落《お》ちた夜《よる》だ。検視官《けんしかん》によれば死因《しいん》は強硬症《きょうこうしょう》、つまり麻痺《まひ》の一種《いっしゅ》だったらしい。要《よう》は脳卒中《のうそっちゅう》じゃないかと思《おも》うのだが。唯一《ゆいいつ》の相続人《そうぞくにん》だったエリフは、遺体《いたい》を火葬《かそう》にした。その頃《ころ》は、そうした習慣《しゅうかん》がなかったから、むずかしかっただろう。遺灰《いはい》がどうなったか、知《し》る者《もの》はいない」

「わたしには想像《そうぞう》つきますよ」ツィマーマン夫人《ふじん》が言《い》った。「エリフは遺灰《いはい》を川《かわ》にまいて、そのあと、その上《うえ》に橋《はし》を作《つく》ったんですよ。そうじゃなきゃ、つぼに入《い》れて、鉛《なまり》の重《おも》りといっしょに沈《しず》めたか。川《かわ》のあのあたりは妙《みょう》に深《ふか》いでしょう？　だから本当《ほんとう》だったら、エリフがあそこに橋《はし》を建設《けんせつ》することにしたのは、おかしいんですよ」

「隕石《いんせき》に入《はい》って地球《ちきゅう》にきたのは何《なに》なんだ？」他《ほか》の人《ひと》がきいた。

ルイスは、おじさんがため息《いき》をつくのを聞《き》いた。「それがわからないんだ」おじさんは認《みと》めた。

「方法《ほうほう》はわからんが、エディドヤがあの隕石《いんせき》を呼《よ》びよせたのはたしかだ。そして、隕石《いんせき》といっしょに何《なに》かが地球《ちきゅう》にきたことも。だが、それが宇宙人《うちゅうじん》なのか、霊《れい》なのか、クラッカージャックのポップコーンのおまけなのかはわからん。フローレンスとわたしは、エリフが一九四七年《ねん》に死《し》んだあと残《のこ》したものはなんであれ、探《さが》し出《だ》そうとしたのだが、あまり運《うん》には恵《めぐ》まれなかった。エリフは財産《ざいさん》をすべて、さまざまな慈善団体《じぜんだんたい》に遺贈《いぞう》していてな。彼《かれ》の遺産《いさん》を管理《かんり》しているカラマズーの法律事務所《ほうりつじむしょ》は、エリフ個人《こじん》の書類《しょるい》がどうなったのかについては、コメントを拒否《きょひ》した」

「事務所《じむしょ》の名前《なまえ》は？」イェーガーさんがたずねた。イェーガーさんは快活《かいかつ》な、ちょっとうっかり者《もの》の魔女《まじょ》で、かけた呪文《じゅもん》はたいてい思《おも》わぬ事態《じたい》をひきおこした。

「〈ムート・マル・ボイド法律事務所《ほうりつじむしょ》〉だ。残念《ざんねん》ながらムート氏《し》はもう引退《いんたい》しとる。マル氏《し》は亡《な》くなって、ボイド氏《し》はスフィンクス並《な》みに口《くち》が固《かた》い」ジョナサンは言《い》った。

「だけど、わたしはカラマズーまで運転《うんてん》していって、遺言書《ゆいごんしょ》を見《み》てきたんです」ツィマーマン夫人《ふじん》が言《い》った。「遺言書《ゆいごんしょ》は公文書《こうぶんしょ》ですからね。ごくふつうの法律文書《ほうりつぶんしょ》でしたよ。〝であるがゆえに〟とか〝従《したが》って〟とか、面白《おもしろ》くもない項目《こうもく》でいっぱいのね。けれど、一つだけ、非常《ひじょう》に奇妙《きみょう》な文章《ぶんしょう》があったんです」紙《かみ》がかさかさなる音《おと》が聞《き》こえた。ツィマーマン夫人《ふじん》はコホンと咳《せき》をすると、言《い》った。「これは、わたしが書《か》き写《うつ》してきたものです。意味《いみ》がわかるかどうか、聞《き》いてみてくださいな。こう書《か》いてあったんです。〝意味《いみ》には他《ほか》の言葉《ことば》もある。言葉《ことば》には他《ほか》の意味《いみ》もある。わたしは、魂《たましい》のある場所《ばしょ》は心臓《しんぞう》だということを発見《はっけん》した。魂《たましい》こそ命《いのち》だ。健康《けんこう》を奥深《おくぶか》く追求《ついきゅう》すれば命《いのち》が見《み》いだせる〟」また紙《かみ》がかさかさなる音《おと》が聞《き》こえ、ツィマーマン夫人《ふじん》が言《い》った。「いかがです？」

困惑《こんわく》したようなさざめきが広《ひろ》がった。だれかが言《い》った。「健康《けんこう》に対《たい》する助言《じょげん》のように思《おも》えるよ。エリフは心臓《しんぞう》発作《ほっさ》で死《し》んだのかね？」

「肺炎《はいえん》だ」ジョナサンがこたえた。「われわれもみなさんと同《おな》じようにどう考《かんが》えたらいいのか皆目《かいもく》わからんのだ。フローレンスがこの部分《ぶぶん》のコピーを作《つく》ってくれたから、これからお配《くば》りする。なぞなぞを解《と》く方法《ほうほう》がわかった方《かた》は、すぐにご連絡《れんらく》いただきたい。もちろん、何《なん》の意味《いみ》もないと証明《しょうめい》してくださるのでもいい。あとは、仕事《しごと》にとりかかっていただきたい」

「何《なに》をすればいいいんだい？」だれかがたずねた。

「まず一つ目《め》は、この日記《にっき》を調《しら》べる小委員会《しょういいんかい》が必要《ひつよう》です」ツィマーマン夫人《ふじん》が言《い》った。「ハワード、あなたとウォルターは、ここにいるだれよりもこうした魔法《まほう》に詳《くわ》しい。あなた方二人《がたふたり》と、ミルドレッドで、この日記《にっき》から何《なに》かわかることはないか調《しら》べてほしいの。詳《くわ》しい情報《じょうほう》がいただければ、とても助《たす》かるわ」

「二つ目《め》」ジョナサンが続《つづ》けた。「彗星《すいせい》に関《かん》する情報《じょうほう》がもっとほしい。いつくるのか？彗星《すいせい》の接近《せっきん》にどういう意味《いみ》があるのか？　どんな影響《えいきょう》があるのか？　わたしはその疑問《ぎもん》に取《と》り組《く》んでみるつもりだ。それから最後《さいご》に、ワイルダー・クリークを見張《みは》るという仕事《しごと》がある。フローレンスとわたしは、何《なに》かがあそこで目覚《めざ》めはじめていると確信《かくしん》しとるが、それが幽霊《ゆうれい》なのか魔法使《まほうつか》いなのかピョンピョン棒《ぼう》なのか、まだわからんのだ。フローレンスは、魔法《まほう》の存在《そんざい》は感知《かんち》できないと言《い》っているが――」

「なら、ないのよ」だれかが言《い》った。「魔法《まほう》に関《かん》することなら、フローレンスの言《い》うことにまちがいないもの」

「わたしもそう思《おも》う」ジョナサンはこたえた。「だが、用心《ようじん》にこしたことはない。みなさんには持《も》ちまわりで千里眼《せんりがん》の魔術《まじゅつ》を使《つか》い見張《みは》りをお願《ねが》いしたい。そうすれば、二十四時間《じかん》、あの場所《ばしょ》に関《かん》するあらゆる動《うご》きを追《お》うことができる。水晶玉《すいしょうだま》の準備《じゅんび》をよろしく。たまたま、金曜日《きんようび》にもとの橋《はし》の最後《さいご》の杭《くい》が撤去《てっきょ》されるという情報《じょうほう》を仕入《しい》れた。そのとき、何《なに》かが起《お》こるかもしれない。もしそうだとしたら、速《すみ》やかにそれについて知《し》る必要《ひつよう》がある」

あとはたいしたこともなく、会議《かいぎ》は終《お》わった。会員《かいいん》たちは何人《なんにん》かずつに分《わ》かれ、おしゃべりしながらおつまみをほうばった。みんなが書斎《しょさい》にいるあいだに、ルイスとローズ・リタは秘密《ひみつ》の通路《つうろ》をそろそろと反対側《はんたいがわ》まで歩《ある》いていって、台所《だいどころ》の裏口《うらぐち》から表《おもて》へ出《で》た。外《そと》はすでに薄暗《うすぐら》くなっていた。二人《ふたり》はマンション通《どお》りのローズ・リタの家《いえ》に向《む》かって歩《ある》きはじめた。

「わたしたちがやるべきことは、はっきりしたわね」ローズ・リタが言《い》った。「つかまらないように、手伝《てつだ》うのよ」

「ぼくたちの役目《やくめ》は終《お》わったんじゃない？　日記《にっき》をジョナサンおじさんに渡《わた》したんだから」ルイスは言《い》った。

「まだやれることがある」ローズ・リタは言《い》い張《は》った。「まず、まだ覚《おぼ》えているうちにエリフの遺言書《ゆいごんしょ》にあったなぞなぞを書《か》きとめておきたいの。もしかしたら、わたしたちで解《と》けるかもしれないでしょ。それから、魔法使《まほうつか》いの人《ひと》たちと同《おな》じようにわたしたちも見張《みは》りをしなきゃ」

ルイスはうめいた。ローズ・リタがやる気《き》になっているときは、なにを言《い》ってもむだだ。そうこうしているうちに、ローズ・リタの家《いえ》についた。ローズ・リタはさっそくエリフ・クラバノングの遺言書《ゆいごんしょ》の文句《もんく》を書《か》きとめた。それから二人《ふたり》は裏庭《うらにわ》に出《で》て、テラスのイスに座《すわ》った。家《いえ》の中《なか》から、テレビかラジオのボクシング中継《ちゅうけい》が聞《き》こえてくる。あたり一帯《いったい》でコオロギが鳴《な》き、闇《やみ》はどんどん濃《こ》くなっていった。ルイスはイスによりかかって、空《そら》を見《み》あげた。星《ほし》の散《ち》りばめられた夜空《よぞら》が広《ひろ》がっている。あの中《なか》のどこかに、赤色星《あかいろぼし》と呼《よ》ばれる彗《すい》星《せい》が潜《ひそ》んでいるのだ。そして刻一刻《こくいっこく》と、猛《もう》スピードで地球《ちきゅう》に向《む》かっているのだ。

いったいどんなおそろしいことが起《お》こるというのだろう?

そこからあまり離《はな》れていない、ニュー・ゼベダイの町《まち》を出《で》てすぐの丘《おか》の上《うえ》で、やはり二《ふた》人《り》の人間《にんげん》が星《ほし》を眺《なが》めていた。メフィストフェレスとアーミン・ムートの年老《としお》いた夫婦《ふうふ》は、交代《こうたい》で天体望遠鏡《てんたいぼうえんきょう》をのぞいていた。

「思《おも》ったよりも早《はや》くきそうだね、メフィスト」女《おんな》が言《い》った。「もう、いつ肉眼《にくがん》で見《み》えるようになってもおかしくないよ」

「かまわん、かまわん」年老《としお》いた男《おとこ》の手足《てあし》は節《ふし》くれだち、声《こえ》はかすれていた。「あのいまいましい橋《はし》がもう少《すこ》しでなくなる。もうすぐ自由《じゆう》に動《うご》けるようになるんだ。町《まち》のでしゃばりどもが彗星《すいせい》のことを知《し》ったとしても、もう遅《おそ》いわ！　ひとたび彼《かれ》が解《と》きはなたれれば、もうだれもわしらには逆《さか》らえん！」

女《おんな》が望遠鏡《ぼうえんきょう》からはなれると、男《おとこ》はさも満足《まんぞく》そうにクスクス笑《わら》いながら、かがみこんで接《せっ》眼《がん》レンズをのぞいた。望遠鏡《ぼうえんきょう》の装置《そうち》が大音響《だいおんきょう》の目覚《めざ》まし時計《どけい》のようにカチカチと鳴《な》った。

しばらくすると、女《おんな》が言《い》った。「メフィスト、あんたが昼寝《ひるね》しているあいだに、カラマズーのアーネスト・ボイドから電話《でんわ》があったよ。あのツィマーマンって女《おんな》がエディドヤの書類《しょるい》が残《のこ》っているか聞《き》きにきたって」

「ほう！」老人《ろうじん》は大声《おおごえ》で叫《さけ》んだ。「そりゃ、おあいにくさま！　燃《も》やされなかったものは、ちゃんと安全《あんぜん》な場所《ばしょ》に隠《かく》してある。どろぼうだろうと、魔女《まじょ》だろうと、魔法使《まほうつか》いだろうと、だれにも見《み》つからない場所《ばしょ》にな！」

「ひとつだけ、隠《かく》せないものがある」女《おんな》が言《い》った。「遺言書《ゆいごんしょ》さ」

メフィストフェレスはゆっくりと体《からだ》を起《お》こした。「あの遺書《いしょ》から何《なに》がわかるっていうんだ、ばか者《もの》め。あのエリフのやろうが、骨《ほね》を折《お》ってもうけた金《かね》を孤児《こじ》だの未亡人《みぼうじん》だのに、やっちまったってことだけだ！　わしらの面倒《めんどう》になるようなことは、何《なに》一つ書《か》いちゃいない！」

「あんたがわからなかったあの一節《せつ》以外《いがい》はね。魂《たましい》やら命《いのち》やら心臓《しんぞう》やらってところだよ」

ムートはいらいらしたようになると、望遠鏡《ぼうえんきょう》に背《せ》を向《む》けた。「もしあの女《おんな》が、くだらない文章《ぶんしょう》の意味《いみ》がわかるっていうなら、このメフィストフェレス・P・ムートさまよりも賢《かしこ》いってことだな！　そんなことはありえない。だが、万《まん》が一《いち》あの女《おんな》が謎《なぞ》を解《と》きそうになったら、そう、少《すこ》しでも謎《なぞ》に近《ちか》づいたら、そのときは始末《しまつ》するしかない」メフィストフェレスはいやらしく笑《わら》った。

「魔女《まじょ》は不死《ふし》じゃない。そうだろう？　魔女《まじょ》は死《し》ぬんだ」

女《おんな》も笑《わら》った。その低《ひく》いだみ声《ごえ》が夜《よる》の闇《やみ》に響《ひび》いた。「そうだね」女《おんな》は言《い》った。「たしかに魔《ま》女《じょ》は死《し》ぬ」

第《だい》8章《しょう》　天体観測《てんたいかんそく》

　金曜日《きんようび》がきたけれど、何事《なにごと》もなく終《お》わった。ルイスは、結局何《けっきょくなに》も起《お》こらないかもしれないと期待《きたい》しはじめた。土曜日《どようび》の新聞《しんぶん》に、古《ふる》い橋《はし》の残《のこ》っていた最後《さいご》の部品《ぶひん》が撤去《てっきょ》されたと出《で》ていた。作業員《さぎょういん》たちの身《み》に何《なに》も起《お》こらなかったのは、確《たし》かだった。

　その同《おな》じ土曜日《どようび》、運送会社《うんそうがいしゃ》のトラックがハイ・ストリート一〇〇番地《ばんち》の家《いえ》の前《まえ》に止《と》まった。ジョナサンおじさんは受《う》け取《と》りにサインをして、ふしぎな形《かたち》の小包《こづつみ》をひとそろい、受《う》け取《と》った。包《つつ》みの中《なか》には、ルイスの背《せ》よりも高《たか》いものもあった。ジョナサンおじさんが、よかったらローズ・リタも呼《よ》んだらどうだい、と言《い》ったので、ルイスはローズ・リタを呼《よ》んで、ローズ・リタが到着《とうちゃく》してから、すべての箱《はこ》を開《あ》けることにした。

「すごい！」背《せ》の高《たか》い箱《はこ》を開《あ》けると、ルイスは歓声《かんせい》をあげた。光沢《こうたく》のある白《しろ》い筒《つつ》に黒《くろ》い金具《かなぐ》がついている。ルイスはすぐに、それが何《なに》かわかった。「望遠鏡《ぼうえんきょう》だ！」

「性能《せいのう》がいいといいが」ジョナサンおじさんは言《い》った。「けっこうな金額《きんがく》を払《はら》ったんだからな！　これは二十センチ反射望遠鏡《はんしゃぼうえんきょう》で、焦点距離《しょうてんきょり》は一六〇〇ミリメートル。スポッティングスコープと電動式《でんどうしき》の架台《かだい》と取《と》りつけ用《よう》のリングと三十倍《ばい》から五百倍《ばい》まで自由《じゆう》に設定《せってい》できる接眼《せつがん》レンズがついてる。その、庭《にわ》で天体観測《てんたいかんそく》するっていうのも、なかなか面白《おもしろ》い趣味《しゅみ》かもしれんと思《おも》ってな」

三人《にん》はうきうきしながら機械《きかい》を組《く》み立《た》てた。ルイスはジョナサンおじさんと、慎重《しんちょう》に望《ぼう》遠鏡《えんきょう》を台《だい》に取《と》りつけると、言《い》った。「どうしてモーターがついているかわかるよ。月《つき》や星《ほし》や惑星《わくせい》は動《うご》いているから、常《つね》に見《み》えるように望遠鏡《ぼうえんきょう》も動《うご》かさなきゃいけないからでしょ」

「地球《ちきゅう》が動《うご》いているのよ」ローズ・リタが言《い》いなおした。「地球《ちきゅう》が回転《かいてん》しているから、星《ほし》が動《うご》いているように見《み》えるの」

ジョナサンおじさんはしゃがんで最後《さいご》の仕上《しあ》げをしていた。それから立《た》ちあがって、大《おお》きなバンダナのハンカチを取《と》り出《だ》すと、両手《りょうて》をごしごしとふいた。鼻《はな》の上《うえ》にも油《あぶら》がついていたけれど、おじさんは気《き》づきもしなかった。「よし！　すばらしいじゃないか！　今夜《こんや》晴《は》れていたら、さっそく使《つか》ってみよう」そしてベストのポケットから金《きん》の懐中時計《かいちゅうどけい》を出《だ》して言《い》った。「これを組《く》み立《た》てるので、ほとんど午前中《ごぜんちゅう》が終《お》わっちまったな！　こうるさいばあさんは家《いえ》にいるかな？　ローズ・リタ、ツィマーマン夫人《ふじん》に電話《でんわ》して、二十世紀《せいき》の驚異《きょうい》のひとつを見《み》にくるよう、言《い》ってくれんか？」

ローズ・リタは電話《でんわ》のところへ走《はし》っていった。そしてすぐにもどってくると、言《い》った。

「ちょうど図書館《としょかん》からもどったところだった。すぐくるって」

「よしと」ジョナサンおじさんは言《い》った。「フローレンスは感動《かんどう》するかな？」

「おじさんの鼻《はな》の汚《よご》れをとっておけば、もっと感動《かんどう》すると思《おも》うわよ」ローズ・リタが言《い》った。

ジョナサンおじさんは笑《わら》って、バンダナで顔《かお》をふいた。ほどなくツィマーマン夫人《ふじん》が、ノックもしないで部屋《へや》に入《はい》ってきた。黄色《きいろ》い丈夫《じょうぶ》な紙《かみ》のフォルダーをかかえている。望遠鏡《ぼうえんきょう》を見《み》ると、首《くび》を振《ふ》って舌《した》を鳴《な》らした。「ずいぶん高《たか》かったんじゃないの？」

「高《たか》くついたよ。だが、おじいさんがたっぷり残《のこ》してくれたお金《かね》を、賢《かしこ》く運用《うんよう》しているからな」ジョナサンは説明《せつめい》した。「道楽《どうらく》だよ。今夜《こんや》、いっしょにちょいと夜空《よぞら》でも眺《なが》めんか？　そのあと、魔法《まほう》でナイル海戦《かいせん》のようすを再現《さいげん》しようじゃないか。ちょっとしたお楽《たの》しみ兼教養《けんきょうよう》としてね！」

ジョナサンとルイスは望遠鏡《ぼうえんきょう》を裏庭《うらにわ》の真《ま》ん中《なか》まで運《はこ》んでいった。ここなら、それなりに空《そら》のながめを楽《たの》しめるはずだ。ツィマーマン夫人《ふじん》はローズ・リタの横《よこ》にならんで、二人《ふたり》が器械《きかい》と格闘《かくとう》しながら庭《にわ》に設置《せっち》するのを見物《けんぶつ》していた。そして腕《うで》を組《く》むと、首《くび》を振《ふ》りながら言《い》った。「お疲《つか》れじいさん、もし本気《ほんき》で天体観測《てんたいかんそく》とやらをやろうっていうなら、もっと木《き》の枝《えだ》が視界《しかい》をさまたげないような、高《たか》い場所《ばしょ》に持《も》ってかなきゃだめよ。バーナヴェルト城《じょう》の天井《てんじょう》に穴《あな》でもあけて、観測用《かんそくよう》ドームでも作《つく》ったらいかが？」

「そうだな」ジョナサンはごきげんで言《い》った。「じゃなかったら、あのハワイハウスでも買《か》って、屋上《おくじょう》のベランダの屋根《やね》をとっぱらうか。望遠鏡《ぼうえんきょう》をおくには、最高《さいこう》の場所《ばしょ》になるぞ」

ルイスは、おじさんが冗談《じょうだん》で言《い》っているのか本気《ほんき》なのかわからなかった。ハワイハウスというのは、ニュー・ゼベダイのここから通《とお》りを数本《すうほん》はさんだところに建《た》っている家《いえ》のことだ。一八〇〇年代《ねんだい》にこの家《いえ》を建《た》てたのは、アメリカ合衆国《がっしゅうこく》の使節《しせつ》としてサンドイッチ諸《しょ》島《とう》へ赴任《ふにん》していた人《ひと》だった。サンドイッチ諸島《しょとう》というのは、今《いま》のハワイ諸島《しょとう》のことだ。島《しま》で数年暮《すうねんく》らしたのち、その人《ひと》は引退《いんたい》して、ニュー・ゼベダイにやってきた。そして、このあっと驚《おどろ》くような南《みなみ》の島風《しまふう》の邸宅《ていたく》を建《た》てたのだ。なかでも特徴的《とくちょうてき》なのは、屋上《おくじょう》にあるベランダ兼寝室《けんしんしつ》だった。ハワイだったら、夜《よる》も暖《あたた》かいから寝心地《ねごこち》のいい寝室《しんしつ》になったのだろうけれど、ミシガン州《しゅう》の気候《きこう》では、実際《じっさい》にここで寝《ね》られるのは一年《ねん》のうちわずか二、三カ月《げつ》だった。実際《じっさい》、地元《じもと》の人《ひと》たちは、ハワイハウスを建《た》てた人《ひと》は、一月《がつ》にそこで寝《ね》ることにしたために、カチカチに凍《こお》って死《し》んだのだとうわさしていた。

しばらく四人《にん》は望遠鏡《ぼうえんきょう》をいじくっていた。ジョナサンおじさんはツィマーマン夫人《ふじん》に電《でん》動《どう》モーターの動《うご》かし方《かた》や、接眼《せつがん》レンズを小《ちい》さな筒《つつ》にはめこむやり方《かた》を説明《せつめい》した。おじさんはかなりはなれたところにある木《き》のてっぺんに望遠鏡《ぼうえんきょう》を合《あ》わせ、スポッティングスコープを調節《ちょうせつ》した。スポッティングスコープは、望遠鏡本体《ぼうえんきょうほんたい》に取《と》りつけてある、本体《ほんたい》よりずっと小《ちい》さい望遠鏡《ぼうえんきょう》で、簡単《かんたん》に照準《しょうじゅん》でき、標的《ひょうてき》が定《さだ》まると、本体《ほんたい》の望遠鏡《ぼうえんきょう》でも同《おな》じものが見《み》えた。六オックスのレンズをのぞくと、すべてが六十倍《ばい》に見《み》える。ルイスは葉《は》が一枚《まい》一枚《まい》くっきりと鮮明《せんめい》に見《み》えることに驚《おどろ》いた。それから、接眼《せつがん》レンズでは木《き》がさかさまに見《み》えることに気《き》づいた。

「この望遠鏡《ぼうえんきょう》が、天体観測用《てんたいかんそくよう》だからなんだ」ジョナサンおじさんが言《い》った。「映像《えいぞう》を上下《じょうげ》さかさまに映《うつ》すんだよ。これで月《つき》を見《み》ると、北《きた》が下《した》に、南《みなみ》が上《うえ》にくるというわけだ」そしてまわりを見回《みまわ》した。「おや、ローズ・リタはどこだ？」

「知《し》らないよ。探《さが》してくる」ルイスは台所《だいどころ》のドアまで走《はし》っていって、危《あや》うくローズ・リタと衝突《しょうとつ》しかけた。「どこにいたの？」ルイスはきいた。

ローズ・リタは大《おお》きな声《こえ》で言《い》った。「お手洗《てあら》いへいってたのよ」それから、ルイスには声《こえ》をひそめて言《い》った。「本当《ほんとう》は、ツィマーマン夫人《ふじん》がフォルダーに入《い》れて持《も》ってきたものを見《み》てたの。なんだったか聞《き》きたい？」

ルイスはうしろを向《む》いて、言《い》った。「ジョナサンおじさん、ぼくたち、テレビを見《み》てくる」

おじさんは手《て》を振《ふ》った。ルイスとローズ・リタは客間《きゃくま》にいって、ルイスがテレビのスイッチを入《い》れた。だんだんに画像《がぞう》がうつり、デトロイト・タイガースの野球中継《やきゅうちゅうけい》だとわかった。「それって盗《ぬす》み見《み》たってことじゃない？」ルイスはローズ・リタに言《い》った。

「わかってる。自分《じぶん》でもよくないとは思《おも》うけど、やるしかなかったのよ。ツィマーマン夫《ふ》人《じん》はクラバノングについて調《しら》べていたの。聞《き》きたい？」

ルイスは言《い》った。「聞《き》いたほうがいいんだろうな」

「えっとね」ローズ・リタはフォルダーの中《なか》に入《はい》っていたものを、指《ゆび》を一本《ぽん》ずつ立《た》てながら、並《なら》べあげた。「まず、クラバノング農場《のうじょう》についての一九二〇年代《ねんだい》の新聞記事《しんぶんきじ》のコピー。一部《いちぶ》の科学者《かがくしゃ》は、農場《のうじょう》の植物《しょくぶつ》は一種《いっしゅ》のカビに侵《おか》されていると考《かんが》えたらしいんだけど、その正体《しょうたい》を突《つ》き止《と》めるところまではいかなかった。農場《のうじょう》を買《か》った人《ひと》は、あきらめて出《で》ていったそうよ。二番目《ばんめ》は、一九四七年《ねん》のエリフ・クラバノングの死亡記事《しぼうきじ》。死因《しいん》は急性《きゅうせい》の肺炎《はいえん》で、八十四歳《さい》だったってことしか書《か》いていない。三番目《ばんめ》は〝弁護士《べんごし》メフィストフェレス・P・ムート〟って書《か》いてあるメモよ。それとカラマズーの事務所《じむしょ》の住所《じゅうしょ》」

ルイスは眉《まゆ》をひそめた。「それって、エリフの弁護士《べんごし》の名前《なまえ》だよね？」

「そのとおり」ローズ・リタは言《い》った。「この人物《じんぶつ》のことを調《しら》べなきゃ」

「必要《ひつよう》ないんじゃないかな。今《いま》のところ、何《なに》も起《お》こってないんだ。農場《のうじょう》のことはほっておいて――」

「おじさんはそうは思《おも》ってない」ローズ・リタは指摘《してき》した。「わたしもね」

「だけど、どうして波風立《なみかぜた》てるようなことをしなきゃいけないんだ？」ルイスはみじめな声《こえ》で言《い》った。

ローズ・リタは残念《ざんねん》そうに首《くび》を振《ふ》った。「わかったわよ。もしこわくて、手伝《てつだ》えないって言《い》うなら——」

「そんなこと言《い》ってない！」ルイスは強《つよ》い口調《くちょう》で言《い》った。もう自分《じぶん》の負《ま》けが決《き》まったことは、わかっていた。「何《なに》をしようと思《おも》ってるわけ？」

「いろいろなことよ。このムートとかいう弁護士《べんごし》が何《なに》か知《し》っているか、探《さぐ》るのよ。それからエリフ・クラバノングの遺言書《ゆいごんしょ》のへんてこな文章《ぶんしょう》の謎《なぞ》を解《と》く。あと、エディドヤのとんでもない日記《にっき》の意味《いみ》をだれかが解《と》いたか調《しら》べる。ゆだんなく見張《みは》らなきゃ」

「わかったよ」ルイスはうなずいた。「だけど、来週《らいしゅう》までに何《なに》もわからなかったら、このことはぜんぶ忘《わす》れることにしよう。約束《やくそく》だよ。こんなことを、ぼくの一生《いっしょう》の仕事《しごと》にするつもりはさらさらないからね」

「もう飽《あ》きたの？」ローズ・リタはゆがんだ笑《え》みを浮《う》かべた。「いい、ルイス。わたしだって、同《おな》じくらいこわい。だけど、だからって、友《とも》だちが困《こま》っているのにほっておくわけにはいかないでしょ」

「ぼくと同《おな》じくらいこわいなんて、そんなはずないよ」ルイスはぼやいた。「そんなことありえない」

その夜《よる》は、すべてがそれなりにうまく進《すす》んだ。ツィマーマン夫人《ふじん》は、土曜《どよう》の夜《よる》にわたしが食事《しょくじ》を作《つく》るのは習慣《しゅうかん》になってるわね、と皮肉《ひにく》めいた調子《ちょうし》で言《い》ったけれど、ブツブツ文句《もんく》を言《い》うふりをするわりには、すばらしい食事《しょくじ》を作《つく》ってくれた。やわらかいローストチキンと信《しん》じられないほど甘《あま》いトウモロコシ、バターの滴《したた》る色鮮《いろあざ》やかなグリーンピースをたっぷり、手作《てづく》りのおいしいロールパン、そしてデザートは熱々《あつあつ》のアップルパイにバニラアイスクリームをかけたものだった。食事《しょくじ》が終《お》わると、ルイスとローズ・リタが片《かた》づけを手伝《てつだ》い、そのあいだにジョナサンは裏庭《うらにわ》へいって、望遠鏡《ぼうえんきょう》の調節《ちょうせつ》をした。太陽《たいよう》が沈《しず》み、暗《くら》くなってきた。

ルイスとローズ・リタとツィマーマン夫人《ふじん》がぞろぞろと庭《にわ》へ出《で》てきたころには、空《そら》に星《ほし》がいくつか、きらめきはじめていた。月《つき》は半月《はんげつ》よりちょっと大《おお》きくなっているくらいで、ジョナサンおじさんは望遠鏡《ぼうえんきょう》をそちらへ向《む》けた。「ルイス、別世界《べっせかい》の表面《ひょうめん》をのぞいてみたいかい？」

ルイスは目《め》を細《ほそ》めて接眼《せつがん》レンズを通《とお》して月《つき》を眺《なが》めた。輝《かがや》くような白《しろ》い場所《ばしょ》と、すべすべした灰色《はいいろ》の場所《ばしょ》がある。クレーターの、特《とく》にぎざぎざの縁近《ふちちか》くは漆黒《しっこく》の淵《ふち》のようだった。拡大《かくだい》された月《つき》の表面《ひょうめん》はかすかに光《ひか》っている。心《こころ》を奪《うば》われるような光景《こうけい》だった。

ローズ・リタが次《つぎ》にのぞき、それからツィマーマン夫人《ふじん》も月《つき》を眺《なが》めた。「すばらしいわ。他《ほか》の惑星《わくせい》も見《み》られるの？」

「もちろんさ」ジョナサンはこたえた。「調節《ちょうせつ》するから待《ま》っていてくれ」そして望遠鏡《ぼうえんきょう》をぐるりと回《まわ》すと、スポッティングスコープをのぞいて、それからつまみをいくつか回《まわ》した。「これを見《み》てごらん」

またルイスが最初《さいしょ》だった。細《ほそ》くて白《しろ》い輪《わ》のあるうす黄色《きいろ》の円盤《えんばん》が見《み》えた。「土星《どせい》だ！」ルイスは叫《さけ》んだ。

「100点《てん》！」ジョナサンおじさんは大声《おおごえ》で言《い》って、くすくす笑《わら》った。「さあさ、独《ひと》り占《じ》めはだめだぞ！」

全員《ぜんいん》が見《み》たあと、ジョナサンがきいた。「ほかに何《なに》か見《み》たいものは？」

むじゃきな声《こえ》でローズ・リタが言《い》った。「彗星《すいせい》で見《み》られるものってあるの？」

ルイスは空気《くうき》が凍《こお》りついたような気《き》がした。ジョナサンがゴホゴホと咳《せき》をして言《い》った。

「ひとつあるはずだ。だけど、目盛環《めもりわ》を調節《ちょうせつ》しなきゃならない。彗星《すいせい》はスポッティングスコープみたいな小《ちい》さいものじゃ、見《み》えないんだ。ええと」ジョナサンは目盛環《めもりわ》を回《まわ》して、レンズをのぞき、それからもう一度調節《どちょうせつ》した。そしてついに言《い》った。「どうだい？」

ルイスがのぞくと、中央《ちゅうおう》が真《ま》っ赤《か》な星《ほし》がぼんやりと見《み》えた。それから星《ほし》の周囲《しゅうい》がぼんやりとにじんだように見《み》えるのはコマ、つまり尾《お》の一部《いちぶ》が氷《こおり》でできた彗星《すいせい》の頭部《とうぶ》を囲《かこ》んでいるのだと気《き》づいた。望遠鏡《ぼうえんきょう》だと、真《ま》っ赤《か》に輝《かがや》いている中央部分《ちゅうおうぶぶん》からななめに伸《の》びている尾《お》自体《じたい》も見《み》えた。「名前《なまえ》はあるの？」ルイスはきいた。

「まだない」ジョナサンおじさんは言《い》った。「番号《ばんごう》はついとるがな。雑誌《ざっし》に載《の》っていたことが正《ただ》しいなら、来週《らいしゅう》には望遠鏡《ぼうえんきょう》がなくても見《み》えるようになるそうだ。かなりの速度《そくど》で近《ちか》づいているらしい」みんなが彗星《すいせい》を見《み》おわると、ジョナサンおじさんは言《い》った。「今夜《こんや》はこれでおしまいにしよう。魔法《まほう》による幻想《げんそう》のショーは月曜日《げつようび》だ。七月《がつ》四日《か》の独立記念日《どくりつきねんび》に、大砲《たいほう》の花火《はなび》はぴったりだろう？」

ルイスは賛成《さんせい》したけれど、半分《はんぶん》うわのそらだった。おじさんは明《あき》らかに何《なに》かをおそれていた。

けっきょく、ルイスはさらに不安《ふあん》になっただけだった。

月曜日《げつようび》の夜《よる》になると、ジョナサンおじさんは幻想《げんそう》の魔法《まほう》の準備《じゅんび》をはじめた。裏庭《うらにわ》の望遠《ぼうえん》鏡《きょう》とイスをかたづけて、ツィマーマン夫人《ふじん》とルイスとローズ・リタをうしろ一列《れつ》に従《したが》え、庭《にわ》のほぼ真《ま》ん中《なか》に立《た》った。そして杖《つえ》をかかげると、ゆらゆらと神秘的《しんぴてき》に振《ふ》った。するとたちまち何《なに》もないところから濃《こ》い霧《きり》が渦《うず》を巻《ま》いて現《あらわ》れ、一瞬《いっしゅん》ルイスは何《なに》も見《み》えなくなった。だがまたすぐに霧《きり》はうねるように去《さ》っていって、ルイスの顔《かお》に塩《しお》からい水《みず》しぶきがかかった。気《き》がつくと、ルイスたちはむかし風《ふう》の帆船《はんせん》の手《て》すりに立《た》っていた。波《なみ》を切《き》って進《すす》む船《ふね》の動《うご》きに合《あ》わせて、足《あし》の下《した》で甲板《かんぱん》が上下《じょうげ》しているのが感《かん》じられる。あちこちで他《ほか》の船《ふね》の光《ひかり》がきらめいていたが、砲声《ほうせい》は聞《き》こえなかった。戦《たたか》いはまだはじまっていないのだ。

「一七九八年《ねん》八月一日夜《がっついたちよる》、われわれが乗《の》っているのはネルソン艦隊《かんたい》の中《なか》の一隻《せき》だ」ジョナサンがおごそかに言《い》った。「この軍艦《ぐんかん》は、ネルソンが地中海《ちちゅうかい》のアブキール湾《わん》のナイル川河《がわか》口近《こうちか》くに送《おく》ったフリゲート艦《かん》だ。フランス艦隊《かんたい》を奇襲《きしゅう》しようとしている。フランス軍《ぐん》の旗《き》艦《かん》ロリアンに注目《ちゅうもく》していてほしい。というのも、真夜中《まよなか》にその船《ふね》が――」

その船《ふね》がどうなるのか、ルイスはわからずじまいだった。突然甲板《とつぜんかんぱん》が大《おお》きく揺《ゆ》れて傾《かたむ》き、ずぶずぶと沈《しず》んだ。みんなよろめいて体勢《たいせい》を立《た》てなおそうとした。ルイスはパニックに襲《おそ》われ、一瞬《いっしゅん》、岩《いわ》にぶつかったのだと思《おも》った。

いきなり毒々《どくどく》しい赤《あか》い光《ひかり》がすべてを包《つつ》みこんだ。ルイスははっと空《そら》を見《み》あげた。光《ひかり》は彗《すい》星《せい》から発《はっ》せられていた。でも、望遠鏡《ぼうえんきょう》で見《み》たときとはちがって真上《まうえ》にいる。中央《ちゅうおう》の部分《ぶぶん》は満月《まんげつ》のような強《つよ》い輝《かがや》きを放《はな》ち、尾《お》は水平線《すいへいせん》に届《とど》きそうなほど長《なが》く伸《の》びていた。

「ジョナサン――」ツィマーマン夫人《ふじん》が言《い》いかけた。

「なにがまちがったのかわからん！」ジョナサンは叫《さけ》んで、杖《つえ》を振《ふ》った。でも、何《なに》も起《お》こらない。「フローレンス、手伝《てつだ》ってくれ！」

ルイスは、ローズ・リタに腕《うで》をつかまれたのを感《かん》じた。船《ふね》がいるのは湾《わん》ではなかった。他《ほか》の船《ふね》の姿《すがた》もない。彗星《すいせい》の光《ひかり》で血《ち》の色《いろ》に染《そ》まった荒海《あらうみ》が、果《は》てしなく広《ひろ》がっているだけだ。

すると、目《め》の前《まえ》の海《うみ》の中《なか》から何《なに》かが浮《う》かびあがってきた。船首《せんしゅ》のすぐ左舷側《さげんがわ》だった。

ルイスは息《いき》を飲《の》んだ。海面《かいめん》が割《わ》れて、巨大《きょだい》なタコかイカのようなものが触手《しょくしゅ》をのたくらせながら現《あらわ》れたのだ。ふだんはむらのある青白《あおじろ》い色《いろ》をしているのだろうが、今《いま》は彗星《すいせい》の光《ひかり》のために、肝臓《かんぞう》のようなぬらぬらした赤色《あかいろ》をしている。信《しん》じられないことに、怪物《かいぶつ》は触手《しょくしゅ》をくねらせながら、さらに浮《う》かびあがった。血《ち》の色《いろ》の水《みず》がザザッーと滴《したた》り落《お》ちた。ルイスは、自分《じぶん》の悲鳴《ひめい》を聞《き》いた。おそろしさのあまりどうかなりそうだった。

イカのようなものは、動物《どうぶつ》ではなかった。

ぞっとするほど巨大《きょだい》な人間《にんげん》の頭《あたま》だったのだ！

そして怪物《かいぶつ》は、胸《むね》まで海《うみ》につかったまま、ズル、ズルとこちらへ歩《ある》いてきた。

第《だい》9章《しょう》　よみがえった怪物《かいぶつ》

　ツィマーマン夫人《ふじん》は厳《きび》しい声《こえ》で呪文《じゅもん》を唱《とな》えた。あたり一面《いちめん》に、紫《むらさき》の稲妻《いなずま》がジグザグに走《はし》った。そして次《つぎ》の瞬間《しゅんかん》、排水溝《はいすいこう》へ流《なが》れこむ水《みず》のように、稲妻《いなずま》が怪物《かいぶつ》の体《からだ》の中《なか》に流《なが》れこんだ。

　ルイスは、その異様《いよう》な光景《こうけい》から目《め》をそむけることができなかった。巨大《きょだい》な怪物《かいぶつ》はさらにふくらんで、強《つよ》さを増《ま》したように見《み》えた。「魔法《まほう》がきかない！」ルイスは悲鳴《ひめい》をあげた。それと同時《どうじ》に、怪物《かいぶつ》が鋭《するど》い叫《さけ》び声《ごえ》をあげた。ルイスが見《み》ると、おぞましい口《くち》ひげのような触手《しょくしゅ》がのたくり、下《した》から三メートルはあろうかという怪物《かいぶつ》の口《くち》がぽっかりと現《あらわ》れた。サメのような歯《は》が見《み》え、かんだかい震《ふる》え声《ごえ》があたりに響《ひび》きわたった。

「待《ま》って！」ツィマーマン夫人《ふじん》は叫《さけ》んだ。「これでは戦《たたか》えない！　魔法《まほう》を使《つか》うと余計《よけい》強《つよ》くなってしまう！　あなたの魔法《まほう》を無効《むこう》にできるかやってみるから、ジョナサン。ちがう種《しゅ》類《るい》の魔法《まほう》を混《ま》ぜるとどうなるかは知《し》っているでしょ。ルイスとローズ・リタをしっかりおさえていて！」

ルイスは、おじさんに肩《かた》をつかまれたのを感《かん》じて、その腕《うで》をつかんだ。おそろしい光景《こうけい》を見《み》ないように目《め》を閉《と》じたいのに、恐怖《きょうふ》のあまりそれすらできない。怪物《かいぶつ》のうろこのついた腕《うで》が伸《の》びてきて、水《みず》かきのあるかぎづめがルイスたちをつかもうとした。腐《くさ》った魚《さかな》のような吐《は》き気《け》を催《もよお》す悪臭《あくしゅう》がルイスを襲《おそ》い、ツィマーマン夫人《ふじん》が大《おお》きく腕《うで》を振《ふ》りあげるのがぼんやりと見《み》えた――

そのとたん、雷《かみなり》に打《う》たれたような衝撃《しょうげき》を感《かん》じた。強烈《きょうれつ》なショックで息《いき》ができなくなった。まっすぐに転《ころ》がり落《お》ちるような感覚《かんかく》に襲《おそ》われ、ルイスは地面《じめん》にたたきつけられ、うめき声《ごえ》をあげた。

そう、地面《じめん》に。

船《ふね》の甲板《かんぱん》ではなかったのだ！

ルイスは刈《か》りこまれた芝生《しばふ》の上《うえ》にうつぶせになって倒《たお》れていた。草《くさ》の香《かお》りがする。とがった葉《は》が手《て》のひらと頬《ほほ》をくすぐった。おじさんが自分《じぶん》の横《よこ》にひざまずいたのを感《かん》じて、顔《かお》をあげて目《め》をしばたたかせると、異常《いじょう》な血《ち》の色《いろ》の光《ひかり》は消《き》えていた。すぐそばでコオロギが鳴《な》いている。バーナヴェルト家《け》の裏庭《うらにわ》にもどっていた。

「みんな——だいじょうぶか?」おじさんがぼうっとしたかすれ声《ごえ》できいた。

「だいじょうぶよ」ローズ・リタがこたえた。

「ぼくも、た、たぶん」同時《どうじ》にルイスも言《い》った。

数《すう》メートル離《はな》れたところから、ツィマーマン夫人《ふじん》がふらふらしながら立《た》ちあがった。

「家《いえ》の中《なか》にはいりましょう」はりつめた低《ひく》い声《こえ》でツィマーマン夫人《ふじん》は言《い》った。

四人《にん》はよろめきながら台所《だいどころ》へもどった。ツィマーマン夫人《ふじん》がどさっと倒《たお》れるようにイスに座《すわ》ったのを見《み》て、ルイスはショックを受《う》けた。髪《かみ》は、ふだんも特《とく》にきれいにしているわけではないけれど、今《いま》はくしゃくしゃにもつれて、垂《た》れていたし、顔《かお》は真《ま》っ青《さお》で、肌《はだ》が蝋《ろう》のようだ。おまけに目《め》の下《した》に黒《くろ》いくまがくっきり浮《う》き出《で》ている。ジョナサンおじさんが水《みず》を一杯《ぱい》持《も》ってくると、ツィマーマン夫人《ふじん》はありがたそうに飲《の》んだ。「だいじょうぶかい、フローレンス?」ジョナサンは心配《しんぱい》そうな声《こえ》できいた。

ハアッとため息《いき》をついて、ツィマーマン夫人《ふじん》はうなずいた。「ええ、たぶん。そもそもかさを持《も》っていなかったものだから、最初《さいしょ》から魔法《まほう》の力《ちから》が半分《はんぶん》しか使《つか》えなかったんです。そして、あの……あの化《ば》け物《もの》に、残《のこ》りの魔力《まりょく》もほとんど飲《の》みこまれてしまった！　もう一度《ど》魔法《まほう》を使《つか》って攻撃《こうげき》していたら、わたしは今《いま》ごろ死《し》んでいたかもしれない」

ローズ・リタがきいた。「あれは何《なに》？　いったいわたしたちはどこにいたの？」

ジョナサンおじさんは首《くび》を振《ふ》った。「見当《けんとう》もつかんよ、ローズ・リタ。そもそも、地球《ちきゅう》にいたかどうかさえわからん！　他《ほか》の星《ほし》の上《うえ》か——他《ほか》の時代《じだい》にいたってこともありえる。なにかの力《ちから》で、わたしの魔法《まほう》がゆがめられてしまったのだ。ただの幻想《げんそう》のはずだったんだ。幻想《げんそう》は人《ひと》に害《がい》を与《あた》えることはできない。だが、あの怪物《かいぶつ》は本物《ほんもの》だった」

「たしかに本物《ほんもの》だった。だけど、あんな化《ば》け物《もの》は見《み》たこともない」ツィマーマン夫人《ふじん》が言《こと》葉《ば》をついで言《い》った。「魔法《まほう》がきかないだけじゃない。魔法《まほう》を飲《の》みこんで、それでさらに力《ちから》を増《ま》すみたいだった。そんなおかしなことは、聞《き》いたこともないわ」

「あ、ああいうことが前《まえ》にも起《お》こったことはあるの？」ルイスはきいた。「つ、つまりさ、おじさんの幻想《げんそう》の魔法《まほう》がおかしくなっちゃったことってあるの？」

「いや、はじめてだよ。ツィマーマン夫人《ふじん》と二人《ふたり》で、よく考《かんが》えてみなければ」ジョナサンは眉《まゆ》をひそめた。「フム。H・P・ラヴクラフト（一八九〇〜一九三七。怪奇《かいき》ファンタジー作《さっ》家《か》）の作品《さくひん》からはじめるのがいいかもしれん。もちろんあれはフィクションだが、記憶《きおく》が正《ただ》しければ、ラヴクラフトはあれと同《おな》じような怪物《かいぶつ》を描《えが》いていたはずだぞ」

「本当《ほんとう》にフィクションでありますように」ローズ・リタはつぶやいた。「ナイル海戦《かいせん》はもうこれきりね」

「うむ、少《すく》なくともしばらくはな。がっかりさせてすまんな、お二人《ふたり》さん」ジョナサンおじさんは言《い》った。

「いいよ」ルイスは言《い》った。「あの、ローズ・リタを家《いえ》に送《おく》ってくるね」

「それがいい」ジョナサンはうなずいた。「すべて元通《もとどお》りになったようだし、危《あぶ》ないことはなかろう。そのあいだ、ツィマーマン夫人《ふじん》とあのぬらぬらの化《ば》けもんのことを相談《そうだん》しておくよ。二人《ふたり》とも、気《き》をつけるんだよ」

ローズ・リタは元気《げんき》なく微笑《ほほえ》んだ。「うん、わかった」

「本当《ほんとう》にすまなかったな」ジョナサンはもう一度《ど》あやまった。

ローズ・リタは肩《かた》をすくめて言《い》った。「だいじょうぶよ、たしかにすごい花火《はなび》だったけど！」

ローズ・リタの家《いえ》はそんなに遠《とお》くない。ここから歩《ある》いて五分《ふん》くらいだ。遠《とお》くの競技場《きょうぎじょう》から花火《はなび》や爆竹《ばくちく》のくぐもった爆発音《ばくはつおん》が聞《き》こえていた。ニュー・ゼベダイの商工会議所主催《しょうこうかいぎしょしゅさい》の七月四日《がつかか》の独立記念日《どくりつきねんび》の祝典《しゅくてん》だろう。でも、さっきあんなものを見《み》てしまったあとでは、遠《とお》くから聞《き》こえる爆発音《ばくはつおん》がひどくつまらないものに思《おも》えた。

「送《おく》ってくれてありがとう」ローズ・リタが言《い》った。「勇気《ゆうき》があるね」

ルイスはちょっと照《て》れくさかった。「ジョナサンおじさんとツィマーマン夫人《ふじん》が話《はな》したいだろうと思《おも》って」それからブルッと震《ふる》えて、あたりを見回《みまわ》した。月《つき》はほぼ満月《まんげつ》だったけれど、青白《あおじろ》い光《ひかり》はむしろ、周囲《しゅうい》の影《かげ》をいつもよりもいっそう濃《こ》く、怪《あや》しく見《み》せていた。ルイスは告白《こくはく》した。「ローズ・リタんちの玄関《げんかん》まで送《おく》るのは平気《へいき》だよ。だけど、帰《かえ》りはずっと走《はし》っていくと思《おも》う！」

ローズ・リタはいそいでマンション通《どお》りへ曲《ま》がり、街灯《がいとう》の黄色《きいろ》い光《ひかり》の下《した》に入《はい》った。見《み》あげると、電球《でんきゅう》のまわりを白《しろ》いガがひらひらと飛《と》んでいる。星《ほし》の周《まわ》りを回《まわ》る無数《むすう》の小《ち》さな惑《わく》星《せい》のようだった。光《ひかり》の下《した》でローズ・リタはルイスをちらりと見《み》た。「明日《あす》の朝《あさ》、うちにきてね。色々調《いろいろしら》べなきゃ」

「わかってる」ルイスはもごもごと言《い》った。気乗《きの》りしなかったけれど、このまま続《つづ》けるしかないと感《かん》じていた。「朝一番《あさいちばん》でいくよ」

二人《ふたり》はそれ以上《いじょう》、何《なに》もしゃべらなかった。門《もん》までくると、ローズ・リタは言《い》った。「明日《あす》ね」そして、走《はし》って家《いえ》に入《はい》っていった。

ルイスはハイ・ストリートへ向《む》かって歩《ある》きはじめた。周囲《しゅうい》の闇《やみ》がまるで生《い》きているように感《かん》じる。ちょうど視界《しかい》の届《とど》かないところに、邪悪《じゃあく》なものがひそんでいるのかもしれない。化《ば》け物《もの》の身《み》の毛《け》のよだつような悪臭《あくしゅう》を思《おも》い出《だ》した。のたくる触手《しょくしゅ》から血《ち》のように赤《あか》い水《みず》を滴《したた》らせた、ぬらぬらした化《ば》け物《もの》が目《め》に見《み》えるようだった。

ルイスは足《あし》を速《はや》めた。そして走《はし》り出《だ》した。街灯《がいとう》の明《あ》かりが、黄色《きいろ》い島《しま》のように巨大《きょだい》な闇《やみ》にぽっかりと浮《う》かんでいる。ルイスは、溺《おぼ》れるまえにしっかりとした陸地《りくち》にたどりつこうと必死《ひっし》で泳《およ》ぐ人《ひと》のように、光《ひかり》の島《しま》から島《しま》へ走《はし》りつづけた。坂《さか》を駆《か》けあがる足音《あしおと》が響《ひび》き、息《いき》が切《き》れてのどがゼイゼイ鳴《な》った。頭《あたま》にあるのは、坂《さか》のてっぺんに建《た》っている自分《じぶん》の家《いえ》だけだった。

だから、坂《さか》をおりたすぐ向《む》かいのハンチェットさんの家《いえ》の庭《にわ》の前《まえ》に、見慣《みな》れない黒《くろ》いビュイックがとまっていることには気《き》づかなかった。

そして、二組《くみ》の怒《いか》りに燃《も》えた目《め》がにくにくしげに自分《じぶん》をにらみつけていることにも。

「あのこぞうはだれだ？　バーナヴェルトは独身《どくしん》じゃなかったのか？」メフィスト・ムートはうなった。

「わたしにわかるわけないだろう、まぬけ」ムートの妻《つま》はどなりかえした。「こんな退屈《たいくつ》な町《まち》に知《し》り合《あ》いなんて一人《ひとり》もいないんだから。近所《きんじょ》づきあいするためにひっこしてきたんじゃないんだよ！」

「うるさい、だまれ」メフィストはブツブツと言《い》った。「ともかく、ここが魔《ま》法《ほう》の使《つか》われた場所《ばしょ》だ。すぐピンときたんだ。おかげで、次元《じげん》に裂《さ》け目《め》ができて、〝旧支配者《きゅうしはいしゃ》〟の一人《ひとり》が目覚《めざ》めた。赤色星《あかいろぼし》の力《ちから》だ。来週《らいしゅう》になって月《つき》が欠《か》ければ、裸眼《らがん》でも見《み》えるようになる」

ムートの妻《つま》もそのとおりだというようにうなずいた。「魔法《まほう》のほとんどが別次元《べつじげん》に流《なが》れこんだはずだ。だけど、まだこちら側《がわ》に残《のこ》っているはずだ。あの古《ふる》い橋《はし》のあった場所《ばしょ》まで届《とど》いていれば、わたしたちのご友人《ゆうじん》も目覚《めざ》めるかもしれない。車《くるま》でいってみよう」

「よし。彼《かれ》を完全《かんぜん》に目覚《めざ》めさせるのは、魔法《まほう》しかない。急《いそ》げ」夫《おっと》はせかした。「急《いそ》ぐんだ。確《たし》かめないとならん」

女《おんな》は古《ふる》い車《くるま》をそろそろと進《すす》ませ、静《しず》かに坂《さか》をくだりはじめた。そしてバーナヴェルトの家《いえ》をすぎると、エンジンをかけた。車《くるま》は爆音《ばくおん》をあげて走《はし》り出《だ》し、町《まち》を抜《ぬ》け、南《みなみ》へ向《む》かった。そして数分後《すうふんご》、ワイルダー・クリークの新《あたら》しい橋《はし》のそばの道《みち》に止《と》まった。

老夫婦《ろうふうふ》は車《くるま》をおりた。メフィスト・ムートはブツブツ文句《もんく》を言《い》いながら、杖《つえ》にもたれて川岸《かわぎし》まで歩《ある》いていった。そして、三メートルほどの高《たか》さの土手《どて》に立《た》つと、フンフンとにおいをかいだ。

「ああ、思《おも》ったとおりだ。彼《かれ》はくる！　くるぞ！」

女《おんな》は夫《おっと》の肩《かた》のあたりに立《た》ち、二人《ふたり》で川《かわ》を見下《みお》ろした。川面《かわも》はさかんに泡立《あわだ》ち、月光《げっこう》を浴《あ》びてかすかに虹色《にじいろ》の光《ひかり》を放《はな》っていた。

「早《はや》すぎる」女《おんな》は言《い》った。「あんたの計算《けいさん》だと、満月《まんげつ》までよみがえらないんじゃなかったのかい？　満月《まんげつ》は明日《あした》の夜《よる》だよ」

「静《しず》かにしろ!」ムートは叫《さけ》んだ。「ばかな女《おんな》だ。魔法《まほう》でバランスが崩《くず》れたのがわからんのか? じゅうぶん力《ちから》を蓄《たくわ》えていれば、もうやってくるはずだ——見《み》ろ! ほらあれだ!」

川《かわ》の中《なか》から、何《なに》かが浮《う》かびあがってきた。おおよそ円形《えんけい》に近《ちか》い一メートルくらいのうすい灰色《はいいろ》と白色《はくしょく》のまだらの物体《ぶったい》で、表面《ひょうめん》に赤《あか》と紫《むらさき》の血管《けっかん》が走《はし》っている。血管《けっかん》がどくどくと脈打《みゃくう》っているさまを、二人《ふたり》は魅入《みい》られたように見《み》つめた。ゼラチンのようにプルプル震《ふる》えているようすからして、硬《かた》くはなさそうだ。

すると、表面《ひょうめん》に三十センチくらいの線《せん》が現《あらわ》れた。そしてぱっかりと割《わ》れたかと思《おも》うと、巨大《きょだい》な黄緑色《きみどりいろ》の目《め》がじろりと二人《ふたり》をにらみつけた。そしてもうひとつの目《め》も開《ひら》き、そのあいだにぶよぶよした口《くち》が現《あらわ》れた。

化《ば》け物《もの》は川《かわ》の中《なか》から太《ふと》い声《こえ》で言《い》った。「よみがえった」

目《め》と口《くち》がズルズルと動《うご》いた。奇怪《きかい》な体《からだ》がぼこぼこと泡立《あわだ》ち、さらにこぶが増《ふ》え、腕《うで》が一本《ぽん》、ぬっと突《つ》き出《だ》した。が、指《ゆび》のあるはずの場所《ばしょ》には三十センチほどの十本《ぽん》の触手《しょくしゅ》がのたくっていた。肉《にく》の塊《かたまり》は体《からだ》をひきずるように川《かわ》から岸《きし》へ這《は》い出《で》てきた。

メフィスト・ムートは骨《ほね》ばったひざをついた。「わが主《あるじ》よ！」ムートは狂喜《きょうき》に満《み》ちた声《こえ》で叫《さけ》んだ。「もどってこられたのですね！」

「ち、力《ちから》がたりん」肉《にく》の塊《かたまり》は大《おお》きくうねり、苦《くる》しげに言《い》った。そして、土手《どて》でひざまずいているムートのすぐ下《した》を、体《からだ》を波打《なみう》たせながらよろよろと川《かわ》にそって数《すう》メートル進《すす》んだ。

「今《いま》に強《つよ》くなります」ムートの妻《つま》は言《い》って、夫《おっと》の肩《かた》に手《て》をおいた。「食《た》べ物《もの》になる魔法《まほう》をさしあげますから！」

「そーれーかーら？」おそろしい姿《すがた》の化《ば》け物《もの》はうめいた。「そーれーかーら？」

「命《いのち》を」ムートは急《いそ》いでつけくわえた。「大勢《おおぜい》の人間《にんげん》の命《いのち》をさしあげます」

「魂《たましい》も」ムートの妻《つま》はねこなで声《ごえ》でささやいた。「食《た》べ物《もの》になる魂《たましい》も！」

一瞬《いっしゅん》、このおそろしい化《ば》け物《もの》は黙《だま》った。それから叫《さけ》びはじめた。「腹《はら》がすいた！　腹《はら》がすいた！」化《ば》け物《もの》は体《からだ》を大《おお》きく波打《なみう》たせ、みるみるうちに人間《にんげん》の形《かたち》をとりはじめた。背丈《せたけ》はたちまち四メートルまで伸《の》び、太《ふと》く短《みじか》い足《あし》の先《さき》がホットケーキのように平《ひら》べったくなって、タコの触手《しょくしゅ》のような二本《ほん》の腕《うで》がするすると伸《の》びた。

そして、ムートのほうへ土手《どて》を這《は》いのぼってきた。

そのあいだも、化《ば》け物《もの》は絶《た》えず姿《すがた》を変《か》えていた。十センチほどの緑《みどり》の片目《かため》は、ひたいのまんなかに移動《いどう》し、それよりはるかに小《ちい》さいもうひとつの目《め》は、右《みぎ》の耳《みみ》があるはずのところで赤《あか》く光《ひか》っている。ぱっくりと開《ひら》いた口《くち》の奥《おく》には、想像《そうぞう》を絶《ぜっ》する闇《やみ》が続《つづ》いていた。

「腹《はら》がへった！」化《ば》け物《もの》は体《からだ》を起《お》こし、ムートたちの頭上《ずじょう》にそそり立《た》った。しずくをぽたぽたとたらしながら大《おお》きく波打《なみう》つ体《からだ》が、月明《つきあ》かりに浮《う》かびあがる。「腹《はら》がへった！」

その声《こえ》に、夜《よる》の闇《やみ》のすべてのものが沈黙《ちんもく》した。

第《だい》10章《しょう》　橋《はし》の下《した》から

水曜日《すいようび》の夜《よる》、〈カファーナウム郡魔法使い協会《ぐんまほうつかいきょうかい》〉はふたたび、バーナヴェルト家《け》で会議《かいぎ》を行《おこな》った。けれども今回《こんかい》は、ルイスとローズ・リタは立《た》ち聞《ぎ》きすることはできなかった。秘密《ひみつ》の通路《つうろ》に隠《かく》れる機会《きかい》を見《み》つけられないでいるうちに、ツィマーマン夫人《ふじん》が魔法使《まほうつか》いたちを台所《だいどころ》に連《つ》れてきて、ぶきみな怪物《かいぶつ》の話《はなし》をはじめてしまったのだ。自分《じぶん》の魔法《まほう》がきかなかったことを、ツィマーマン夫人《ふじん》は説明《せつめい》した。他《ほか》の魔法使《まほうつか》いたちは書斎《しょさい》で、ジョナサンおじさんに自分《じぶん》たちが調《しら》べてきたことを報告《ほうこく》していた。

両方《りょうほう》の出入《でい》り口《ぐち》をふさがれてしまったため、ルイスとローズ・リタは裏庭《うらにわ》で自分《じぶん》たちだけの作戦会議《さくせんかいぎ》を行《おこな》った。「今日《きょう》の新聞《しんぶん》を読《よ》んだ?」ローズ・リタがたずねた。

「ううん、まだ。どうして?」

「二面《めん》に心当《こころあ》たりのある記事《きじ》がのっていたのよ」ローズ・リタは暗《くら》い声《こえ》で言《い》った。「月曜《げつよう》日《び》の夜《よる》、ワイルダー・クリークの片方《かたほう》の岸《きし》の草《くさ》が枯《か》れて、灰色《はいいろ》になっていたって」

ルイスはローズ・リタを見《み》た。二人《ふたり》は庭《にわ》のイスに座《すわ》っていた。外《そと》はどんどん暗《くら》くなっていたけれど、台所《だいどころ》の窓《まど》から暖《あたた》かな黄色《きいろ》い光《ひかり》が漏《も》れて、ローズ・リタの顔《かお》を照《て》らしていた。

「クラバノング農場《のうじょう》と同《おな》じだ」ルイスはささやくような声《こえ》で言《い》った。

「まったく同《おな》じよ」ローズ・リタもうなずいた。「農事顧問《のうじこもん》の人《ひと》は、おそらくカビの一種《いっしゅ》だろうって言《い》っているけど、わたしたちのほうがよく知《し》ってる。おまけにもっと悪《わる》いことがあるの。その草《くさ》の枯《か》れたあとは町《まち》のほうへ続《つづ》いていたんだって」

ルイスは歯《は》が鳴《な》らないようにぐっと食《く》いしばった。晴《は》れた暖《あたた》かい夜《よる》だった。夜《よる》の虫《むし》たちがいたるところでリリリリリ……と鳴《な》いている。何《なに》もかもいつもどおり安全《あんぜん》に思《おも》えた。ルイスは気持《きも》ちを落《お》ち着《つ》けようとした。「草《くさ》が枯《か》れる原因《げんいん》は何《なん》なんだろう?」

「原因《げんいん》が何《なん》であれ――あっ、見《み》て!」ローズ・リタはイスに寄《よ》りかかって、まっすぐ空《そら》を見《み》あげた。

ルイスもローズ・リタの見《み》ているほうを見《み》た。とたんに、皮膚《ひふ》の上《うえ》をアリが這《は》っているように体中《からだじゅう》がむずむずした。ルイスは空《そら》をあおいで、赤《あか》い彗星《すいせい》が光《ひか》っているのを見《み》つめた。

望遠鏡《ぼうえんきょう》で見《み》たときよりはるかに暗《くら》くて、尾《お》もうすいけれど、肉眼《にくがん》ではっきりと見《み》ることができた。「もう時間《じかん》はない」ルイスは言《い》った。

「そのとおりよ」ローズ・リタはこたえた。「ねえ、おじさんがH・P・ラヴクラフトって作家《さっか》のことを言《い》っていたのを覚《おぼ》えてる？　わたしもね、その人《ひと》の本《ほん》をいくつか図書館《としょかん》で調《しら》べてきたの。ラヴクラフトがどこで仕入《しい》れてきたのかはわからないけど、たしかに〝旧《きゅう》支配者《しはいしゃ》〟のこととか目《め》に見《み》えない恐怖《きょうふ》とかそういった奇妙《きみょう》なことをたくさん書《か》いてた。それでなんだと思《おも》う？　図書館《としょかん》カードに名前《なまえ》を書《か》こうとしたら、わたしの前《まえ》にその本《ほん》を借《か》りた人《ひと》の名前《なまえ》があったのよ」

「だれ？」ルイスは、本当《ほんとう》に知《し》りたいのかもわからないまま、たずねた。

「E・ムート夫人《ふじん》。おじさんたちの言《い》ってた弁護士《べんごし》の名前《なまえ》と同《おな》じよ。どこに住《す》んでるのかもわかったの。フィールド通《どお》りよ。町《まち》から南《みなみ》へいく、ワイルダー・クリーク道路《どうろ》から分《わ》かれてる通《とお》り」

「その女《おんな》の人《ひと》が、今回《こんかい》のことに何《なに》か関係《かんけい》しているのはまちがいない。だけど、ぼくたちに何《なに》ができるかな？」

ローズ・リタはため息《いき》をついた。「わたしもわからない。ねえ、中《なか》に入《はい》らない？　あの赤《あか》い彗星《すいせい》が健康《けんこう》にいいわけないし。もしかしたら、放射能《ほうしゃのう》とか出《だ》してるかも」

「彗星《すいせい》からなにか光線《こうせん》が出《で》てるとは思《おも》わないけど。彗星《すいせい》は自分《じぶん》で光《ひかり》を出《だ》しているわけじゃないんだ。太陽《たいよう》の光《ひかり》を反射《はんしゃ》してるんだよ」

ローズ・リタは鼻《はな》を鳴《な》らした。「どうでもいい。ともかくわたしの健康《けんこう》にはよくないの。気分《きぶん》がよくないもの」

ルイスは立《た》ちあがろうとした。と、そのとき、奇妙《きみょう》な感覚《かんかく》に襲《おそ》われた。まるで脳《のう》の中《なか》で閃光電球《せんこうでんきゅう》みたいに光《ひかり》がぱっとついて、また消《き》えたような感《かん》じだった。「エリフの遺言書《ゆいごんしょ》にはなんて書《か》いてあったんだっけ？」ルイスはゆっくりときいた。

「ちゃんと暗記《あんき》してる。こうよ。〝意味《いみ》には他《ほか》の言葉《ことば》もある。言葉《ことば》には他《ほか》の意味《いみ》もある。わたしは、魂《たましい》のある場所《ばしょ》は心臓《しんぞう》だということを発見《はっけん》した。魂《たましい》こそ命《いのち》だ。健康《けんこう》を奥深《おくぶか》く追求《ついきゅう》すれば、命《いのち》が見《み》い出《だ》せる〟言《い》わせてもらえば、エリフってやつは完璧《かんぺき》にいかれちゃってたわね」

ルイスは目《め》を閉《と》じてけんめいに考《かんが》えた。少《すこ》しわかりかけたような、もう少《すこ》しでわかるような気《き》がする――けれど、次《つぎ》の瞬間《しゅんかん》ぼんやりとした考《かんが》えは逃《に》げていってしまった。

「わかりそうだったんだけど。意味《いみ》と言葉《ことば》。意味《いみ》が二重《にじゅう》にあるってことかな？」

「なにそれ？」

ルイスは首《くび》を振《ふ》った。「わからない。はっきりしなくなっちゃった」

「また思《おも》いつくわよ」ローズ・リタは言《い》った。「明日《あす》、ムートの家《いえ》をスパイしにいこう。なにか手《て》がかりが見《み》つかるかもしれない」

「危《あぶ》ないことをするのはやめようね」ルイスはたのんだ。

「大丈夫《だいじょうぶ》」ローズ・リタは約束《やくそく》した。「慎重《しんちょう》にやるから」


木曜日《もくようび》の朝《あさ》は曇《くも》っていた。今《いま》にも雷《かみなり》がきそうな気配《けはい》が漂《ただよ》っていたけれど、まだ嵐《あらし》にはなっていない。九時《じ》にルイスとローズ・リタはふたたび自転車《じてんしゃ》に乗《の》って、町《まち》を出《で》た。今回《こんかい》はそんなに遠《とお》くはなかった。町《まち》の中心《ちゅうしん》から一・五キロほど走《はし》ると、一本《ぽん》の狭《せま》い通《とお》りが右《みぎ》へ分《わ》かれているところに出《で》た。通《とお》りの名前《なまえ》を記《しる》した標識《ひょうしき》はなかったけれど、ローズ・リタが地図《ちず》にはフィールド通《どお》りと書《か》いてある、と言《い》った。

通《とお》りに建《た》っている家《いえ》はどれも小《ちい》さくて、一軒《けん》一軒《けん》のあいだが広《ひろ》かった。木造《もくぞう》の家《いえ》や別荘《べっそう》風《ふう》の建物《たてもの》やバンガローもある。引退《いんたい》した人《ひと》が住《す》むところなんだな、とルイスは思《おも》った。ほとんどの家《いえ》の裏庭《うらにわ》に野菜畑《やさいばたけ》がある。ところが一軒《けん》だけ、雑草《ざっそう》が生《お》い茂《しげ》った庭《にわ》があった。だがよく見《み》ると、青々《あおあお》とした庭《にわ》のあちこちにクラバノング農場《のうじょう》のように草《くさ》が枯《か》れて灰色《はいいろ》になったところがある。ローズ・リタに、これがムートの家《いえ》だと教《おし》えてもらう必要《ひつよう》はなかった。前庭《まえにわ》の杉《すぎ》の木《き》のそばに、古《ふる》い黒《くろ》のビュイックがとめてある。ローズ・リタはいったん家《いえ》の前《まえ》を通《とお》りすぎると、細《ほそ》い小川《おがわ》へおりる草《くさ》の茂《しげ》った横道《よこみち》に入《はい》った。両側《りょうがわ》に生《は》えた雑草《ざっそう》はルイスの背《せ》よりも高《たか》かった。

小川《おがわ》までいって、二人《ふたり》は自転車《じてんしゃ》を止《と》めた。「これからどうする?」ルイスはたずねた。

「見張《みは》るのよ」ローズ・リタはそっと雑草《ざっそう》を左右《さゆう》にわけた。家《いえ》が見《み》える。「もっと近《ちか》づくこともできるかも」

「それはまずいんじゃないかな」ルイスは反対《はんたい》した。けれどもローズ・リタはすでに体《からだ》を折《お》り曲《ま》げるようにして、そろそろと前《まえ》に進《すす》みはじめていた。なるべく草《くさ》を揺《ゆ》らさないように、慎重《しんちょう》に歩《ある》いていく。ルイスは、どうか草《くさ》むらの中《なか》からヘビが出《で》てきませんように、と祈《いの》りながらあとに続《つづ》いた。二人《ふたり》はジリジリと家《いえ》に近《ちか》づいて、とうとう開《あ》いた窓《まど》から一メートルほどのところまできた。二人《ふたり》の人物《じんぶつ》がけんかをしている声《こえ》が聞《き》こえてきた。気難《きむずか》しそうな老人《ろうじん》と、しゃがれた低《ひく》い声《こえ》で話《はな》す女《おんな》だ。

女《おんな》は言《い》っていた。「ばかだね！　もちろん、やつは自分《じぶん》がエディドヤ・クラバノングだったなんて覚《おぼ》えちゃないよ。あの体《からだ》の中《なか》にいる別《べつ》の存在《そんざい》が大《おお》きすぎるのさ。いまいましい甥《おい》が、あの鉄《てつ》の橋《はし》で長《なが》いあいだ、彼《かれ》を封《ふう》じこめていたからね」

「ぜんぶ忘《わす》れちまうなら、変身《へんしん》なんかしたくない」老人《ろうじん》は文句《もんく》を言《い》った。「それじゃ、何《なん》の意味《いみ》もない。死《し》んでるのと同《おな》じだ。わしは死《し》にたくないんだ！」

「あんたは忘《わす》れないわよ」女《おんな》は言《い》った。「あんたの死体《したい》が、変身《へんしん》する前《まえ》に火葬《かそう》にされることはないんだから！　六十年以上《ねんいじょう》も川底《かわぞこ》にしばりつけられて、宇宙人《うちゅうじん》に脳《のう》みその細胞《さいぼう》までぜんぶ飲《の》みこまれちまうこともない。あんたはメフィストフェレス・ムートのまんまだよ。新《あたら》しい体《からだ》と肉体《にくたい》を手《て》に入《い》れるだけさ、お仲間《なかま》のようなね！」

ルイスはローズ・リタのほうに体《からだ》を寄《よ》せて、ささやいた。「何《なん》の話《はなし》をしてるんだ？」

ローズ・リタは首《くび》を横《よこ》に振《ふ》った。ローズ・リタにもわからなかった。

「ああああ！」男《おとこ》はうめいた。「手《て》を引《ひ》いたほうがいいのかもしれない！」

「なんだって！」女《おんな》はかんだかい声《こえ》で叫《さけ》んだ。「今《いま》になってやめようって言《い》うのかい！赤色星《あかいろぼし》が現《あらわ》れたっていうのに？」

ルイスとローズ・リタは視線《しせん》を交《か》わした。おじさんたちに言《い》わなきゃ、とルイスは口《くち》の動《うご》きで伝《つた》えた。

ローズ・リタは眉《まゆ》をひそめて、肩《かた》をすくめた。たぶんね、とその動作《どうさ》は告《つ》げていた。

今《いま》や、女《おんな》はわめきちらしていた。「頭《あたま》がどうかしたんじゃないのかい？　あとは、あのバーナヴェルトのまぬけなお仲間《なかま》たちをだまして、わたしたちのかわいいペットを魔法《まほう》で攻撃《こうげき》させればいいだけなんだよ。魔法《まほう》は強《つよ》けりゃ強《つよ》いほど、いいんだ！　あのまぬけどもは、魔法《まほう》の攻撃《こうげき》が彼《かれ》をどんどん強《つよ》くするってことに気《き》づいちゃいない。そうすれば、最後《さいご》には、門《もん》を開《あ》けてほかの〝旧支配者《きゅうしはいしゃ》〟たちを呼《よ》びよせられる」

「そうすれば彼《かれ》らが宇宙《うちゅう》からやってくる」老人《ろうじん》は言《い》った。「そうだ、そうだったな。アーミン。よくわかっとる！　いつやつらを攻撃《こうげき》する？」

「すぐさ！　一刻《いっこく》も早《はや》く！　でも、ひとつだけ、弱点《じゃくてん》がある。エディドヤ・クラバノングは、自分《じぶん》が賢《かしこ》いと思《おも》ってた。それで自分《じぶん》の一部《いちぶ》をしまっておいたんだ！　エリフがそれをまんまと隠《かく》したものだから、どうしても見《み》つからない。あの甥《おい》っ子《こ》が、それを破壊《はかい》できていないのはまちがいない。赤色星《あかいろぼし》が現《あらわ》れなくちゃ、手《て》は出《だ》せないことはじゅうぶんわかっていただろうからね。だが、それが弱点《じゃくてん》なんだ！　そっちはまだ人間《にんげん》の部分《ぶぶん》を残《のこ》してるから、魔法《まほう》がきいちまう可能性《かのうせい》がある」

ルイスはローズ・リタが腕《うで》をぎゅっとつかんだのを感《かん》じた。ルイスは前《まえ》へ乗《の》り出《だ》した。あらゆる感覚《かんかく》が飛《と》びこんできた。頬《ほほ》をくすぐる雑草《ざっそう》、蒸《む》し暑《あつ》いくもり空《ぞら》の重苦《おもくる》しさ、女《おんな》のしゃがれた声《こえ》。頭《あたま》がぐるぐるまわった。女《おんな》の言《い》っている弱点《じゃくてん》って何《なん》だろう？

「おまえはどうしたいんだ？」男《おとこ》はたずねた。「あのいまいましい農場《のうじょう》にもどって、また地面《じめん》を片《かた》っ端《ぱし》からほじくりかえすのか？　一八八五年《ねん》にあの農場《のうじょう》で死《し》んだ動物《どうぶつ》どもが、また生《い》きかえりはじめているのは、おまえも知《し》ってるだろう。それもあの星《ほし》の力《ちから》だ。ウッ！　あのにおいときたら！」

「ちがう、そうじゃない！」女《おんな》はどなった。「あれを見《み》つけるのは、とうにあきらめた。エディドヤめ、魂《たましい》と肉体《にくたい》をわける呪文《じゅもん》なんて使《つか》いおって！　そうじゃない。自分《じぶん》たちが隠《かく》したものがちゃんと隠《かく》されたままか確《たし》かめなきゃならない。星《ほし》の光《ひかり》があるときにしか、外《そと》に出《だ》しちゃいけないんだ。見張《みは》っておいたほうがいい」

「五分《ふん》ごとに浄水場《じょうすいじょう》へ車《くるま》を走《はし》らせるのはごめんだ。おまえが見《み》にいきたいなら、勝手《かって》にいけ！　わしには休《やす》みが必要《ひつよう》だ！」男《おとこ》はどなった。

「いいえ、必要《ひつよう》ないね。あんたからは目《め》をはなさないよ。二人《ふたり》とも変身《へんしん》するまで、別行動《べっこうどう》はゆるさない。あんたのことならお見通《みとお》しさ！　あんたは自分《じぶん》のことしか考《かんが》えない、わたし抜《ぬ》きで勝手《かって》に変身《へんしん》するようなやつだからね！」

男《おとこ》は部屋《へや》を出《で》ていったにちがいない。腹《はら》をたてたようにぶつぶつとぐちを言《い》っている声《こえ》がだんだんと遠《とお》のいていった。一瞬《いっしゅん》、間《ま》をおいて、ドアがバタンと閉《し》まる音《おと》がして、あたりはしんと静《しず》まりかえった。ローズ・リタがごそごそと向《む》きを変《か》え、ルイスもそのあとについて自転車《じてんしゃ》までもどった。

「いくわよ」ローズ・リタが言《い》った。

「どこへ？」ルイスはきいた。「もどって、おじさんたちに話《はな》したほうが――」

「まだよ」ローズ・リタはさえぎって言《い》った。「あの二人《ふたり》は何《なに》か隠《かく》してる。いって調《しら》べなきゃ」

「浄水場《じょうすいじょう》のこと？」

「いくわよ」ローズ・リタはもう一度言《どい》うと、自転車《じてんしゃ》にまたがった。ルイスも自分《じぶん》の自転《じてん》車《しゃ》に乗《の》り、二人《ふたり》は町《まち》へもどって、スプルース通《どお》りへ向《む》かった。丘《おか》のふもとは、何区画《なんくかく》か更《さら》地《ち》になっていて、浄水場《じょうすいじょう》の大《おお》きなレンガの建物《たてもの》がブーンと機械音《きかいおん》をひびかせていた。浄水《じょうすい》場《じょう》のうしろには貯水池《ちょすいち》があり、澄《す》んだ丸《まる》い池《いけ》を高《たか》い金網《かなあみ》の塀《へい》が囲《かこ》んでいる。通《とお》りを渡《わた》ったところに公園《こうえん》があって、公園《こうえん》を抜《ぬ》けるとスプルース川《がわ》が曲《ま》がりくねって流《なが》れていた。家族《かぞく》連《づ》れが何組《なんくみ》かきていて、キャッチボールをしたり、ピクニックを楽《たの》しんでいる。

「何《なに》もないよ」ルイスが言《い》った。「帰《かえ》っておじさんたちに――」

ローズ・リタは自転車《じてんしゃ》から飛《と》びおりると、地面《じめん》を見下《みお》ろした。「これを見《み》て」

ローズ・リタは地面《じめん》を指《ゆび》さした。ルイスはお腹《なか》のあたりがむかむかするのを感《かん》じながら、草《くさ》むらについた筋《すじ》を見《み》た。そこだけ草《くさ》は灰色《はいいろ》になり、ぼろぼろに朽《く》ちていた。「草《くさ》が枯《か》れてる」ルイスは言《い》った。

「橋《はし》のほうへ続《つづ》いてる。あっちよ」

三つの大《おお》きな半円筒形《はんえんとうけい》の穴《あな》のあいたアーチに支《ささ》えられたレンガの歩道橋《ほどうきょう》が、川《かわ》の深《ふか》くなっているところにかけられていた。ルイスとローズ・リタが自転車《じてんしゃ》を押《お》しながら橋《はし》を渡《わた》りだすと、吐《は》き気《け》を催《もよお》すような悪臭《あくしゅう》が立《た》ちのぼってきて、ルイスは思《おも》わずウッとなった。

「何《なん》のにおいだろう？」

ローズ・リタは橋《はし》から身《み》を乗《の》り出《だ》した。「下《した》からにおってくるみたい。オエッ！　まるでなにかが川底《かわぞこ》で死《し》んでるみたい！」

二人《ふたり》の友人《ゆうじん》は顔《かお》を見合《みあ》わせた。ルイスは、二人《ふたり》が同《おな》じことを考《かんが》えているのがわかった。

「やらなきゃだめかな？」ルイスはきいた。

ローズ・リタは顔《かお》をゆがめた。「たぶん」

二人《ふたり》は自転車《じてんしゃ》をおいて橋《はし》を渡《わた》り、土手《どて》をおりていった。レンガのアーチはかなりの高《たか》さがあったので、二人《ふたり》は最初《さいしょ》のアーチの下《した》に立《た》った。川幅《かわはば》は四メートルほどだ。それからルイスとローズ・リタは横《よこ》の土手《どて》に立《た》って、真《ま》ん中《なか》のアーチの下《した》を流《なが》れていく川《かわ》を見《み》つめた。

そのあたりは水《みず》も深《ふか》く緑《みどり》がかっていて、ときおり深《ふか》い底《そこ》からブクブクと汚《きたな》らしい黄色《きいろ》い泡《あわ》があがっていた。水面《すいめん》の三十センチほど下《した》に岩《いわ》のようなものが見《み》えた。

「ちょっと待《ま》ってて」ローズ・リタは言《い》って、すばやく土手《どて》を這《は》いのぼると、細《ほそ》いけれど長《なが》くて弾力《だんりょく》のありそうな木《き》の枝《えだ》を見《み》つけた。その枝《えだ》を拾《ひろ》うと、ローズ・リタはもどってきて言《い》った。

「届《とど》くかやってみる」

川岸《かわぎし》のぎりぎりのところに立《た》って、ローズ・リタは身《み》を乗《の》り出《だ》すと、その岩《いわ》を枝《えだ》でつつこうとした。が、わずかに届《とど》かなかった。「もういこう」ルイスが言《い》った。

「まだよ」ローズ・リタはつぶやいた。「わたしの手《て》を握《にぎ》っていて。うしろに体重《たいじゅう》をかけて。絶対《ぜったい》にはなさないでよ！」

ルイスはローズ・リタの左《ひだり》の手首《てくび》を握《にぎ》った。ローズ・リタは川《かわ》の上《うえ》にぐっと身《み》を乗《の》り出《だ》すと、もう一度枝《どえだ》でつつこうとした。今度《こんど》は、枝《えだ》は何《なに》かに触《ふ》れた。「ふかふかしてる。まるで――」

いきなりローズ・リタがぐっと前《まえ》に倒《たお》れたので、ルイスは二人《ふたり》とも川《かわ》に落《お》ちるのでないかと思《おも》った。必死《ひっし》でひきもどすと、ローズ・リタは何《なん》とか枝《えだ》をはなし、二人《ふたり》は土手《どて》の上《うえ》に倒《たお》れこんだ。木《き》の枝《えだ》が激《はげ》しく揺《ゆ》れている。のたくる触手《しょくしゅ》が枝《えだ》に巻《ま》きついていた。触手《しょくしゅ》は枝《えだ》をポンとわきへほうると、すっと水《みず》の中《なか》に消《き》えた。と、次《つぎ》の瞬間《しゅんかん》、醜《みにく》い丸《まる》い物体《ぶったい》が水面《すいめん》を割《わ》って現《あらわ》れた。こぶだらけの灰色《はいいろ》の皮膚《ひふ》に、赤《あか》と青《あお》の血管《けっかん》が走《はし》っている。

そしてぞっとするようなよどんだ目《め》がかっと開《ひら》いて、二人《ふたり》をにらみつけた！

第《だい》11章《しょう》　ルイスのけが

その顔《かお》は――あれが顔《かお》だとすればだが、すぐにまた渦巻《うずま》く水《みず》の中《なか》にもぐった。ルイスとローズ・リタはあわてて立《た》ちあがると、転《ころ》がるように土手《どて》を駆《か》けあがった。てっぺんまでのぼってようやくおそるおそる振《ふ》り向《む》くと、見《み》るもいまわしい怪物《かいぶつ》の小刻《こきざ》みに震《ふる》える体《からだ》があった場所《ばしょ》には、何《なに》も見《み》えなかった。緑色《みどりいろ》の水《みず》が静《しず》かに流《なが》れ、波《なみ》はおろか、あぶくひとつたっていない。

だが、あの化《ば》け物《もの》は川《かわ》の底《そこ》にいるはずだ。また現《あらわ》れるかもしれない。

「いこう」ルイスは言《い》って、自転車《じてんしゃ》にまたがった。そのとたん、朝《あさ》からじょじょに力《ちから》をたくわえていた雷《かみなり》が、地面《じめん》を揺《ゆ》るがすような音《おと》で鳴《な》り響《ひび》いた。それと同時《どうじ》に、強《つよ》い風《かぜ》が吹《ふ》きはじめた。ルイスが自転車《じてんしゃ》をこいで橋《はし》を渡《わた》ると、ルイスとローズ・リタが川《かわ》のそばにいた数分《すうふん》の間《あいだ》に、公園《こうえん》にいた人《ひと》たちは姿《すがた》を消《け》していた。トウヒやマツの木《き》のこずえが風《かぜ》にあおられて激《はげ》しく揺《ゆ》れている。その上《うえ》をぎざぎざの雲《くも》が真《ま》っ黒《くろ》い煙《けむり》のように渦《うず》を巻《ま》きながら流《なが》れていった。頭上《ずじょう》に白《しろ》い稲妻《いなずま》がひらめき、天空《てんくう》を裂《さ》いた。

ルイスは肩越《かたご》しに振《ふ》りかえって、ローズ・リタがすぐうしろにいるのをたしかめた。ハンドルの上《うえ》にかがみこむようにして、真《ま》っ青《さお》な顔《かお》で自転車《じてんしゃ》をこいでいる。すると、ローズ・リタの目《め》が見開《みひら》かれた。「危《あぶ》ない！」ローズ・リタが叫《さけ》んだ。

ルイスはぱっと前《まえ》を見《み》た。道路《どうろ》は目《め》の前《まえ》だった。ぼろぼろの黒《くろ》いビュイックが縁石《えんせき》にのりあげ、ルイスの正面《しょうめん》につっこんできた。ルイスはブレーキをかけたが、草《くさ》の上《うえ》でうしろのタイヤがスリップした。車《くるま》はもう目《め》の前《まえ》だ！ ルイスは必死《ひっし》でハンドルを切《き》り、バランスを失《うしな》って、自転車《じてんしゃ》から放《ほう》り出《だ》された。最初《さいしょ》は、何《なに》もかもが夢《ゆめ》の中《なか》のように、スローモーションで起《お》こった。草《くさ》が顔《かお》の前《まえ》に迫《せま》ってきて、緑《みどり》のとがった葉《は》が一本《ぽん》一本《ぽん》くっきりと見《み》えた。

ドスッと嫌《いや》な音《おと》がして、頭《あたま》を地面《じめん》に打《う》ちつけた。とたんに世界《せかい》がかっと黄色《きいろ》い光《ひかり》を放《はな》った。とんぼ返《がえ》りをしているというぼんやりとした感覚《かんかく》がしたかと思《おも》うと、次《つぎ》の瞬間《しゅんかん》、コンクリートの歩道《ほどう》に背中《せなか》からドサッとたたきつけられた。息《いき》ができない。肺《はい》に空気《くうき》が入《はい》ってこないのだ。すべてがうすれていった。ルイスは、自分《じぶん》は死《し》ぬのだと思《おも》った。だがようやく、体《からだ》の震《ふる》えとともに呼吸《こきゅう》がもどってきた。横《よこ》でカタッという音《おと》がして、ローズ・リタがしゃがんでのぞきこんだ。「だいじょうぶ？」

だいじょうぶなわけない、とルイスは思《おも》ったけれど、息《いき》が切《き》れてしゃべれない。痛《いた》みがはじまり、両《りょう》ひざと片方《かたほう》の手《て》のひらの切《き》り傷《きず》が焼《や》けるようにヒリヒリして、おでこのこぶがずきずきした。

だれか他《ほか》に二人《ふたり》、ルイスの上《うえ》にかがみこんでいる。焦点《しょうてん》が合《あ》わずに、揺《ゆ》らめいて見《み》える。おじさんとツィマーマン夫人《ふじん》？　ちがう。年取《としと》った男《おとこ》の人《ひと》と女《おんな》の人《ひと》だ。ルイスは女《おんな》の低《ひく》いしゃがれた声《こえ》を聞《き》くまで、それがムート夫妻《ふさい》だとは気《き》づかなかった。「やれやれ、坊《ぼう》や。ひどい転《ころ》び方《かた》をしたもんだね！」

その声《こえ》を聞《き》いたとたん、ルイスは皮膚《ひふ》がぞわぞわした。その力《ちから》さえあれば、すぐさま跳《は》ね起《お》きて、一目散《いちもくさん》に逃《に》げ出《だ》しただろう。でも今《いま》は、横《よこ》たわったまま、息《いき》を吸《す》うだけでせいいっぱいだ。

女《おんな》はローズ・リタの横《よこ》にひざまずいていたが、男《おとこ》は杖《つえ》にもたれて立《た》ったまま言《い》った。

「わしらの家《いえ》につれて帰《かえ》ったほうがよかろう。そうしたら電話《でんわ》を――」

「いやだ！」まだ息《いき》をするのもやっとだったけれど、死《し》ぬ思《おも》いでルイスは叫《さけ》んだ。それから言《い》いなおした。「う、その、ありがとうございます。でもだいじょうぶです。ただ息《いき》ができなくなっただけで」ルイスは弱々《よわよわ》しい声《こえ》でなんとか言《い》った。今《いま》にも泣《な》き出《だ》しそうだった。

「本当《ほんとう》にへいきなの？」女《おんな》は言《い》って、ルイスのおでこの髪《かみ》をかきあげた。

ルイスはぞっとした。ムート夫人《ふじん》の手《て》なんてヘビのように冷《つめ》たくたっておかしくない。自分《じぶん》のけががどのていどなのかもわからない。最低《さいてい》でも、擦《す》り傷《きず》と打《う》ち身《み》はあるだろうけど――ルイスは必死《ひっし》で涙《なみだ》をこらえた。「本当《ほんとう》にへいきです！」ルイスは落《お》ち着《つ》いた声《こえ》を出《だ》そうとつとめた。「これよりもっとひどく転《ころ》んだことも、何度《なんど》もあります。本当《ほんとう》です。姉《あね》のナンシーも知《し》ってます」

「えっ、ええ」ローズ・リタはメガネの奥《おく》で目《め》を白黒《しろくろ》させながら言《い》った。二人《ふたり》のうちで、ありそうにもない作《つく》り話《ばなし》をすぐに考《かんが》え出《だ》すのはかならずローズ・リタのほうだ。今《いま》もさっそくローズ・リタは言《い》った。「ビリーは、四歳《さい》のときパパとママとサーカスにいったんですけど、そこで、大《おお》きなハイイログマが自転車《じてんしゃ》に乗《の》ってたんです。うしろの車輪《しゃりん》だけで走《はし》ったり、手放《てばな》しで乗《の》ったり、自転車《じてんしゃ》のまま綱渡《つなわた》りをしたり。それで、それ以来《いらい》ビリーったら、そのクマのやっていた曲乗《きょくの》りを自分《じぶん》も――」

「さあ、いこう」ルイスは言《い》って、立《た》ちあがると、自転車《じてんしゃ》まで歩《ある》いていった。まるで地面《じめん》がジェロー印《じるし》のゼリーになってしまったみたいに、足元《あしもと》がぐらぐらした。「びしょぬれになって帰《かえ》ったら、ママとパパがかんかんになるよ。そろそろザッと降《ふ》ってきそうだ」そして痛《いた》みをこらえながら自転車《じてんしゃ》を起《お》こした。見《み》たところひどく壊《こわ》れた箇所《かしょ》はないようだ。ルイスは自転車《じてんしゃ》にまたがると言《い》った。「ありがとうございました!」そしてぐっと地面《じめん》をけった。やっぱり両膝《りょうひざ》と左《ひだり》の手《て》のひらがかなりひどくすりむけている。しかも自転車《じてんしゃ》から落《お》ちたときにジーンズに大《おお》きな穴《あな》が二つあき、むこうずねを温《あたた》かい血《ち》がつたい落《お》ちているのがわかる。でも、千ドルもらったって、これ以上《いじょう》メフィストフェレスとアーミンのそばにいるのはごめんだった。

ローズ・リタが追《お》いついて、横《よこ》に並《なら》んだ。「ちょっと、だいじょうぶ? かなりひどかったわよ」

「だいじょうぶだと思《おも》う」ルイスはハアハアしながら言《い》った。痛《いた》さのあまり、両目《りょうめ》からじわっと涙《なみだ》があふれ出《で》た。顔《かお》に吹《ふ》きつける風《かぜ》のせいで、頬《ほほ》をつたう涙《なみだ》が冷《つめ》たかった。「ジョナサンおじさんにこのことを話《はな》さなきゃ」

「また手紙《てがみ》を書《か》くのはどう？」ローズ・リタは言《い》った。「ルイスはまず、おじさんのところへいって自転車《じてんしゃ》で転《ころ》んだことを話《はな》すの。でも、どうしてそうなったかは、話《はな》しちゃだめよ。ただの事故《じこ》だったとだけ言《い》うの。おじさんは絶対《ぜったい》にあなたを病院《びょういん》へつれてく。そのあいだにわたしは家《いえ》に帰《かえ》って、便《びん》せんをとってきて、手紙《てがみ》を書《か》くから。魔法《まほう》は使《つか》わないようにってね。それから、ムート夫妻《ふさい》が何《なに》か裏《うら》で関《かか》わっているはずだってことも」

「わかった」ルイスは返事《へんじ》をした。頭《あたま》がガンガンしていた。左《ひだり》の眉毛《まゆげ》の上《うえ》の、髪《かみ》に隠《かく》れるあたりにガチョウの卵《たまご》くらいあるこぶができている。少《すく》なくとも、ものが二重《にじゅう》に見《み》えるようなことはなかったけれども、ひどい吐《は》き気《け》がした。だからやっとのことでハイ・ストリート一〇〇番地《ばんち》が見《み》えてきたときには、心底《しんそこ》ほっとした。

ローズ・リタはさっそく家《いえ》に駆《か》けこんで、すぐにジョナサンおじさんをひきつれてもどってきた。ルイスが自転車《じてんしゃ》の横《よこ》に立《た》っていると、おじさんは駆《か》けよってきて、ひと目見《めみ》るなり言《い》った。

「車《くるま》に乗《の》りなさい、ルイス。ハンフリーズ先生《せんせい》のところへいこう。ありがとう、ローズ・リタ。もう帰《かえ》ったほうがいい。いつ嵐《あらし》がきてもおかしくないからね」

ジョナサンとルイスは車《くるま》でハンフリーズ先生《せんせい》の診療所《しんりょうじょ》にいった。診療所《しんりょうじょ》に一歩《ぽ》入《はい》ったとたん、雨《あめ》がザアッと降《ふ》りはじめた。受付《うけつけ》の看護婦《かんごふ》さんはすぐにルイスを奥《おく》の診察室《しんさつしつ》に連《つ》れていってくれた。ジョナサンおじさんもぴったりうしろからついてきた。すぐに先生《せんせい》が、心配《しんぱい》そうな顔《かお》で入《はい》ってきた。

ルイスはハンフリーズ先生《せんせい》が大好《だいす》きだった。大柄《おおがら》のうちとけた感《かん》じの先生《せんせい》で、コントラバスのような声《こえ》で話《はな》した。先生《せんせい》はルイスを緑《みどり》の診察台《しんさつだい》の上《うえ》に座《すわ》らせると、まずおでこのこぶを診《み》た。

「フーム、かなりひどくぶつけたね。歩道《ほどう》にへこみができたんじゃないのかい!? いいかい、これからきみの目《め》に光《ひかり》をあてる。ちょっとばかしつらいかもしれんが、目《め》を閉《と》じないようにしてくれ。まっすぐ前《まえ》を見《み》ているんだよ」ペンライトの光《ひかり》が目《め》にささって涙《なみだ》が出《で》たけれど、ルイスはがまんした。次《つぎ》にハンフリーズ先生《せんせい》は指《ゆび》を二本《ほん》あげ、いくつ見《み》えるかきいた。最後《さいご》にハンフリーズ先生《せんせい》は笑《わら》って低《ひく》く響《ひび》く声《こえ》で言《い》った。「ウィスコンシン生《う》まれの子《こ》どもっていうのは石頭《いしあたま》にちがいない。脳震盪《のうしんとう》は起《お》こしていないよ。これは、クリスマス以来《いらい》、いちばんいいニュースといっていい。じゃあ、そっちの切《き》り傷《きず》や擦《す》り傷《きず》を診《み》るか」

数分後《すうふんご》に、バンドエイドと包帯《ほうたい》だらけになって、ルイスはおじさんと診療所《しんりょうじょ》を出《で》た。雨《あめ》はどしゃぶりになって、弱《よわ》まるようすもなくザアザア降《ふ》りそそいでいる。その中《なか》を運転《うんてん》しながら、ジョナサンおじさんはたずねた。「いったいどうして転《ころ》んじまったんだい？」

ルイスは言《い》った。「雷《かみなり》の音《おと》が聞《き》こえたから急《いそ》いで家《いえ》に帰《かえ》ろうとしてたんだ。ローズ・リタはどこかなと思《おも》って肩越《かたご》しに振《ふ》りかえったら、もう少《すこ》しで車《くるま》にぶつかりそうになっちゃって。ぎりぎりでハンドルを切《き》ったんだけど、転《ころ》んじゃったんだ」

「ルイス、おまえさんはもう少《すこ》し気《き》をつけなきゃならんよ」ジョナサンおじさんは首《くび》を振《ふ》りながら言《い》った。

ルイスはもう少《すこ》しであらいざらいぶちまけそうになったけれど、ぐっと唇《くちびる》をかんだ。おじさんがもっとぼくにがっかりするようなことになったら？　それにルイスとローズ・リタがこそこそ嗅《か》ぎまわって、自分《じぶん》たちには関係《かんけい》のないところに鼻《はな》を突《つ》っこんでいるのを知《し》ったら、おじさんはどう思《おも》う？
家《いえ》にもどるとすぐに、ジョナサンおじさんはローズ・リタの書《か》いた新《あたら》しいメッセージを見《み》つけた。ローズ・リタは手紙《てがみ》を折《お》りたたんで、郵便受《ゆうびんう》けに落《お》としておいたのだ。最初《さいしょ》の便《びん》せんと同《おな》じ黄色《きいろ》い紙《かみ》で、同《おな》じようなかくかくした大文字《おおもじ》で書《か》いてある。ルイスはすぐ近《ちか》くにいたので、内容《ないよう》が見《み》えた。

バーナヴェルトどの

敵《てき》に対《たい》して魔法《まほう》を使《つか》ってはなりません。ムート夫妻《ふさい》は、認《みと》めている以上《いじょう》のことを知《し》っています。クラバノング農場《のうじょう》からおそろしいものがやってきました。今《いま》はスプルース公園《こうえん》のアーチ橋《きょう》の下《した》にひそんでいます。用心《ようじん》を！

友人《ゆうじん》より

ジョナサンおじさんは急《いそ》いで手紙《てがみ》をたたんだ。「フウ！」そしてルイスのほうを振《ふ》り向《む》いた。

「具合《ぐあい》はどうだい？」

「あまりよくない」ルイスは正直《しょうじき》に言《い》った。「ひどい頭痛《ずつう》がするんだ」

ジョナサンはルイスのおでこに手《て》をあてた。「熱《ねつ》はないな。痛《いた》み止《ど》めのアスピリンを飲《の》んでごらん。しばらく自分《じぶん》の部屋《へや》にいるといい。ひどいけがをしたんだ。明日《あす》はかなりズキズキすると思《おも》うよ。氷枕《こおりまくら》を作《つく》ろうか？」

「いいよ、だいじょうぶ」ルイスは言《い》った。

ジョナサンは眉毛《まゆげ》をあげた。「本当《ほんとう》かい？　よし、じゃあ、しばらく、頭痛《ずつう》がよくなるまで横《よこ》になっておいで。その間《あいだ》、ちょっと電話《でんわ》をしてくる」

ルイスは何《なに》も言《い》わず、すなおにそのまま寝室《しんしつ》にいくと、破《やぶ》れたジーンズからパジャマに着替《きが》えた。が、横《よこ》になる代《か》わりに、枕《まくら》を床《ゆか》においてひざをつき、窓《まど》から外《そと》を眺《なが》めた。まだ一時《じ》十五分前《ふんまえ》だというのに、外《そと》は暗《くら》かった。シロメのような色《いろ》の雨《あめ》がひっきりなしに降《ふ》って、ハイ・ストリートの道《みち》をたたいている。吹《ふ》きすさぶ風《かぜ》が小枝《こえだ》や葉《は》をさらい、丘《おか》の下《した》の家々《いえいえ》の窓《まど》に黄色《きいろ》い光《ひかり》が灯《とも》っていた。なぜかわからないけれど、それを見《み》ているうちにルイスは寂《さび》しくなった。孤児《こじ》になって、恵《めぐ》まれた子《こ》どもたちの暮《く》らす温《あたた》かくて安全《あんぜん》な家《いえ》を眺《なが》めているような気分《きぶん》だった。

ローズ・リタは今《いま》、どこで何《なに》をしているんだろう、とルイスは思《おも》った。ローズ・リタはすごくいい友《とも》だちだけど、ときどきいらいらさせられる。それでも、ローズ・リタが本当《ほんとう》は分別《ふんべつ》があるということを、ルイスは知《し》っていた。根拠《こんきょ》もなくやたらに危険《きけん》な賭《か》けにうって出《で》るタイプではない。それから、ルイスはムート夫妻《ふさい》のことを考《かんが》えた。ルイスが転《ころ》んだとき、二人《ふたり》ともとても心配《しんぱい》そうだった。夫人《ふじん》のほうは、ルイスを家《いえ》に連《つ》れてかえろうとしたくらいだ。ルイスはそのことを思《おも》い出《だ》すだけで、体《からだ》が冷《つめ》たくなるような気《き》がした。もしあのときいっていたら、生《い》きて帰《かえ》ることができただろうか？　川《かわ》にいる気味《きみ》の悪《わる》い化《ば》け物《もの》の正体《しょうたい》は？　ムート夫妻《ふさい》とどんな関係《かんけい》があるのだろう？　近《ちか》いうちにあの二人《ふたり》か、二人《ふたり》が〝ペット〟と称《しょう》している川《かわ》の中《なか》のおそろしい化《ば》け物《もの》を見《み》ることになるような気《き》がする。ルイスは胸《むね》がむかむかした。

絶《た》え間《ま》なく降《ふ》りつづける雨《あめ》を眺《なが》めながら、ルイスは色々《いろいろ》なことをあてどなく考《かんが》えた。傷《きず》口《ぐち》やあざやこぶが痛《いた》い。すりむけたひざに枕《まくら》を押《お》しあてていると、なぜか少《すこ》し楽《らく》になるような気《き》がした。少《すく》なくとも、痛《いた》みはあまり感《かん》じられない。ルイスはぼんやりと、傷《きず》が治《なお》るのにどのくらいかかるんだろう、と考《かんが》えていた。「治《なお》る」ルイスは無意識《むいしき》のうちにつぶやいた。何度《なんど》も何度《なんど》もくりかえしているうちに、言葉《ことば》の意味《いみ》が失《うしな》われていくような気《き》がした。同《おな》じような意味《いみ》の言葉《ことば》を並《なら》べてみる。「健康《ヘルス》、健康的《ヘルシー》、元気《ウエル》」そう言《い》ったとたん、ルイスはあれっと思《おも》った。電流《でんりゅう》が走《はし》ったような感《かん》じだ。前《まえ》にも同《おな》じことがあったけれど、今回《こんかい》の電気《でんき》は消《き》えなかった。

ルイスはぱっと、はだしの足《あし》で立《た》ちあがった。頭《あたま》がずきずきすることも、包帯《ほうたい》を巻《ま》いたひざのことも忘《わす》れ、目《め》を大《おお》きく見開《みひら》く。「そうか！」

今度《こんど》は、自分《じぶん》が合《あ》っているのがわかった。意味《いみ》には他《ほか》の言葉《ことば》もある。言葉《ことば》には他《ほか》の意味《いみ》もある。今《いま》みたいにちがう言葉《ことば》がほとんど同《おな》じ意味《いみ》を持《も》っている場合《ばあい》もある。同時《どうじ》に、それぞれの言葉《ことば》にはまったく別《べつ》の意味《いみ》もあるのだ。どの意味《いみ》かを正《ただ》しくとらえなければならない。そう、それだ。

まさに、今自分《いまじぶん》がしたように。心臓《しんぞう》がどきどきする。そうだ、まちがいない。

ルイスは、エリフ・クラバノングが遺書《いしょ》に残《のこ》した謎《なぞ》を解《と》いたのだ。

第《だい》12章《しょう》　遺書《いしょ》の謎解《なぞと》き

ルイスはあわてて服《ふく》を着《き》ると、階段《かいだん》を駆《か》けおりながら叫《さけ》んだ。「ジョナサンおじさん！」階段《かいだん》を下《した》までおりないうちに、ジョナサンがいないのはわかった。声《こえ》が、家《いえ》にだれもいないときの独特《どくとく》の響《ひび》き方《かた》をしたからだ。玄関《げんかん》のわきの青《あお》いヤナギ模様《もよう》のつぼに入《はい》っている、クリスタル玉《だま》のついた黒《くろ》い杖《つえ》がなくなっている。あの杖《つえ》はおじさんの魔法《まほう》の杖《つえ》だ。あれがないということは、つまり、ジョナサンが何《なに》か目的《もくてき》があって持《も》っていったということだ。家《いえ》の中《なか》を探《さが》すと、台所《だいどころ》のテーブルの上《うえ》にメモが見《み》つかった。

ルイスへ

ツィマーマン夫人《ふじん》といくつか調《しら》べ物《もの》をしに、ちょっと出《で》かけてくる。遅《おそ》くまでもどってこなくても、心配《しんぱい》しないように。あとで説明《せつめい》する。冷蔵庫《れいぞうこ》の中《なか》にローストビーフがあるから、夕食《ゆうしょく》はそれを温《あたた》めて、缶詰《かんづめ》の野菜《やさい》スープといっしょに食《た》べなさい。頭痛《ずつう》がよくなるよう、祈《いの》ってるよ。深刻《しんこく》な事態《じたい》が起《お》こっているのでなければ、決《けっ》しておまえさんをひとりにはしないのだが。万《まん》が一気分《いちきぶん》が悪《わる》くなったら、ハンフリーズ先生《せんせい》に電話《でんわ》するんだよ。診療所《しんりょうじょ》と自宅《じたく》の電話番号《でんわばんごう》は、電話帳《でんわちょう》の裏表紙《うらびょうし》の内側《うちがわ》に書《か》いてあるから。真夜中《まよなか》までにはもどりたいと思《おも》ってる。

J叔父《おじ》

ちらりととなりの家《いえ》を見《み》ると、ツィマーマン夫人《ふじん》も家《いえ》にいなかった。私道《しどう》にツィマーマン夫人《ふじん》がベッシーと呼《よ》んでいる一九五〇年型《ねんがた》の紫《むらさき》のプリマス・クランブルックはとまっているけれど、家《いえ》は真《ま》っ暗《くら》だ。ルイスは電話《でんわ》のところへ走《はし》っていって、夢中《むちゅう》でローズ・リタの家《いえ》の番号《ばんごう》をまわした。ポッティンガー夫人《ふじん》が電話《でんわ》に出《で》て、電話《でんわ》よ、と娘《むすめ》を呼《よ》んだ。ルイスは片足《かたあし》ずつピョンピョン跳《と》びはねながら、ローズ・リタが出《で》るのを待《ま》った。一分後《ぷんご》に電話口《でんわぐち》からローズ・リタの声《こえ》がした。

「もしもし」

「わかったんだ！」ルイスは早口《はやくち》でまくしたてた。「解《と》いたんだよ！」

ローズ・リタはすぐに理解《りかい》した。「クラバノングのなぞなぞを解《と》いたのね？　すぐそっちにいく！」

けれども、ローズ・リタのママが反対《はんたい》している声《こえ》が聞《き》こえた。ローズ・リタが受話器《じゅわき》をおさえたらしく、言《い》い争《あらそ》いをする声《こえ》がこもって聞《き》こえる。それからやっとローズ・リタが電話口《でんわぐち》にもどってきた。「夕食《ゆうしょく》がすむまでいけない。それに雨《あめ》がやまないとだめだって」

「聞《き》いて」ルイスは言《い》った。「ムートが、エディドヤが魔法《まほう》を使《つか》って魂《たましい》を切《き》り離《はな》したって言《い》っていたこと、覚《おぼ》えてる？」

「うん……あの人《ひと》たちはそれが気《き》に入《い》ってないみたいだった」ローズ・リタは返事《へんじ》をして、一瞬口《いっしゅんくち》ごもった。ママがそばに立《た》っているのだろう。言葉《ことば》を用意深《よういぶか》く選《えら》びながら、ローズ・リタは続《つづ》けた。「それしか覚《おぼ》えてない」ローズ・リタのママの呼《よ》ぶ声《こえ》がする。ローズ・リタは急《いそ》いで言《い》った。「あとでそっちにいくか、電話《でんわ》する。わたし抜《ぬ》きで何《なに》もやらないでよ！」

ルイスは電話《でんわ》を切《き》ると、ローズ・リタがいたって何《なに》もできないよ、と思《おも》った。もしルイスの推理《すいり》が正《ただ》しければ——ルイスは正《ただ》しいにちがいないと信《しん》じていたが——だれか手伝《てつだ》ってくれる人《ひと》がいなければむりだ。これだけ長《なが》いあいだ、エリフが隠《かく》してきたものを、子《こ》ども二人《ふたり》で手《て》に入《い》れるなんて。そう、魔法使《まほうつか》いか魔女《まじょ》でなければおそらくむりだろう。とかく自分《じぶん》なんかより勇敢《ゆうかん》な人《ひと》じゃなきゃ、だめだ。

その日《ひ》の午後《ごご》、ルイスはずっとそわそわした落《お》ち着《つ》かない気持《きも》ちで過《す》ごした。部屋《へや》をうろうろしたり、かと思《おも》えばテレビを見《み》たり、どうしても落《お》ち着《つ》くことができない。五分《ふん》ごとに時計《とけい》を見《み》たけれど、時間《じかん》は這《は》うようにのろのろと進《すす》むだけだった。

五時《じ》がすぎたころ、ルイスは書斎《しょさい》のガラス戸《ど》までいって、庭《にわ》のようすを眺《なが》めた。雨《あめ》は小《こ》降《ぶ》りになり、雲《くも》のところどころに切《き》れ目《め》が見《み》える。太陽《たいよう》は沈《しず》みかけ、灰色《はいいろ》の雲《くも》と雲《くも》の間《あいだ》から、青《あお》い空《そら》と朱色《しゅいろ》の雲《くも》がのぞいていた。その色《いろ》を見《み》て、ルイスは彗星《すいせい》を思《おも》い出《だ》した。そして、体《からだ》をどくどくと脈打《みゃくう》たせている、あの怪物《かいぶつ》をローズ・リタと見《み》たことも。見《み》たださて？　それどころじゃない、枝《えだ》でつついてしまったんだ！

ルイスはブルッと震《ふる》えて、ガラス戸《ど》をはなれ、書斎《しょさい》の本棚《ほんだな》を眺《なが》めはじめた。床《ゆか》から天井《てんじょう》まである本棚《ほんだな》には、さまざまな分野《ぶんや》の本《ほん》が並《なら》んでいる。一箇所《いっかしょ》、魔法《まほう》に関《かん》する本《ほん》だけを集《あつ》めたコーナーがあった。

ルイスは端《はし》から本《ほん》を眺《なが》めて、とうとう探《さが》していたものを見《み》つけた。シュールの『魔法《まほう》および魔法術百科事典《まほうじゅつひゃっかじてん》』は、ずっしりと重《おも》い大《おお》きな本《ほん》で、大辞典《だいじてん》くらいの大《おお》きさと重《おも》さがあった。表紙《ひょうし》はダイヤモンドの形《かたち》のうろこのついた黒《くろ》い革《かわ》だったけれど、もし蛇《へび》のものだとすれば、かなりの大蛇《だいじゃ》にちがいない。ルイスは重《おも》たい本《ほん》を抱《かか》えて机《つくえ》までなんとか運《はこ》んでいくと、ドサッとおいた。そして、緑《みどり》のかさのついた電気《でんき》スタンドのスイッチを入《い》れて、本《ほん》を開《ひら》いた。古《ふる》い本《ほん》の例《れい》にたがわず、特有《とくゆう》のかわいたほこりっぽい、それでいてほのかに芳《かん》しい香《かお》りが鼻《はな》をついた。

ルイスは黄色《きいろ》いしみのついたクリーム色《いろ》のページをそっとめくった。〝魂《たましい》〟の欄《らん》の下《した》には山《やま》のような項目《こうもく》があったが、目当《めあ》てのものらしき項目《こうもく》はひとつしかなかった。「魂《たましい》。分《ぶん》離《り》」

ルイスは本《ほん》におおいかぶさるようにして、細《こま》かい文字《もじ》を読《よ》みはじめた。

〝**魂《たましい》。分離《ぶんり》**〟。多《おお》くの国《くに》の魔法使《まほうつか》いたちは、肉体《にくたい》から魂《たましい》を分離《ぶんり》することによって、攻撃《こうげき》や死《し》から身《み》を守《まも》ってきた。ひとたびこの呪文《じゅもん》を完成《かんせい》させれば、魔法使《まほうつか》いは自分《じぶん》の魂《たましい》を、木《き》、石《いし》、井戸《いど》、宝石《ほうせき》の中《なか》、あるいは、体《からだ》のふだんとはちがう場所《ばしょ》に隠《かく》すことができる。そのため、たとえ心臓《しんぞう》を貫《つらぬ》かれたとしても、死《し》ぬことはない。〔〝**魂《たましい》。ふしぎな場所《ばしょ》にあるもの**〟の項目《こうもく》アキレスの物語《ものがたり》（アキレスは不死身《ふじみ》だったが、唯一《ゆいいつ》の弱点《じゃくてん》のかかとを射《い》られて死《し》ぬ）、ニーソス王《おう》の物語《ものがたり》（ニサの王《おう》。一本《ぽん》だけある紫《むらさき》の毛《け》が弱点《じゃくてん》だった）などを参照《さんしょう》。〕

通常《つうじょう》、魂《たましい》は花《はな》や石《いし》やルビーなどの一見《いっけん》そうとはわからない器《うつわ》に隠《かく》され、安全《あんぜん》な場所《ば》に保管《ほかん》される。それが発見《はっけん》されて破壊《はかい》され、中《なか》の魂《たましい》がときはなたれるまで、魂《たましい》の主《あるじ》が本当《ほんとう》の意味《いみ》で死《し》ぬことはない。たとえ主《あるじ》である魔法使《まほうつか》いの肉体《にくたい》がほろぼされても、魂《たましい》が無傷《むきず》であるかぎり、肉体《にくたい》は徐々《じょじょ》に再生《さいせい》される。

古代《こだい》スカンディナヴィアの物語《ものがたり》『心臓《しんぞう》のない巨人《きょじん》』に出《で》てくる魔法使《まほうつか》いの巨人《きょじん》は、魂《たましい》の入《はい》った心臓《しんぞう》を、だれも知《し》らない湖《みずうみ》の真《ま》ん中《なか》にある秘密《ひみつ》の島《しま》に建《た》っている忘《わす》れられた教会《きょうかい》の下《した》にある隠《かく》された泉《いずみ》の上《うえ》で泳《およ》いでいるアヒルの中《なか》の卵《たまご》に隠《かく》した。巨人《きょじん》を倒《たお》すためにはこの卵《たまご》を割《わ》る必要《ひつよう》があったが、物語《ものがたり》の主人公《しゅじんこう》はまず、長《なが》く危険《きけん》な旅《たび》のすえに卵《たまご》を探《さが》しあてなければならなかった。またアイルランド神話《しんわ》のカノ王《おう》の物語《ものがたり》では、カノの魂《たましい》は石《いし》の中《なか》に隠《かく》され、恋人《こいびと》がこの石《いし》を割《わ》ってしまうまで、カノが死《し》ぬことはなかった。

肉体《にくたい》から魂《たましい》を分離《ぶんり》する呪文《じゅもん》は、すべて邪悪《じゃあく》な魔法《まほう》によるものだ。ゆえに、善良《ぜんりょう》な魔法使《まほうつか》いには知《し》られていない。リヴィウスの『まじないによる奇跡《きせき》』には、呪文《じゅもん》の最《さい》初《しょ》の行《ぎょう》だけが記《しる》されている……

まだ続《つづ》いていたけれど、あとは役《やく》に立《た》ちそうな情報《じょうほう》はなかった。ルイスは自分《じぶん》の推測《すいそく》は正《ただ》しかったという思《おも》いをますます強《つよ》くした。ジョナサンおじさんとツィマーマン夫人《ふじん》がどこへいったかさえわかれば！

時間《じかん》はのろのろと過《す》ぎていった。ルイスは冷《つめ》たいローストビーフのサンドイッチを作《つく》ったけれど、あまり食《しょく》は進《すす》まなかった。けがをしたひざが曲《ま》がらない。少《すく》なくともおでこの腫《は》れはひきはじめていたけれど、左目《ひだりめ》のまわりのあざはまだかなりのものだった。結局《けっきょく》サンドイッチは半分近《はんぶんちか》く残《のこ》して、ゴミ箱《ばこ》に捨《す》て、そわそわしながら家《いえ》の中《なか》を歩《ある》き回《まわ》った。古《ふる》い家《いえ》はどんどん暗《くら》くなり、雨《あめ》はやんで日《ひ》が沈《しず》んだ。ルイスの不安《ふあん》はつのった。濡《ぬ》れた木《き》の枝《えだ》が窓《まど》をたたくたびにびくっとしたし、床板《ゆかいた》がギシッと鳴《な》ったりきしんだりする音《おと》にいちいち飛《と》びあがった。しょっちゅう玄関《げんかん》まで歩《ある》いていって、ドアを開《あ》け、通《とお》りを眺《なが》めてはローズ・リタがくるようすはないかたしかめた。

そんなことをしているうちに、ルイスは奇妙《きみょう》なことに気《き》づいた。玄関《げんかん》の右側《みぎがわ》に、鏡《かがみ》のついたコートかけがあった。ルイスがこの家《いえ》で暮《く》らしはじめたときから、この鏡《かがみ》にはずっと魔法《まほう》が働《はたら》いていて、ふつうに自分《じぶん》の顔《かお》が映《うつ》るときもあるけれど、見知《みし》らぬ遠《とお》い国《くに》の風景《ふうけい》が映《うつ》し出《だ》されることのほうが多《おお》かった。その鏡《かがみ》から光《ひかり》が放《はな》たれ、深紅《しんく》の鋭《するど》い光《ひかり》が反対側《はんたいがわ》の壁《かべ》にちらちらと躍《おど》っているのだ。ルイスはごくりとつばを飲《の》みこむと、鏡《かがみ》をのぞきこんだ。

真《ま》っ暗《くら》な夜空《よぞら》に、血《ち》のように赤《あか》い彗星《すいせい》が浮《う》かんでいた。まるで水《みず》を通《とお》して見《み》ているように、ゆらゆらと揺《ゆ》らめいている。みるみるうちにうすくなってさびた鉄《てつ》のような色《いろ》になったかと思《おも》うと、目《め》が痛《いた》くなるほど鮮明《せんめい》な赤《あか》い輝《かがや》きを放《はな》つ。ルイスは思《おも》わず目《め》をかばおうと、手《て》をかざした。すると、彗星《すいせい》の真上《まうえ》に、じろりと見《み》つめる二つの目《め》が見《み》えた。人間《にんげん》の目《め》だ。

まるでだれかを探《さが》しているように、すばやく左右《さゆう》に動《うご》いている。と、突然《とつぜん》、ひたとルイスを見《み》つめた。

メフィストフェレス・ムートのしなびた残忍《ざんにん》な顔《かお》が現《あらわ》れた。鏡《かがみ》の中《なか》にぷかぷかと浮《う》かんで、悪意《あくい》のこもった目《め》でこちらをにらみつけている。しわのよったうすい唇《くちびる》がゆがんで、薄《うす》ら笑《わら》いを浮《うか》べた。すると、ルイスの頭《あたま》に言葉《ことば》が流《なが》れこんできた。実際声《じっさいこえ》に出《だ》したわけではなく、思考《しこう》を送《おく》ってきたようだった。「なるほど、なるほど。〝ビリー〟くん。あのときのけがをした坊主《ぼうず》だな。このスパイめ！」

ルイスは目《め》をそらすことができなかった。

頭《あたま》の中《なか》に声《こえ》が響《ひび》いた。「ルイス・バーナヴェルトくん、〝おねえさん〟は元気《げんき》かい？　本当《とう》の名前《なまえ》は、ポッティンガーだな。あの娘《むすめ》と家族《かぞく》がわしの怒《いか》りをまぬがれるとでも？　おまえのまぬけな叔父《おじ》は、自分《じぶん》が真夜中《まよなか》までの命《いのち》だと知《し》っているかな？　ちっぽけなくだらない人間《にんげん》どもを地球《ちきゅう》から一掃《いっそう》し、わしだけが別《べつ》の姿《すがた》となって永遠《えいえん》に生《い》きるのだ！　〝旧支《きゅうし》配者《はいしゃ》〟が再《ふたた》び君臨《くんりん》し、赤色星《あかいろぼし》が完全《かんぜん》に勝利《しょうり》するのだ！」

ルイスは、頭《あたま》がおかしくなる、と思《おも》った。憎《にく》しみに満《み》ちたかんだかい笑《わら》い声《ごえ》が脳《のう》を満《み》たし、体《からだ》が凍《こお》りつく。と、そのとき音《おと》が——現実《げんじつ》の音《おと》が鳴《な》り響《ひび》き、ルイスはビクッとした。玄関《げんかん》のねじで巻《ま》く古《ふる》い機械式《きかいしき》ベルの耳《みみ》ざわりな金属音《きんぞくおん》。ルイスはぱっと目《め》を左側《ひだりがわ》のドアのほうへ向《む》けた。たちまち鏡《かがみ》は暗《くら》くなり、メフィストフェレス・ムートの怒《いか》りに満《み》ちたわめき声《ごえ》だけが、頭《あたま》の中《なか》で蚊《か》がなく音《おと》のように響《ひび》きながら遠《とお》のいていった。

ルイスはドアに飛《と》びついて、ぱっと開《あ》けた。ローズ・リタがもう一度《ど》、ベルのねじへ手《て》を伸《の》ばしかけていた。「ルイス！　どうしたの？　ひどい顔《かお》よ！」

ルイスはローズ・リタを書斎《しょさい》へひきずりこんで、鏡《かがみ》からはなれると、今起《いまお》こったことを一気《いっき》にしゃべった。「真夜中《まよなか》!?」ルイスが話《はな》しおわると、ローズ・リタは叫《さけ》んだ。「もう六時近《じちか》くよ！」

「まだあるんだ」ルイスは言《い》った。

「わかってる。エリフ・クラバノングの謎《なぞ》を解《と》いたかもしれないんでしょ」

「かもしれないんじゃない。解《と》いたんだ！」ルイスは、はやる気《き》を抑《おさ》えられないというように言《い》った。

「話《はな》して！」ローズ・リタはせかした。

ルイスは勢《いきお》いこんで〝魂《たましい》の分離《ぶんり》〟について説明《せつめい》した。そして言《い》った。「だから、こういうことだと思《おも》うんだ。エディドヤ・クラバノングは魔法《まほう》を使《つか》って自分《じぶん》の肉体《にくたい》から魂《たましい》を分《ぶん》離《り》し、何《なに》かに隠《かく》した。エリフは遺体《いたい》を燃《も》やしたとき、おじが本当《ほんとう》には死《し》んでいないことを知《し》った。そして、どうやったかはわからないけれど、エディドヤの魂《たましい》が何《なに》に隠《かく》されているかつきとめたんだ。だけど、何《なに》かの理由《りゆう》があって、エリフにはそれを破壊《はかい》することができなかった――」

「どうして？」ローズ・リタはたずねた。

ルイスはいらいらしたようにローズ・リタを見《み》た。「ぼくにわかるわけないだろ。ぼくたちが見《み》た化《ば》け物《もの》を解《と》き放《はな》つことになるからか、ほかに何《なに》か魔法上《まほうじょう》の理由《りゆう》があるのかもしれない。わからないよ！　だけど、エディドヤの魂《たましい》が入《はい》っているその何《なに》かを滅《ほろ》ぼすかわりに、エリフはそれを隠《かく》した。そしてぼくは、その隠《かく》し場所《ばしょ》がわかったんだ！」

ローズ・リタはルイスをいらいらしたように見《み》た。「ドキドキさせないでよ、ルイス！　どこなのよ？」

ルイスは勝《か》ちほこったように、遺書《いしょ》の言葉《ことば》をくりかえした。「〝健康《けんこう》を奥深《おくぶか》く追求《ついきゅう》すれば命《いのち》が見《み》いだせる〟」ローズ・リタがぽかんとした表情《ひょうじょう》で見《み》つめているだけなので、ルイスはさらに言《い》った。「意味《いみ》には他《ほか》の言葉《ことば》もある。言葉《ことば》には他《ほか》の意味《いみ》もある。覚《おぼ》えてるだろ？　同《おな》じ意味《いみ》を表《あらわ》すのにいろんな言葉《ことば》があるってことだ。〝健康《けんこう》〟っていう意味《いみ》を他《ほか》の言葉《ことば》で言《い》うと？」

ローズ・リタは肩《かた》をすくめた。「〝グッド・シェイプ――体調《たいちょう》がいい〟とか？」

ルイスはじれったそうに首《くび》を振《ふ》った。「ほかには？」

ローズ・リタはあきれたように目《め》をぎょろぎょろさせて言《い》った。「〝ストロング――体《からだ》が強《つよ》い〟？　〝ファイン――調子《ちょうし》がいい〟？　〝ウェル――元気《げんき》〟？」

「それだよ！」ルイスが叫《さけ》んだ。「エリフの言《い》う他《ほか》の言葉《ことば》っていうのは〝ウェル〟のことだよ。そして〝ウェル〟という言葉《ことば》にはほかの意味《いみ》もある。〝井戸《いど》〟だ！　つまり、健康《けんこう》を奥深《おくぶか》く追求《ついきゅう》する、ってことは井戸《ウェル》の奥底《おくそこ》をさがすってことなんだよ。エディドヤの命《いのち》――つまり魂《たましい》のある場所《ばしょ》は、井戸《ウエル》の底《そこ》なんだよ、ローズ・リタ！」

ローズ・リタの目《め》が丸《まる》いめがねの奥《おく》で見開《みひら》かれた。「井戸《いど》！　あのじいさんの魂《たましい》は、クラバノング農場《のうじょう》の井戸《いど》の中《なか》に隠《かく》してあるわけね！」

ルイスはうなずいた。「だから、それを手《て》に入《い》れなきゃ」

一瞬《いっしゅん》、二人《ふたり》の友人《ゆうじん》は見《み》つめあった。ローズ・リタはどうかわからなかったけれど、ルイス自身《じしん》はあのおそろしい場所《ばしょ》へもどると思《おも》うだけで、気分《きぶん》が悪《わる》くなった。

でもどうにかして、やりとげなければならない。

そうでなければ、二人《ふたり》は、そして全世界《ぜんせかい》は、あと六時間《じかん》で消滅《しょうめつ》してしまうのだ。

第《だい》13章《しょう》　井戸《いど》の中《なか》

「ここから自転車《じてんしゃ》でいったって間《ま》に合《あ》わない！」ローズ・リタは泣《な》き声《ごえ》で言《い》った。「どうすればいい？」

「やってみるしかないよ！」ルイスはきっぱりと言《い》って、地下室《ちかしつ》へ駆《か》けおり、巻《ま》いたロープと、重《おも》くて長《なが》いクロムメッキの懐中電灯《かいちゅうでんとう》を持《も》ってきた。そしてそれをローズ・リタに渡《わた》すと、自分《じぶん》の部屋《へや》へ駆《か》けあがってあるものを取《と》ってきた。階段《かいだん》を駆《か》けおりながら、ルイスは叫《さけ》んだ。「いくよ！」

二人《ふたり》で裏口《うらぐち》から飛《と》び出《だ》すと、ローズ・リタが大声《おおごえ》で叫《さけ》んだ。「見《み》て！　ツィマーマン夫人《ふじん》が帰《かえ》ってる！」確《たし》かに、ツィマーマン夫人《ふじん》の居間《いま》の横《よこ》の窓《まど》に黄色《きいろ》い光《ひかり》が灯《とも》っている。ルイスとローズ・リタは走《はし》っていって、ドアをドンドンとたたいた。

優《やさ》しそうな女《おんな》の人《ひと》がドアを開《あ》けたので、ルイスはびっくりした。「ルイスじゃないの！」

その女《おんな》の人《ひと》は言《い》った。「ローズ・リタも！」

「イエーガーさん！」ローズ・リタは思《おも》わず叫《さけ》んだ。「ここで何《なに》してるんですか？」

ミルドレッド・イエーガーは、いつものちょっとなさけない笑《え》みを浮《う》かべた。「いえね、ほら、わたしの魔法《まほう》って確実《かくじつ》とは言《い》えないでしょ。今夜《こんや》、ほかの魔法使《まほうつか》いの人《ひと》たちはある大《おお》きなことのために集《あつ》まっているの。でも、ツィマーマン夫人《ふじん》が、必要《ひつよう》なお守《まも》りを忘《わす》れちゃってね。わたしだったら、いなくてもだいじょうぶだと思《おも》って、わたしがとってくるって申《もう》し出《で》たの」イエーガー夫人《ふじん》は小《ちい》さな白《しろ》い箱《はこ》を見《み》せた。「ツィマーマン夫人《ふじん》が必要《ひつよう》なのは、これでいいのかしら？」

「ぼくたちに手伝《てつだ》わせてください、イエーガーさん。ぼくたちを町《まち》の外《そと》まで乗《の》せていって」ルイスは言《い》った。

「かわいそうに、その目《め》はどうしたの？」イエーガー夫人《ふじん》はきいた。

「頭《あたま》をぶつけちゃったんです。でもたいしたことありません。イエーガーさん、どうしても手《て》を貸《か》してもらわないとならないんです」そしてイエーガー夫人《ふじん》が迷《まよ》っているのを見《み》ると、さらに言《い》った。「すごく大切《たいせつ》なことなんです！　ぼくたち、赤《あか》い彗星《すいせい》とムートたちのこと、全部《ぜんぶ》知《し》ってるんです」

「あらまあ。そういうことなら、乗《の》せていくのがいいんでしょうね！　車《くるま》は路肩《ろかた》にとめてあるから」

三人《にん》はイェーガー夫人《ふじん》の一九三九年型《ねんがた》シボレーに乗《の》りこみ、ローズ・リタが息《いき》もつかずに行《い》き先《さき》を説明《せつめい》した。そのころには最後《さいご》の雲《くも》がちりぢりになって、南《みなみ》へ去《さ》り、太陽《たいよう》が西《にし》に沈《しず》みはじめていた。日《ひ》が暮《く》れるまえにクラバノング農場《のうじょう》へつけますように、とルイスは祈《いの》った。暗《くら》くなってからあの農場《のうじょう》にいるのはいやだ。

イェーガー夫人《ふじん》の運転《うんてん》はとても慎重《しんちょう》だった。人《ひと》の命《いのち》がかかっているというのに、時速《じそく》六十キロでゆっくりと走《はし》った。新《あたら》しい橋《はし》を渡《わた》って、交差点《こうさてん》の小《ちい》さな雑貨店《ざっかてん》を曲《ま》がって、荒《あ》れ果《は》てたクラバノング農場《のうじょう》についたのは、七時前《じまえ》だった。赤々《あかあか》と輝《かがや》く巨大《きょだい》な太陽《たいよう》が、沈《しず》みかけている。車《くるま》からおりると、ルイスは頭《あたま》がくらくらした。昼間《ひるま》にぶつけたせいではなくて、あたりにたちこめている悪臭《あくしゅう》のせいだった。

三人《にん》はぞろぞろと家《いえ》の裏《うら》へまわった。陥没《かんぼつ》した避難用地下室《ひなんようちかしつ》の横《よこ》を通《とお》るとき、ローズ・リタは大《おお》きくよけて歩《ある》いた。そして、レンガの井戸《いど》までやってきた。そのときになってはじめて、ルイスは自分《じぶん》がしなければならないことをはっきり自覚《じかく》した。だれかがこの暗《くら》い穴《あな》の中《なか》におりていかなければならないのだ。イェーガー夫人《ふじん》にいってくださいとは言《い》えない。ローズ・リタは暗《くら》くてせまい場所《ばしょ》を死《し》ぬほどおそれている。

自分《じぶん》がいくしかない。

ルイスは両手《りょうて》で井戸《いど》の縁《ふち》のレンガをつかんだ。そしてつまさき立《だ》って、暗闇《くらやみ》の中《なか》をのぞきこんだ。井戸《いど》の穴《あな》は直径《ちょっけい》一・五メートルほどある。懐中電灯《かいちゅうでんとう》で中《なか》を照《て》らすと、レンガはコケで覆《おお》われ、おそらく六《ろく》メートルほど下《した》の暗《くら》い水面《すいめん》に、光《ひかり》が反射《はんしゃ》しているのが見《み》えた。

ローズ・リタが肩《かた》に触《ふ》れた。「できる?」ローズ・リタの声《こえ》は震《ふる》えていた。

「やるしかないよ」ルイスはそうこたえたけれど、穴《あな》の中《なか》におりていくと思《おも》うだけでこわくてたまらなかった。つるべとバケツを支《ささ》えている鉄《てつ》の骨組《ほねぐみ》がしっかりしているのを確《たし》かめると、ルイスはロープの片方《かたほう》の端《はし》を骨組《ほねぐみ》に結《むす》びつけた。それからもう一方《いっぽう》の端《はし》を腰《こし》にまわしてしばった。ローズ・リタは片方《かたほう》のスニーカーのひもをほどくと、懐中電灯《かいちゅうでんとう》のおしりについている輪《わ》に通《とお》して、ルイスの首《くび》にかけた。懐中電灯《かいちゅうでんとう》はずっしりと重《おも》く感《かん》じられた。

「もし下《した》でなにかあったら、また上《うえ》にひきあげてくれる?」ルイスはローズ・リタとイェーガー夫人《ふじん》にたのんだ。

「ぜったいなんとかする」ローズ・リタは青《あお》ざめた顔《かお》で笑顔《えがお》を作《つく》った。「気《き》をつけて！」

ルイスはロープをぐるぐる巻《ま》いて持《も》つと、井戸《いど》の縁《ふち》を乗《の》り越《こ》えた。コケの生《は》えたレンガに足《あし》をふんばろうとしたが、つるつるすべってしまう。じりじりとおりていくと、ロープで手《て》が焼《や》けた。首《くび》にかけた懐中電灯《かいちゅうでんとう》の光《ひかり》で、井戸《いど》の壁《かべ》がかろうじて見《み》える。異世界《いせかい》のものや怪物《かいぶつ》がしがみついていないことだけはわかったけれど、それ以上《いじょう》の役《やく》には立《た》たなかった。

何時間《なんじかん》もすぎたように思《おも》えたころ、とうとうロープの端《はし》まできた。左手《ひだりて》でロープをつかんでぶらぶらとぶらさがりながら、ルイスは下《した》を懐中電灯《かいちゅうでんとう》で照《て》らしてみた。水面《すいめん》の一メートルほど上《うえ》を自分《じぶん》の足《あし》がぶらぶらしているのが見《み》える。水面《すいめん》は鏡《かがみ》のように平《たい》らで、タールのように真《ま》っ黒《くろ》だった。数《すう》センチほどの深《ふか》さしかないのか、それとも底知《そこし》れぬ深《ふか》みへと続《つづ》いているのか、それすらわからない。ロープにぶらさがったまま体《からだ》をひねって、ルイスは井戸《いど》の穴《あな》をぐるりと見回《みまわ》した。何《なに》もなかった。

そのとき――

下《した》のほうのゆるんだレンガらしきものの縁《ふち》から、かすかに赤《あか》い光《ひかり》がもれているのが見《み》えた。ルイスは心《こころ》を落《お》ち着《つ》かせて、のぞきこんだ。レンガは一度壁《どかべ》から取《と》って、またはめこんだようで、三センチかそこら、でっぱっている。その周《まわ》りからぐるりと赤《あか》い光《ひかり》がもれていた。

ところが腹立《はらだ》たしいことに、どうしてもそこまで手《て》が届《とど》かないのだ。ルイスは懐中電灯《かいちゅうでんとう》をはなして首《くび》に下《さ》げると、必死《ひっし》になってうめきながら、腰《こし》の結《むす》び目《め》をひっぱった。あと五十センチさがることができれば――

いきなり結《むす》び目《め》がほどけた！　ロープをつかんでいるけがをした左手《ひだりて》で全体重《ぜんたいじゅう》を支《ささ》えようとしたが、ずるずるとすべりはじめる。ルイスは必死《ひっし》で止《と》めようとしたけれど、できずに、悲鳴《ひめい》をあげながら冷《つめ》たい水《みず》に落《お》ちた。

水《みず》は氷《こおり》のように冷《つめ》たかったが、ひざまでしかなかった。ルイスはぬるぬるした泥《どろ》の上《うえ》に立《た》ちあがった。ゆるんだレンガは、今度《こんど》は頭《あたま》より高《たか》いところにあったが、なんとか手《て》は届《とど》きそうだ。

問題《もんだい》は、ロープに手《て》が届《とど》かないことだった。もう少《すこ》しで届《とど》きそうなところでぶらぶら揺《ゆ》れているのに、指《ゆび》を思《おも》いきり伸《の》ばしてもかすりもしない。はるか頭上《ずじょう》に、穴《あな》をのぞきこんでいるローズ・リタとイェーガー夫人《ふじん》の顔《かお》が見《み》えた。ローズ・リタの声《こえ》が穴《あな》の中《なか》に反響《はんきょう》した。「どうしたの？」

「落《お》ちたんだ」ルイスは叫《さけ》んだ。「ロープの長《なが》さが足《た》りないんだ！　急《いそ》いで！」二人《ふたり》はロープをたぐりよせはじめた。ルイスはなんとか正気《しょうき》をたもとうとしながら、ゆるんだレンガをはずした。

そして、そのうしろにあるものを見《み》たとき、自分《じぶん》の謎解《なぞと》きが正《ただ》しかったことを知《し》った。光《ひかり》を発《はっ》しているのは、宝石《ほうせき》だった。ルビーのようだ。かなり大《おお》きい。少《すく》なくとも幅《はば》八センチはありそうだ。心臓《しんぞう》の形《かたち》にカットしてある。ハート型《がた》ではなくて、本物《ほんもの》の人間《にんげん》の心臓《しんぞう》をかたどってあった。

その中《なか》で、邪悪《じゃあく》な命《いのち》が鼓動《こどう》していた。本物《ほんもの》の心臓《しんぞう》のように、規則《きそく》ただしく光《ひかり》が脈打《みゃくう》っている。ルイスは急《いそ》いで宝石《ほうせき》をつかむと、ジーンズのポケットに押《お》しこんだ。体《からだ》が凍《こお》るような気《き》がして、ルイスはあえいだ。

すると、頭《あたま》の上《うえ》で音《おと》がした。ルイスは上《うえ》を見《み》て、自分《じぶん》の目《め》を疑《うたが》った。

ローズ・リタがロープを伝《つた》って自分《じぶん》のほうにおりてくる。

ローズ・リタがどんなにおびえているか、ルイスにはわかった。

それと同時《どうじ》に、ルイスの恐怖《きょうふ》は消《き》えた。

ローズ・リタは世界《せかい》の何《なに》よりも狭《せま》い場所《ばしょ》を嫌《きら》っていた。なのに、ジリジリとロープを伝《つた》ってルイスのほうにおりてくる。ローズ・リタがぼくを助《たす》けにこられるんだから、ぼくだっておじさんと友《とも》だちを助《たす》けるためにがんばれる。

どうか間《ま》に合《あ》いますように。

ローズ・リタはロープの端《はし》まできた。そして左《ひだり》の手首《てくび》にロープを巻《ま》きつけると、右手《みぎて》をぐっと差《さ》し伸《の》べた。のどを絞《し》められたような声《こえ》をふりしぼって、ローズ・リタは叫《さけ》んだ。

「ほら！　つかまって！」

「ぼくの体重《たいじゅう》は支《ささ》えきれないよ！」ルイスは言《い》った。「ぼくが見《み》つけたものを渡《わた》すから――」

「二人《ふたり》で上《うえ》にあがるのよ」ローズ・リタはきっぱりと言《い》った。「わたしの手《て》を握《にぎ》って！」

ルイスはローズ・リタの手首《てくび》をつかんだ。そしてつるつるすべるレンガにぐっと足《あし》をふんばって体《からだ》を持《も》ちあげると、ローズ・リタはうめいた。ルイスはもう一方《いっぽう》の手《て》でロープの端《はし》をつかむと、必死《ひっし》でしがみついて叫《さけ》んだ。「いこう！　もうだいじょうぶだ！　いこう！」

ローズ・リタはロープをのぼりはじめた。ルイスは下《さ》がっているロープの端《はし》を左《ひだり》の手首《てくび》に巻《ま》きつけると、ローズ・リタの動《うご》きでゆらゆらと大《おお》きく揺《ゆ》れるロープにしがみついた。ローズ・リタは半分《はんぶん》ほどあがったところで、ハアハア息《いき》をつきながら、べそをかいて叫《さけ》んだ。「もうむりよ！」ルイスはローズ・リタの下《した》までのぼった。「できるよ。がんばれ！上《うえ》まであがるんだ！　体育《たいいく》の授業《じゅぎょう》の縄《なわ》のぼりと同《おな》じだよ！」

「あれもできないもの！」ローズ・リタは泣《な》き声《ごえ》をあげた。

「来年《らいねん》はできるようになる！」ルイスはどなった。「練習《れんしゅう》してるんだから！　下《した》のほうの手《て》を上《うえ》にもってきて！　ひざでロープをはさむ！　ちょっとずつでもいいんだ！」

ローズ・リタはゆっくりとまたのぼりはじめた。ルイスは腕《うで》がつけねから抜《ぬ》けるような気《き》がした。ぐっと痛《いた》みをこらえ、ローズ・リタのうしろからジリジリとのぼっていく。とうとうイエーガー夫人《ふじん》がローズ・リタをひっぱりあげ、それから二人《ふたり》は身《み》を乗《の》り出《だ》して、ルイスをひきあげた。外《そと》へ出《で》ると、あたりは薄暗《うすぐら》くなっていた。太陽《たいよう》が木《き》のうしろに沈《しず》みかけている。

「じ、時間《じかん》は」ルイスはたずねた。

「八時《じ》すぎてるわ」イェーガー夫人《ふじん》は言《い》った。「あらまあ。急《いそ》がなくちゃ！」

崩《くず》れた農家《のうか》のほうから、耳《みみ》ざわりな笑《わら》い声《ごえ》が響《ひび》いた。「急《いそ》ぐ？　だが、そういうわけにはいかないいね！」

ローズ・リタは驚《おどろ》いて悲鳴《ひめい》をあげた。ルイスは気《き》を失《うしな》いそうになった。

古《ふる》い家《いえ》の影《かげ》から、白髪《はくはつ》の背《せ》の高《たか》い人影《ひとかげ》が現《あらわ》れた。手《て》に魔法《まほう》の杖《つえ》を握《にぎ》っている。

アーミン・ムートに見《み》つかってしまった。

第《だい》14章《しょう》　赤《あか》い彗星《すいせい》

　少《すこ》しの間《あいだ》、だれもしゃべらなかった。それからアーミン・ムートがじりっと前《まえ》へ出《で》た。

「さあて、いったいおまえたちはここで何《なに》やってたんだい、ん？　妙《みょう》だねえ。秘密《ひみつ》の通路《つうろ》でもあるのかい？　何《なに》をこそこそ嗅《か》ぎまわってるんだね？」

　ルイスはものすごい勢《いきお》いで頭《あたま》を働《はたら》かせた。片方《かたほう》のポケットにはルビーの心臓《しんぞう》が入《はい》っている。もう片方《かたほう》には――そうだ、もしかしたら役《やく》に立《た》つかもしれない。「橋《はし》の下《した》に何《なに》がいるか、ぜんぶ知《し》ってるんだぞ」ルイスは言《い》った。

「どうかね」アーミン・ムートは言《い》った。「そうとは思《おも》えないがねえ」

「エディドヤ・クラバノングの遺灰《いはい》よ」ローズ・リタが言《い》った。「エディドヤは〝旧支配《きゅうしはい》者《しゃ》〟に変身《へんしん》するつもりだったんだけど、魔法《まほう》の何《なに》かがうまくいかなくて、怪物《かいぶつ》みたいになっちゃったのよ」

ルイスは、アーミン・ムートの目《め》が驚《おどろ》きで見開《みひら》かれるのを見《み》た。が、アーミン・ムートはすぐに疑《うたが》い深《ぶか》そうに目《め》を細《ほそ》めた。「知《し》っているはずないよ！　知《し》ってるのは夫《おっと》とわたしだけなんだ」

イエーガー夫人《ふじん》は腕《うで》を組《く》んで、落《お》ち着《つ》いた声《こえ》で言《い》った。「じゃあ、驚《おどろ》くでしょうね。〈カファーナウム郡魔法使《ぐんまほうつか》い協会《きょうかい》〉は、あなたが思《おも》っているよりはるかにいろいろ知《し》っているのよ。今夜《こんや》、会員《かいいん》たちは集結《しゅうけつ》して、あなたの大切《たいせつ》な赤色星《あかいろぼし》やらほかのものすべてを始末《しまつ》するの」

ルイスはポケットに手《て》を入《い》れた。そして中《なか》に入《はい》っているものを探《さぐ》りあてると、ぎゅっと握《にぎ》りしめた。「おまえの夫《おっと》がおまえを置《お》いてきぼりにするつもりなのは知《し》っているか？ぼくにそう言《い》ってたぞ。自分《じぶん》だけ変身《へんしん》するって。他《ほか》の人間《にんげん》たちは全員《ぜんいん》、地球上《ちきゅうじょう》から抹殺《まっさつ》されるんだって。おまえもいっしょってことだぞ！」

「あの虫《むし》けらがそんなことするはずないよ！」ムートの妻《つま》は叫《さけ》んだ。「いいかい、わたしは魔女《まじょ》で、クラバノングのやつらの魔法《まほう》のことをぜんぶ知《し》っているのは、このわたしなんだよ！　わたしがメフィストフェレスと結婚《けっこん》したのは、エリフ・クラバノングに近《ちか》づくためだったんだ！　そのころ夫《おっと》はただの田舎《いなか》の弁護士《べんごし》にすぎなかった。だが、エリフの代理《だいり》人《にん》だったわけさ！　わたしたちは二人《ふたり》でエリフに色々《いろいろ》なことをしゃべらせた。あのじいさんがあと数《すう》カ月《げつ》長《なが》く生《い》きていたら、やつの秘密《ひみつ》をぜんぶ聞《き》き出《だ》せたんだ、そう、例《れい》の――」そこでアーミン・ムートは言葉《ことば》を切《き》ると、いやらしい笑《わら》いを浮《う》かべた。「そうか。もちろんそうさ。おまえたちは、エリフが隠《かく》したものを見《み》つけたんだね！　なるほど、井《い》戸《ど》の中《なか》にあったわけか。それがあれば、エディドヤの記憶《きおく》と意識《いしき》をとりもどせる！　もうメフィストがいなくたって平気《へいき》だ！　持《も》ってるのはだれだい？　おまえか、娘《むすめ》？　それともおまえか、ルイス・バーナヴェルト？」

「おまえには渡《わた》さない！」ルイスは叫《さけ》んで、こぶしにますます力《ちから》を入《い》れた。

「ほう、だがそうはいかないのさ」アーミン・ムートはルイスを意地《いじ》の悪《わる》い目《め》でにらみつけた。

「わたしは、おまえをネズミに変《か》えることができるし、この場《ば》で焼《や》いて、灰《はい》からそれをちょうだいすることだってできるんだよ！　おまえのポケットに入《はい》っているんだね！　今《いま》すぐよこせ。そうすれば、少《すこ》しは考《かんが》えてやってもいいよ」

「だめよ、ルイス」ローズ・リタが言《い》った。「はったりよ！」

アーミン・ムートはさっと杖《つえ》を横《よこ》へ振《ふ》った。深紅《しんく》の光《ひかり》が矢《や》のように飛《と》んでいって、古《ふる》い農家《のうか》を直撃《ちょくげき》した。木《き》がギシギシときしんだかと思《おも》うと、トタン屋根《やね》が落《お》ちる大音響《だいおんきょう》とともに家《いえ》は崩《くず》れ落《お》ち、むせるようなほこりがもうもうと舞《ま》いあがった。アーミン・ムートはぬっと前《まえ》へ出《で》ると、目《め》をかっと燃《も》えあがらせ、杖《つえ》をぴたりとルイスに向《む》けた。「はったりかね、ん？」

ルイスは、にぎりしめた手《て》を突《つ》き出《だ》した。「ぼくにひどいことをしないで。ぼくの友《とも》だちにも手《て》を出《だ》さないで。ぼくたちを逃《に》がしてくれたら、これをあげるから」

「だめよ！」イエーガー夫人《ふじん》が言《い》った。

だが、遅《おそ》かった。アーミン・ムートは勝《か》ちほこってルイスのほうに手《て》を伸《の》ばした。その伸《の》ばした手《て》の中《なか》に、ルイスは持《も》っていたものを落《お》とした。魔法使《まほうつか》いの橋《はし》から落《お》ちた鋲《びょう》が、アーミンの骨《ほね》ばった手《て》のひらにコロンとのっかった。次《つぎ》の瞬間《しゅんかん》、鋲《びょう》はかっと燃《も》えあがって、さまざまな色《いろ》の光《ひかり》がやりのように放《はな》たれた。「何《なに》するんだ！」アーミン・ムートは悲鳴《ひめい》をあげると、杖《つえ》を落《お》とした。そして必死《ひっし》になって手《て》を振《ふ》り回《まわ》したけれども、鋲《びょう》はまるで手《て》のひらに溶接《ようせつ》されたかのようにくっついて離《はな》れなかった。「助《たす》けて！」かんだかい声《こえ》でわめきながらアーミンはよろめくように廃墟《はいきょ》となった農家《のうか》のほうへ走《はし》っていって、舞《ま》いあがるほこりの中《なか》に消《き》えた。ギャアアアアという、つんざくような悲鳴《ひめい》が聞《き》こえ、ルイスは歯《は》をくいしばった。「ぼくは何《なに》をしたんだ？　ただ時間《じかん》を稼《かせ》ごうとしただけなのに――」

「落《お》ち着《つ》いて」イェーガー夫人《ふじん》が言《い》った。「あの鉄《てつ》のかけらが何《なに》か、想像《そうぞう》はつくわ。あれにどれだけの力《ちから》があるか、知《し》らなかったのね。だとしても、あなたのせいじゃない――」

そのとき、予期《よき》していなかったことが起《お》こった。

アーミン・ムートが地面《じめん》に放《ほう》り投《な》げた杖《つえ》が、銃声《じゅうせい》のような鋭《するど》い音《おと》とともにいきなり真《ま》っぷたつに折《お》れたのだ。

イェーガー夫人《ふじん》はゆっくりと深《ふか》く息《いき》を吸《す》いこんだ。「終《お》わった。魔法使《まほうつか》いが死《し》ぬと、その杖《つえ》は折《お》れる。いきましょう」

アーミン・ムートの遺骸《いがい》は、道路《どうろ》へ続《つづ》くわだちだらけの泥道《どろみち》に転《ころ》がっていた。灰色《はいいろ》のちりの塊《かたまり》が、わずかに女《おんな》の形《かたち》をとどめている。ぐっと伸《の》ばされた腕《うで》らしきものの上《うえ》に、まだかすかにこの世《よ》ならぬ色《いろ》に輝《かがや》いている鋲《びょう》がのっていた。

「あの人《ひと》――とけちゃった」ローズ・リタが言《い》った。

「アーミン・ムートはかなり年《とし》をとっていたのよ。魔《ま》法《ほう》で体《からだ》がばらばらにならないようにしていたんでしょうね」イェーガー夫《ふ》人《じん》は説《せつ》明《めい》した。「あの魔《ま》法《ほう》の鉄《てつ》が、その力《ちから》をすべてうばいとった。もう一度《ど》、あの鉄《てつ》がいるの。ルイス、拾《ひろ》ってきてくれる？　わたしも、才《さい》能《のう》がないとはいえ、一《いち》応《おう》魔《ま》女《じょ》だから。もし触《ふ》れたらどういうことになるかは、きかないでちょうだい」

ルイスは顔《かお》をしかめながら、灰《はい》とほこりの山《やま》から鋲《びょう》をさっとひったくるように取《と》った。

そして、ぬれたスニーカーをガボガボ言《い》わせながら、ローズ・リタとイェーガー夫《ふ》人《じん》と、夫《ふ》人《じん》の車《くるま》までかけもどった。道《どう》路《ろ》の反《はん》対《たい》側《がわ》のシャクナゲに半《はん》分《ぶん》隠《かく》れるように、ムートの車《くるま》がとまっていた。「急《いそ》がなくちゃ」イェーガー夫《ふ》人《じん》は言《い》った。「真《ま》夜《よ》中《なか》になってしまう。あと四時《じ》間《かん》もない」

それでも、イェーガー夫《ふ》人《じん》の運《うん》転《てん》は遅《おそ》かった。おまけに、ルイスに家《いえ》によって乾《かわ》いたジーンズとくつに履《は》き替《か》えるよう言《い》い張《は》った。「お願《ねが》いよ、あなたが肺《はい》炎《えん》になっちゃったら、元《もと》も子《こ》もないでしょ」イェーガー夫人《ふじん》はきっぱりと言《い》った。

そんなことをしているうちに、車《くるま》がニュー・ゼベダイの北《きた》にある丘《おか》をのぼりはじめたときには、二時間《じかん》がすぎていた。そのころには夜空《よぞら》もすっかり暗《くら》くなって、車《くるま》からおりたときには、空《そら》を見《み》あげるまでもなく、赤々《あかあか》と輝《かがや》く彗星《すいせい》の光《ひかり》であたりはうっすらとした紅色《べにいろ》に染《そ》まっていた。

〈カファーナウム魔法使《まほうつか》い協会《きょうかい》〉の会員《かいいん》たちが、丘《おか》の上《うえ》に輪《わ》になって立《た》っていた。一人一人《ひとりひとり》が、火《ひ》をつけたロウソクを握《にぎ》っている。ジョナサン・バーナヴェルトが目《め》を丸《まる》くして、あわててこちらへ走《はし》ってきた。「いったいどういうことだ？」

ルイスは急《いそ》いで説明《せつめい》し、ときおりローズ・リタが言葉《ことば》をはさんだ。ルイスはポケットからルビーを取《と》り出《だ》して、おじさんに渡《わた》した。「ほら、これだよ。このなかにエディドヤ・クラバノングの魂《たましい》が入《はい》っていると思《おも》うんだ」

「あなたの言《い》うとおりだと思《おも》いますよ」横《よこ》にきて話《はなし》を聞《き》いていたツィマーマン夫人《ふじん》が言《い》った。

「ジョナサン、わたしたちは防壁《ぼうへき》を築《きず》いて、ニュー・ゼベダイを取《と》り囲《かこ》もうとしていた。

でも、ルイスの話《はなし》だとメフィスト・ムートが狙《ねら》っているのはこの世界全体《せかいぜんたい》のようね。計画《けいかく》を変《か》えないと」

「だが、やつを魔法《まほう》で攻撃《こうげき》するわけにはいかん」ジョナサンは反対《はんたい》した。「エディドヤの呼《よ》び出《だ》した霊《れい》は、川底《かわぞこ》から呼《よ》び出《だ》されたのか、宇宙《うちゅう》からひっぱってきたのかは知《し》らんが、魔法《まほう》をえさにしているんだ。そう、魔法《まほう》を食《く》ってる！　魔法《まほう》を使《つか》っても、やつをますます強《つよ》くするだけだ。エディドヤの灰《はい》がそいつに肉体《にくたい》を与《あた》えてしまったんだとしたら、なおさらだ」

ツィマーマン夫人《ふじん》は指《ゆび》をあごにあてた。「なら、別《べつ》のところに魔法《まほう》を使《つか》うしかないわね」

ツィマーマン夫人《ふじん》は考《かんが》えこんだように言《い》った。

そのとき、だれかが丘《おか》の上《うえ》から叫《さけ》んだ。「何《なに》かはじまったぞ！」

ルイスとローズ・リタは振《ふ》りかえった。頂上《ちょうじょう》にいた者《もの》たちはよろよろとあとずさり、ロウソクを落《お》とした者《もの》もいた。ルイスは目《め》をしばたたかせた。丘《おか》の上《うえ》に霧《きり》が現《あらわ》れたのだ。渦《うず》を巻《ま》きながら真《ま》っ赤《か》な光《ひかり》を放《はな》っている。光《ひかり》が脈打《みゃくう》つさまは、ルビーの中《なか》の光《ひかり》そっくりだ。するとふいに霧《きり》の濃度《のうど》が増《ま》しはじめ――

「なるほど」現《あらわ》れたのはメフィスト・ムートだった。「みんなで集《あつ》まって楽《たの》しいパーティかね？　どうしてわしを招待《しょうたい》しないんだね！」

ツィマーマン夫人《ふじん》はかさをつかみ、高《たか》くかかげた。たちまちツィマーマン夫人《ふじん》は姿《すがた》を変《か》えた。紫《むらさき》のドレスは姿《すがた》を消《け》し、かわりに紫《むらさき》の炎《ほのお》に縁《ふち》どられた黒《くろ》いローブがひるがえった。同時《どうじ》にかさが長《なが》い杖《つえ》に変《か》わり、先端《せんたん》で紫《むらさき》の星《ほし》があざやかにきらめく。「メフィストフェレス・ムート」ツィマーマン夫人《ふじん》は険《けわ》しい声《こえ》で言《い》った。「おまえの力《ちから》の半分《はんぶん》はすでに失《うしな》われている。おまえの妻《つま》はわれわれと戦《たたか》おうとして、失敗《しっぱい》したのだ！」

「わしの力《ちから》の半分《はんぶん》だと？」ムートはせせら笑《わら》った。「親愛《しんあい》なるおせっかいフローレンス・ツィマーマン、あの女《おんな》の力《ちから》などわたしの十分《ぶん》の一もない！　見《み》よ！　わたしは〝旧支配《きゅうしはい》者《しゃ》〟を召還《しょうかん》したのだ！　だれも彼《かれ》を止《と》めることはできない！」そしてムートは呪文《じゅもん》を唱《とな》えはじめた。

「リレー！　ニアレース！　ヨグショゴス！」ルイスにとっては何《なん》の意味《いみ》もない言葉《ことば》が続《つづ》いた。

すると再《ふたた》び深紅《しんく》の霧《きり》が現《あらわ》れ、濃《こ》くなっていった。そして今度《こんど》は、その奥《おく》から、おそろしい化《ば》け物《もの》が姿《すがた》を現《あらわ》した。三メートル半《はん》はある巨大《きょだい》な化《ば》け物《もの》は、絶《た》えず姿《すがた》を変《か》えながら骨《ほね》のない腕《うで》をのたくらせた。体《からだ》は小刻《こきざ》みに震《ふる》え、ゆがんだ頭《あたま》の上《うえ》をズルズルと顔《かお》が流《なが》れている。その足《あし》が踏《ふ》んだ草《くさ》はみるみるうちに枯《か》れ、クラバノング農場《のうじょう》にあった結晶化《けっしょうか》した灰色《はいいろ》の草《くさ》と化《か》した。「腹《はら》がへった！」化《ば》け物《もの》はぞっとするようなどろどろした声《こえ》でほえた。「腹《はら》がへった！」

「あれがエディドヤ・クラバノングよ！」ツィマーマン夫人《ふじん》は叫《さけ》んだ。「もしくは、彼《かれ》の残骸《ざんがい》と言《い》うべきね！　メフィスト、あなたはあれになりたいというの？　あんなどろどろした意識《いしき》のないゼリーに？」

「わしは変身《へんしん》する！　そして、永遠《えいえん》に生《い》きつづけるのだ！」メフィスト・ムートは震《ふる》える指《ゆび》をかかげると、ツィマーマン夫人《ふじん》を指《ゆび》さした。「あの女《おんな》を滅《ほろ》ぼせ！　全員殺《ぜんいんころ》すんだ！」

ツィマーマン夫人《ふじん》は杖《つえ》をかかげ、まるで魔法《まほう》をかけようとするようにもう一方《いっぽう》の腕《うで》を広《ひろ》げた。怪物《かいぶつ》は歩《あゆ》みを止《と》め、魔法《まほう》の一撃《いちげき》を心待《こころま》ちにするように身構《みがま》えた。と、いきなりツィマーマン夫人《ふじん》はうしろを向《む》いて、叫《さけ》んだ。「逃《に》げるのよ、みんな！　魔法《まほう》を使《つか》ってはだめ！」

魔法使《まほうつか》いたちは流《なが》れるように丘《おか》をくだりはじめた。ジョナサンはツィマーマン夫人《ふじん》とほかの三人《にん》を車《くるま》に押《お》しこむと、轟音《ごうおん》をあげて発進《はっしん》した。ルイスは座席《ざせき》から振《ふ》りかえってうしろを見《み》た。怪物《かいぶつ》は大声《おおごえ》でほえながらのた打《う》ちまわり、木《き》に一撃《いちげき》を食《く》らわした。木《き》はたちまちガラスでできているように砕《くだ》け散《ち》った。「ヒッ」ツィマーマン夫人《ふじん》は息《いき》を飲《の》んだ。「みんなだいじょうぶ？」

「ええ、フローレンス」イェーガー夫人《ふじん》がこたえた。イェーガー夫人《ふじん》は、ルイスとローズ・リタとうしろの座席《ざせき》に座《すわ》っていた。「自分《じぶん》の車《くるま》をおいてきちゃったわ！」

「あとでとりにいけばいい」ジョナサンが言《い》った。「ムートが追《お》いかけてくるとすれば、われわれだ。われわれに魔法《まほう》を使《つか》わせたいのさ。やつは今《いま》、頭《あたま》にきているはずだ。何《なん》とかしなければ。十二時《じ》になる前《まえ》に！　だが何《なに》をすればいい？」

「ジョナサンおじさん」ルイスが言《い》った。「ぼく、前《まえ》の橋《はし》の鋲《びょう》を持《も》っているよ」

「よくやった。フローレンス、なにかいい考《かんが》えは？」

「もう少《すこ》しで思《おも》いつきそう。むかしの橋《はし》があったところへいって。時間《じかん》がない！」

目的地《もくてきち》につくまえに、ルイスは二度《ど》も、もうだめだと思《おも》った。一度目《どめ》は、町《まち》の近《ちか》くでゼリーの怪物《かいぶつ》がいきなり目《め》の前《まえ》に現《あらわ》れて、車《くるま》に襲《おそ》いかかったときだ。ジョナサンが勢《いきお》いよくハンドルを切《き》ったので、右《みぎ》のタイヤが路肩《ろかた》の草《くさ》むらに乗《の》りあげ、運転席《うんてんせき》の窓《まど》ガラスに怪物《かいぶつ》のぐにゃぐにゃの触手《しょくしゅ》のぬらぬらしたあとが残《のこ》った。二度目《どめ》は、町《まち》の南側《みなみがわ》の丘《おか》に、メフィスト・ムートが立《た》っていたときだ。ムートが杖《つえ》を振《ふ》ると、火《ひ》の玉《たま》が飛《と》び出《だ》し、真《ま》っ赤《か》な玉《たま》がシュウシュウと炎《ほのお》をあげながら車《くるま》に向《む》かって飛《と》んできた。最初《さいしょ》の二つはそれたが、三発《ぱつ》目《め》の玉《たま》が屋根《やね》にあたってぱっと燃《も》えあがり、白熱《はくねつ》した金属《きんぞく》の火花《ひばな》が飛《と》び散《ち》った。

それでもとうとうタイヤが砂利《じゃり》を踏《ふ》む音《おと》がして、ジョナサンはマギンズ・サイムーンを新《あたら》しい橋《はし》の近《ちか》くにとめた。五人《にん》はぞろぞろと車《くるま》をおりた。ツィマーマン夫人《ふじん》がすばやく指《し》示《じ》を出《だ》した。

「ジョナサン、わたしとあなたは呪文《じゅもん》を考《かんが》えなければ。ほかのみんなは、見張《みは》りをしていて！　もしムートとあのぞっとするペットが現《あらわ》れたら、なんとかして食《く》い止《と》めてほしいの。わたしたちは助《たす》けてあげることができない。どっちにしろ、今夜《こんや》で決着《けっちゃく》をつけなければ」

「こわい」ローズ・リタが言《い》った。

ジョナサンが笑《わら》ったので、ルイスは驚《おどろ》いた。「おたがいさまさ」ジョナサンは言《い》った。

それからツィマーマン夫人《ふじん》に向《む》かって言《い》った。「よし、紫《むらさき》ばあさん。手伝《てつだ》う用意《ようい》はできてるよ。何《なに》をすればいい？」

二人《ふたり》が相談《そうだん》しているあいだ、イエーガー夫人《ふじん》とルイスとローズ・リタはあたりをじっと見張《みは》っていた。道路《どうろ》に人影《ひとかげ》はなかった。頭上《ずじょう》では彗星《すいせい》が天頂《てんちょう》に近《ちか》づき、真《ま》っ赤《か》な尾《お》が東《ひがし》のほうへ伸《の》びている。ルイスがようやく楽《らく》に息《いき》ができるようになったとき、突然《とつぜん》あたりが静《しず》まり返《かえ》った。コオロギや夜《よる》の虫《むし》たちが、まるでスイッチを切《き》ったように鳴《な》くのをやめたのだ。

「きたわね」イエーガー夫人《ふじん》は言《い》って、イエーガー夫人《ふじん》の杖《つえ》である木《き》のスプーンを振《ふ》った。

「どこかはわからないけど、ここにいるのはまちがいない」

ルイスが懐中電灯《かいちゅうでんとう》のスイッチを入《い》れた。道路《どうろ》の左右《さゆう》を照《て》らしたけれど、動《うご》くものは見《み》えない。ローズ・リタがつぶやいた。「もしかしたら、ムートは――」

すると、ルイスのうしろからうなり声《ごえ》が聞《き》こえた！　ルイスはぱっと振《ふ》り向《む》いた。おそろしい怪物《かいぶつ》がジョナサンおじさんとツィマーマン夫人《ふじん》のいる向《む》こうの土手《どて》をあがってくるところだった。怪物《かいぶつ》が触《ふ》れたところは、みるみるうちに草《くさ》がしおれていく。そのうしろに、メフィスト・ムートが怒《いか》りで顔《かお》をゆがめて、空中《くうちゅう》に浮《う》かんでいた。「ばかげたことはもうおしまいだ！」ムートは叫《さけ》んで、地面《じめん》におりてきた。「みじめな虫《むし》けらども、おまえたちは死《し》ぬ運命《うんめい》なんだ！」

ツィマーマン夫人《ふじん》が言《い》うのが聞《き》こえた。「いいわ。そっちは、ジョナサン？」

ジョナサンが言《い》った。「ルイス、懐中電灯《かいちゅうでんとう》で照《て》らしてくれないか？」

怪物《かいぶつ》は五メートルほど離《はな》れたところにいたが、一歩前《いっぽまえ》に出《で》て、左右《さゆう》ふつりあいな目《め》をぎょろつかせた。息《いき》の詰《つ》まるような悪臭《あくしゅう》に、ルイスは吐《は》き気《け》を覚《おぼ》えながらも、懐中電灯《かいちゅうでんとう》をおじさんのほうへ向《む》けた。

ジョナサンはルビーをかかげた。「これが見《み》えるか、ムート？　何《なに》かわかるか？　おまえさんはもちろん知《し》っているだろう、なあエディドヤ？」

化《ば》け物《もの》はブルッと震《ふる》えて、立《た》ちどまった。そして、問《と》いかけるように、鳴《な》き声《ごえ》をあげた。「おまえさんの体《からだ》の中《なか》に、これが何《なに》かを告《つ》げるおぼろげな記憶《きおく》があるはずだ」ジョナサンはつづけた。

「うるさい！　だまれ！」ムートがかんだかい声《こえ》で叫《さけ》んだ。「この――イカサマ手品師《てじなし》め！　おまえなんぞ、わしが滅《ほろ》ぼしてやる！」

「いっしょにエディドヤ・クラバノングの魂《たましい》までほろぼすことになるぞ！」ジョナサンは叫《さけ》んだ。

化《ば》け物《もの》の全身《ぜんしん》に震《ふる》えが走《はし》った。「タ、タマシイ？」化《ば》け物《もの》はぞっとするような悲《かな》しい声《こえ》でうめいた。「ターマーシーイ？」

ムートは怒《いか》りのあまり声《こえ》を裏返《うらがえ》して叫《さけ》んだ。「こいつがやらないなら、わしがおまえを始末《しまつ》してやる！」そして杖《つえ》をかかげた。と、怪物《かいぶつ》はぱっと振《ふ》りかえって、ムチのような触手《しょくしゅ》でムートの胸《むね》をパシッとたたいた。ムートは激《はげ》しい憎《にく》しみと苦痛《くつう》でうめき声《ごえ》をあげながら、うしろによろめいて土手《どて》から転《ころ》げ落《お》ちた。水音《みずおと》はしなかった。

ジョナサンが言《い》った。「やつに鋲《びょう》を見《み》せてやれ、ルイス」

ルイスは鉄《てつ》の鋲《びょう》をかかげた。鋲《びょう》はいつもにもまして鮮《あざ》やかな光《ひかり》を放《はな》った。かつてエディドヤ・クラバノングだった怪物《かいぶつ》は、ゴボゴボと身《み》の毛《け》のよだつようななり声《ごえ》をあげた。

「そうだ」ジョナサンは言《い》った。「あれのおかげで、おまえは何年《なんねん》ものあいだ川《かわ》の中《なか》に封《ふう》じこまれてきた。では、どうなると思《おも》う？　もしあの鋲《びょう》と——」ジョナサンはルビーの心《しん》臓《ぞう》を高々《たかだか》と持《も》ちあげた。「これをいっしょにしたら？　それも赤色星《あかいろぼし》が輝《かがや》いている下《した》で？」

化《ば》け物《もの》は触手《しょくしゅ》をシュッと前《まえ》に出《だ》した。ジョナサンはルビーをほうり投《な》げて、叫《さけ》んだ。

「今《いま》だ、フローレンス！」

ツィマーマン夫人《ふじん》はローブをひるがえし、呪文《じゅもん》を唱《とな》えながら、杖《つえ》についたクリスタル玉《だま》をルビーの心臓《しんぞう》に向《む》けた。ルビーはぐんぐん空《そら》へのぼりはじめた。するとルイスは、手《て》に持《も》った鋲《びょう》が引《ひ》っぱられるのを感《かん》じた！　そして鋲《びょう》はルビーとともに二本《ほん》の光《ひかり》の筋《すじ》となって、猛《もう》スピードで空《そら》の闇《やみ》へ上昇《じょうしょう》していった。

怪物《かいぶつ》は恐怖《きょうふ》の叫《さけ》び声《ごえ》をあげて、腕《うで》を伸《の》ばした。そして、さらに伸《の》ばしたその瞬間《しゅんかん》、怪物《かいぶつ》はすうっと流《なが》れて銀色《ぎんいろ》の液体《えきたい》になり、ルビーの心臓《しんぞう》を追《お》いかけて夜《よる》の空《そら》に吸《す》いこまれていった。

しばらくの間《あいだ》、みんなはぼうぜんと空《そら》を見《み》ていた。三本《ぼん》の光《ひかり》の筋《すじ》はどんどんのぼっていって、やがてうすれて、見《み》えなくなった。「また落《お》ちることはない？」ローズ・リタがたずねた。

「落《お》ちる、という意味《いみ》なら、落《お》ちるでしょうね、彗星《すいせい》の表面《ひょうめん》に」ツィマーマン夫人《ふじん》がこたえた。ルイスははじめて、ツィマーマン夫人《ふじん》のローブと杖《つえ》が消《き》えていることに気《き》づいた。代《か》わりに、ツィマーマン夫人《ふじん》はいつもの地味《じみ》な黒《くろ》いかさをしっかりと握《にぎ》っていた。ただ、そのクリスタルのにぎり玉《だま》の真《ま》ん中《なか》で、紫《むらさき》の星《ほし》だけがさんぜんと輝《かがや》いていた。

ジョナサンは川《かわ》へいって、懐中電灯《かいちゅうでんとう》で下《した》を照《て》らしていた。「オエッ」

ルイスはおじさんのところへいった。メフィスト・ムートの遺骸《いがい》が灰色《はいいろ》の粉《こな》になって、水面《すいめん》を漂《ただよ》っていた。「何《なに》があったの？」ルイスはきいた。

「あの化《ば》け物《もの》に触《ふ》れられただろう？」ジョナサンおじさんは言《い》った。「あっという間《ま》に命《いのち》を吸《す》い取《と》られて、もろい抜《ぬ》け殻《がら》になっちまった。倒《たお》れた衝撃《しょうげき》で、ぼろぼろに崩《くず》れたんだろう」

「終《お》わったの？」ローズ・リタはきいた。

ツィマーマン夫人《ふじん》はため息《いき》をついた。「時間《じかん》がたてばわかるでしょう」

するとまた、夜《よる》の虫《むし》たちが鳴《な》きはじめた。こんなにほっとする音《おと》は聞《き》いたことがない、そうルイスは思《おも》った。

第《だい》15章《しょう》　いちばん強力《きょうりょく》な魔法《まほう》

夏《なつ》がすぎた。そして九月《がつ》になり、また学校《がっこう》がはじまった。その間《あいだ》じゅう、ルイスは何《なに》かがまだ完全《かんぜん》に終《お》わっていないような気《き》がして、びくびくしていた。しょっちゅううなされて目《め》が覚《さ》めるので、ゆっくり眠《ねむ》れなかったし、ローズ・リタも、実《じつ》はわたしもこわい夢《ゆめ》を見《み》るの、と言《い》った。あのぶきみな化《ば》け物《もの》と赤《あか》い彗星《すいせい》のことを考《かんが》えると、いまだにローズ・リタは不安《ふあん》にかられるのだった。

ある金曜日《きんようび》のおだやかな夜《よる》だった。ツィマーマン夫人《ふじん》が、みんなの夕《ゆう》ごはんを作《つく》りにきてくれた。ルイスとローズ・リタが台所《だいどころ》でジャガイモをつぶすのを手伝《てつだ》っていると、ジョナサンが大声《おおごえ》で呼《よ》ぶ声《こえ》が聞《き》こえた。「早《はや》く！　こっちにおいで！」

三人《にん》は急《いそ》いで居間《いま》へいった。ジョナサンがテレビの画面《がめん》を指《さ》した。「ほら、聞《き》いて！」

ニュースのアナウンサーがしゃべっていた。「天文学者《てんもんがくしゃ》たちによれば、七月《がつ》に現《あらわ》れためずらしい赤《あか》い彗星《すいせい》は消失《しょうしつ》したと考《かんが》えられるということです。八月《がつ》に太陽《たいよう》のうしろにいったん隠《かく》れたあと、今月初《こんげつはじ》めに再《ふたた》び姿《すがた》を現《あらわ》すはずでしたが、何《なに》か小惑星《しょうわくせい》のようなものと衝突《しょうとつ》したのではないか、と学者《がくしゃ》たちは言《い》っています。それだけでも、彗星《すいせい》が軌道《きどう》からはずれるにはじゅうぶんで、太陽《たいよう》の重力《じゅうりょく》のために完全《かんぜん》に破壊《はかい》されたか、そのまま太陽《たいよう》と衝突《しょうとつ》した可能性《かのうせい》もあるということです。さて次《つぎ》のニュースです――」

「よかった！」ツィマーマン夫人《ふじん》は言《い》った。「最高《さいこう》にいいニュースね。これで心配《しんぱい》がひとつ減《へ》ったわね！」

「ぶつかったのは小惑星《しょうわくせい》じゃないけどね。ルビーと鋲《びょう》とあのどろどろよ」ローズ・リタはまちがいないというように言《い》った。

「ああ、たしかだ」ジョナサンはうなずいた。「縮《ちぢ》れ毛頭《げあたま》どののとびきりの魔法《まほう》のおかげで、三つともジェットエンジンがついたみたいに〝旧支配者《きゅうしはいしゃ》〟を乗《の》せた赤《あか》い彗星《すいせい》に向《む》かって飛《と》んでいっちまった。まったく天才的《てんさいてき》な考《かん》えだったな、フローレンス。ムートや怪物《かいぶつ》じゃなくて、鋲《びょう》とルビーに魔法《まほう》をかけるっていうのはな」

「ありがとう、ひげもじゃさん」ツィマーマン夫人《ふじん》はにっこり笑《わら》った。「本当《ほんとう》のことを言《い》って、わたし自身《じしん》もそれでうまくいくか、わからなかったんですけどね。狙《ねら》いがはずれなくてよかったですよ」

「まあ、わたしとしちゃ、ムート夫妻《ふさい》がこの憂《う》き世《よ》から永遠《えいえん》におさらばしてくれたことがうれしくてしょうがないがね。あの卑怯者《ひきょうもの》たちはずっとこのことを計画《けいかく》していたんだ。いいかい、最初《さいしょ》にワイルダー・クリークの古《ふる》い橋《はし》に苦情《くじょう》を申《もう》し立《た》てた二人《ふたり》っていうのは、ムートたちだったんだよ。郡《ぐん》に橋《はし》のとりこわしを進言《しんげん》した張本人《ちょうほんにん》だったのさ。赤《あか》い彗星《すいせい》がくることを知《し》って、彗星《すいせい》がきたときに、あの化《ば》け物《もの》を解《と》きはなつためにやったんだ」

「あれは本当《ほんとう》にエディドヤ・クラバノングだったの？」ローズ・リタはたずねた。

ツイマーマン夫人《ふじん》がこたえた。「そうですよ――一部分《いちぶぶん》はね。だけど、他《ほか》の部分《ぶぶん》はどこか異次元《いじげん》から隕石《いんせき》に乗《の》って地球《ちきゅう》にきた生物《せいぶつ》だった。最初《さいしょ》は形《かたち》のないゼリーの塊《かたまり》みたいなものだったのだと思《おも》うわ。エリフがエディドヤの遺灰《いはい》を川《かわ》にまいたあと、その塊《かたまり》は灰《はい》を吸《す》いあげた。魂《たましい》をほしがるような人間的《にんげんてき》な部分《ぶぶん》があった一方《いっぽう》で、触《ふ》れたものから命《いのち》を吸《す》いあげる化《ば》け物《もの》でもあった」

ジョナサンおじさんは赤《あか》いひげをなでた。「やっかいばらいができてよかったよ。あの怪物《かいぶつ》を解《と》き放《はな》ったのは、メフィストフェレスとアーミンの二人《ふたり》なんだから。フローレンス、最初《さいしょ》あの二人《ふたり》を見《み》たとき、何《なに》か悪魔《あくま》の企《くわだ》てに関《かか》わっているにちがいないとわたしが言《い》ったのを覚《おぼ》えているかい――」

「ムートだったんだ！」ルイスが叫《さけ》んだ。「おじさんがあの二人《ふたり》って言《い》っていたのは、ムートたちのことだったんだね！　なんだ、ジョナサンおじさん、ぼく、おじさんたちがそのことを話《はな》しているのを聞《き》いたんだ。てっきりローズ・リタとぼくのことだと思《おも》ってた！」

ジョナサンはびっくりしたようだった。それからのけぞって笑《わら》いはじめた。「ルイス、そろそろもうちょっと、おまえのおじのことがわかってもよかろう！　いいかい、確《たし》かにおまえさんたちがこそこそ嗅《か》ぎまわったり、井戸《いど》におりたりするのは気《き》に入《い》らない。だがルイス、おまえさんはわたしにとってただの甥以上《おいいじょう》の存在《そんざい》だ。わたしの家族《かぞく》、わたしの世《せ》界《かい》すべてだ！」

「みんなの世界《せかい》も、もう安全《あんぜん》なのね？」ローズ・リタは心配《しんぱい》そうな声《こえ》できいた。

ツィマーマン夫人《ふじん》はローズ・リタの肩《かた》に手《て》をおいた。「ムート夫妻《ふさい》と、エディドヤ・クラバノングの幽霊《ゆうれい》からは、永遠《えいえん》に安全《あんぜん》ですよ」ツィマーマン夫人《ふじん》は若《わか》い友《とも》だちを安心《あんしん》させた。ルイスは、ローズ・リタがようやくほっとしたのがわかった。ツィマーマン夫人《ふじん》はローズ・リタの肩《かた》を優《やさ》しくたたきながら、言《い》った。「もしまた別《べつ》の恐《おそ》ろしいことが起《お》こったとしても、わたしたち四人《にん》には、それに立《た》ち向《む》かう強力《きょうりょく》な魔法《まほう》があるでしょう？」

「友情《ゆうじょう》さ」ジョナサンはうなずいた。「いつも相手《あいて》を気《き》づかって、どんなにこわくて震《ふる》えているときも全力《ぜんりょく》をつくしてくれる友《とも》だちがいる。それに、この鼻《はな》に狂《くる》いがなけりゃ、作《つく》りかけのすばらしい料理《りょうり》もあるようだしな！」

四人《にん》はごちそうを満喫《まんきつ》した。食事《しょくじ》が終《お》わると、初秋《しょしゅう》のりんと澄《す》んだ夜気《やき》の中《なか》に出《で》ていって、一時間《じかん》ほど裏庭《うらにわ》で星《ほし》や惑星《わくせい》を眺《なが》めてすごした。望遠鏡《ぼうえんきょう》から見《み》た星《ほし》はどれも、おそろしさのかけらもなかった。どの星《ほし》もすばらしく、明《あか》るく、美《うつく》しく、謎《なぞ》めいていた。

ルイスは夏《なつ》からの恐怖《きょうふ》や不安《ふあん》が今《いま》ようやく消《き》えていくのを感《かん》じながら、夢中《むちゅう》になってレンズをのぞいた。世界《せかい》は規則正《きそくただ》しくまわりつづけ、何千《なん》もの明《あか》るく優《やさ》しい光《ひかり》が闇《やみ》を遠《とお》ざけ、夜《よる》の顔《かお》の孤独《こどく》をやわらげている。しばらく空《そら》を眺《なが》めたあとで、四人《にん》は家《いえ》の中《なか》に入《はい》った。そしてその夜《よる》、ルイスは心安《こころやす》らかにぐっすりと眠《ねむ》り、幸《しあわ》せな夢《ゆめ》を見《み》たのだった。

訳者《やくしゃ》あとがき

日本語版初版《にほんごばんしょはん》によせて（二〇〇四年《ねん》四月《がつ》）

さあ、またもやルイスの冒険《ぼうけん》がはじまります。〈ルイスと魔法使《まほうつか》い協会《きょうかい》〉シリーズの八作目《さくめ》にあたる本作《ほんさく》『橋《はし》の下《した》の怪物《かいぶつ》』では、ルイス、ローズ・リタ、ジョナサンおじさん、ツィマーマン夫人《ふじん》のおなじみの四人《にん》が、七十年以上前《ねんいじょうまえ》、ある農場《のうじょう》に落《お》ちた隕石《いんせき》を巡《めぐ》る謎《なぞ》と危険《きけん》に立《た》ち向《む》かいます。

八作目《さくめ》ともなれば、一巻《かん》から読《よ》んでくださっている読者《どくしゃ》の方《かた》は、もうすっかりルイスたちの住《す》む町《まち》、ニュー・ゼベダイにも詳《くわ》しくなっていらっしゃることでしょう。ルイスとジョナサンおじさんの大《おお》きな館《やかた》のあるハイ・ストリート一〇〇番地《ばんち》、おとなりのツィマーマン夫人《ふじん》の美《うつく》しい庭《にわ》のある家《いえ》、ハイ・ストリートの急《きゅう》な坂《さか》を下《お》りていった先《さき》にあるマンション通《どお》りのローズ・リタの家《いえ》、ルイスたちがいつも立《た》ち寄《よ》る〈ヒームソス・レクサル・ドラッグストア〉、大通《おおどお》りのつきあたりにある南北戦争《なんぼくせんそう》の記念碑《きねんひ》や噴水《ふんすい》、町《まち》の郊外《こうがい》のセメタリー・ヒル、ツィマーマン夫人《ふじん》の別荘《べっそう》のあるリヨン湖《こ》。そして、今回《こんかい》の舞台《ぶたい》になるのは、やはりこれまでも物語《ものがたり》のところどころに顔《かお》を出《だ》してきたニュー・ゼベダイ郊外《こうがい》を流《なが》れる川《かわ》、ワイルダー・クリークと、その上《うえ》にかかっている鉄《てつ》の橋《はし》です。第一作《だいさく》『壁《かべ》のなかの時計《とけい》』で、ルイスたちが魔法使《まほうつか》いの妻《つま》アイザード夫人《ふじん》の霊《れい》に追《お》いかけられたときに登場《とうじょう》したこの橋《はし》は、ある人物《じんぶつ》が死《し》んだ叔父《おじ》の幽霊《ゆうれい》から逃《のが》れるために建設《けんせつ》したという、いわくつきのものでした。むかしから、鉄《てつ》には魔《ま》よけの力《ちから》があると信《しん》じられてきました。イギリスやアメリカで見《み》られたゆりかごの中《なか》に釘《くぎ》をうったり、玄関《げんかん》に蹄鉄《ていてつ》を飾《かざ》ったりする習慣《しゅうかん》は、そうした言《い》い伝《つた》えが人々《ひとびと》の生活《せいかつ》に深《ふか》く根《ね》ざしていたことを物語《ものがた》っています。この橋《はし》もそうした秘《ひ》めた力《ちから》を持《も》って、ニュー・ゼベダイの入《い》り口《ぐち》を守《まも》ってきました。ところが、その橋《はし》が撤去《てっきょ》されることになり、そこから、今回《こんかい》の物語《ものがたり》がはじまります。

今回《こんかい》のルイスたちの敵《てき》、「旧支配者《きゅうしはいしゃ》」は、人類《じんるい》の前《まえ》に地球《ちきゅう》を支配《しはい》していたとされる生物《せいぶつ》で、H・P・ラヴクラフトの『狂気《きょうき》の山脈《さんみゃく》にて』に登場《とうじょう》します。ラヴクラフトは、人類史《じんるいし》に見《み》られるあらゆる暗黒面《あんこくめん》に邪神《じゃしん》の存在《そんざい》を見出《みだ》し、クトゥルフ神話《しんわ》と呼《よ》ばれる一連《いちれん》の物語《ものがたり》を創《つく》りあげた幻想文学作家《げんそうぶんがくさっか》です。黒魔術《くろまじゅつ》や禁断《きんだん》の儀式《ぎしき》、秘儀《ひぎ》の記《しる》された魔道書《まどうしょ》などの登場《とうじょう》するおどろおどろしいラグクラフト的世界《てきせかい》が、本作品《ほんさくひん》にも展開《てんかい》されます。その邪悪《じゃあく》な敵《てき》に立《た》ち向《む》かうちょっぴり大人《おとな》になったルイスの活躍《かつやく》に、注目《ちゅうもく》してください。

おくびょうで、心配性《しんぱいしょう》で「起《お》こりうる最悪《さいあく》の出来事《できごと》」ばかりを想像《そうぞう》してしまうルイスが、何度《なんど》も冒険《ぼうけん》に引《ひ》きこまれるはめになるのは、ひとつには積極的《せっきょくてき》で勇敢《ゆうかん》で何事《なにごと》にも首《くび》を突《つ》っこまずにはいられないローズ・リタの存在《そんざい》が大《おお》きいにちがいありませんが、もうひとつ、大《おお》きな理由《りゆう》があります。おとうさんとおかあさんを事故《じこ》で失《うしな》ってしまったルイスにとって、唯一《ゆいいつ》の肉親《にくしん》はおじさんのジョナサンです。孤児《こじ》になったルイスは、ジョナサンにひきとられ、ハイ・ストリート一〇〇番地《ばんち》の屋敷《やしき》で暮《く》らすようになって、第《だい》二の家庭《かてい》を見出《みだ》したのでした。だからこそ、ルイスはおじさんとの暮《く》らしを大切《たいせつ》にしていて、おじさんに嫌《きら》われて、追《お》い出《だ》されてしまうことを、とてもおそれています。そのためにおじさんに自分《じぶん》の失《しっ》敗《ぱい》や不安《ふあん》を言《い》いそびれて、事件《じけん》をひきおこしたり、大《おお》きくしたり、そんなことを繰《く》り返《かえ》してしまうのです。みなさまのなかには、優《やさ》しくて愛情深《あいじょうぶか》いジョナサンおじさんが、ルイスを追《お》い出《だ》したりするはずがないのに、と、ルイスが不安《ふあん》がるのをふしぎに思《おも》われる方《かた》もいらっしゃるかもしれません。でも、それでも不安《ふあん》になってしまう子《こ》どもの心《こころ》、そしてそれを理解《りかい》してやって、「おまえこそ、わたしの世界《せかい》すべてだ!」といってやるジョナサン、そんな二人《ふたり》の関係《かんけい》に、本当《ほんとう》の意味《いみ》での親子《おやこ》の関係《かんけい》を見《み》るような気《き》がします。

文《ぶん》庫《こ》版《ばん》によせて（二〇二〇年《ねん》三月《がつ》）

ここでひとまず、「ルイスと不《ふ》思《し》議《ぎ》の時《と》計《けい》」復《ふっ》刊《かん》シリーズはひと段《だん》落《らく》です。二十年《ねん》近《ちか》く前《まえ》にアーティスト・ハウスから出《しゅっ》版《ぱん》されていたシリーズを、今《こん》回《かい》、静《せい》山《ざん》社《しゃ》から復《ふっ》刊《かん》できたのは、訳《やく》者《しゃ》にとっても、とても嬉《うれ》しいことでした。

今《こん》回《かい》、改《かい》訳《やく》の作《さ》業《ぎょう》をしていて改《あらた》めて思《おも》ったのは、1938年《ねん》生《う》まれの作《さく》者《しゃ》ジョン・ベレアーズの感《かん》覚《かく》の新《あたら》しさです。アメリカでもまだまだジェンダー（社《しゃ》会《かい》や心《しん》理《り》から見《み》た性《せい》別《べつ》のこと）に対《たい》する固《こ》定《てい》観《かん》念《ねん》——例《たと》えば、男《おとこ》の子《こ》は運《うん》動《どう》ができて、勇《ゆう》気《き》があって、強《つよ》くなければならず、女《おんな》の子《こ》はおとなしく、しとやかで、一《いっ》歩《ぽ》下《さ》がっているべき、といったような考《かんが》えが根《ね》強《づよ》かった時《じ》代《だい》に、臆《おく》病《びょう》で心《しん》配《ぱい》症《しょう》の男《おとこ》の子《こ》ルイスを主《しゅ》人《じん》公《こう》にし、勇《ゆう》敢《かん》で自《じ》分《ぶん》の意《い》見《けん》をきっぱりと言《い》う女《おんな》の子《こ》ローズ・リタをその相《あい》棒《ぼう》に選《えら》びました。ツィマーマン夫《ふ》人《じん》も、タバコをくゆらし、自《じ》分《ぶん》で愛《あい》車《しゃ》を運《うん》転《てん》してどこまでもいく強《つよ》い女《じょ》性《せい》ですし、ジョナサンはおっちょこちょいながら愛情《あいじょう》ぶかく、（いわゆる）男手《おとこで》一《ひと》つでルイスを育《そだ》てている男性《だんせい》です。

また、家族《かぞく》というのは血《ち》のつながったお父《とう》さんとお母《かあ》さんと子《こ》どもで構成《こうせい》されるべき、という考《かんが》えもくつがえしました。会《あ》ったこともなかった叔父《おじ》と甥《おい》であるジョナサンとルイスは深《ふか》い愛情《あいじょう》で結《むす》ばれ、ローズ・リタはツィマーマン夫人《ふじん》に（ある意味《いみ》で実《じつ》の両親《りょうしん》よりも）絶大《ぜつだい》なる信頼《しんらい》を寄《よ》せています。ジョナサンとツィマーマン夫人《ふじん》は夫婦《ふうふ》ではなく、お互《たが》いを誰《だれ》よりも理解《りかい》している盟友同士《めいゆうどうし》です。現代《げんだい》はまさに「家族《かぞく》」の定義《ていぎ》が変《か》わりつつある時代《じだい》だと思《おも》いますが、ルイスたちを見《み》ると、子《こ》どもが育《そだ》つのに大《おお》きな役割《やくわり》を果《は》たす真《しん》の「家族《かぞく》」とは何《なん》なのか、深《ふか》く考《かんが》えさせられます。

ベレアーズのあとを引《ひ》き継《つ》いでこのシリーズを描《えが》いているブラッド・ストリックランドは、ベレアーズのホラーやゴシックの要素《ようそ》ばかりでなく、こうした価値観《かちかん》も受《う》け継《つ》いでいると思《おも》います。ストリックランドはこの後《あと》、さらに四冊《さつ》、ルイスを主人公《しゅじんこう》にした物語《ものがたり》を描《えが》いています。いつか、そうした作品《さくひん》も紹介《しょうかい》できる機会《きかい》があればうれしいです。

最後《さいご》になりますが、今回《こんかい》の復刊《ふっかん》で大変《たいへん》お世話《せわ》になった編集《へんしゅう》の小宮山民人《こみやまたみひと》さんに心《こころ》からの感謝《かんしゃ》を！

三辺律子《さんべりつこ》

本書は、
二〇〇四年四月アーティストハウスから刊行された「ルイスと魔法使い協会」第8巻『橋の下の怪物』を改題・再編集し、二〇二〇年三月に静山社ペガサス文庫より刊行したものの図書館版です。

ジョン・ベレアーズ 作

『霜のなかの顔』(ハヤカワ文庫FT)など、ゴシックファンタジーの名手として知られる。1973年に発表した『ルイスと不思議の時計』にはじまるシリーズで、一躍ベストセラー作家となる。同シリーズは、"ユーモアと不気味さの絶妙なバランス""魔法に関する小道具を卓妙に配した、オリジナリティあふれるストーリー"と絶賛され、作者の逝去後は、SF作家ブラッド・ストリックランドによって書き継がれた。

三辺律子《さんべりつこ》 訳

東京生まれ。英米文学翻訳家。聖心女子大学英語英文学科卒業。白百合女子大学大学院児童文化学科修士課程修了。主な訳書に『龍のすむ家』(竹書房)、『モンタギューおじさんの怖い話』(理論社)、『インディゴ・ドラゴン号の冒険』(評論社)、『レジェンド―伝説の闘士ジューン&デイ―』(新潮社)など多数。

ルイスと不思議の時計 8

橋《はし》の下《した》の怪物《かいぶつ》

2020年3月20日　初版発行

作者　ジョン・ベレアーズ
訳者　三辺律子

発行者　松岡佑子
発行元　株式会社静山社
〒102-0073 東京都千代田区九段北1-15-15
電話・営業 03-5210-7221
https://www.sayzansha.com

発売元　株式会社ほるぷ出版
〒101-0051 東京都千代田区神田神保町3-2-6
電話・営業 03-6261-6691
https://www.holp-pub.co.jp

装画　まめふく
装丁　田中久子
印刷・製本　図書印刷株式会社

NDC933 232P　ISBN 978-4-593-10108-5　Printed in Japan
Published by HOLP SHUPPAN Publications Ltd.

ルイスと不思議の時計
シリーズ

❶ ルイスと不思議の時計

ルイスは、シャイな 10 歳の男の子。両親を亡くして、ジョナサンおじさんといっしょに大きな屋敷で暮らすことになった。そして―

「壁のなかから聞こえる、
　あの音はなに？」

魔法使いたちの秘密の扉が開き、ワクワクドキドキのマジカル・アドベンチャーがはじまる！

● ジョン・ベレアーズ 作　三辺律子 訳

❷ 闇にひそむ影
❸ 魔法の指輪
❹ 鏡のなかの幽霊
❺ 魔女狩り人の復讐
❻ オペラ座の幽霊
❼ 魔法博物館の謎
❽ 橋の下の怪物